COLLECTION JULES VERNE

COLLECTION JULES VERNE
BAND 26

Reise durch die Sonnenwelt

Band 2

Pawlak Taschenbuch Verlag, Berlin, Herrsching

Nachdruck mit freundlicher Genehmigung des
Verlages A. Hartleben, Inh. Dr. Walter Rob, Wien I.
Die Vorlagen für die Umschlagillustrationen der
Collection Jules Verne sind Jules Verne Bänden,
erschienen im A. Hartleben's Verlag, Wien, entnommen.
Umschlaggestaltung: Bine Cordes, Weyarn
Die Orthographie wurde der heutigen Schreibweise angeglichen.

Gesamtherstellung: Elsnerdruck GmbH, Berlin
Printed in Germany
ISBN: 3–8224–1026–8

Inhalt

Erstes Kapitel

In welchem der sechsunddreißigste Bewohner des Gallia-Sphäroides ohne besondere Feierlichkeit vorgestellt wird.

Der sechsunddreißigste Bewohner der Gallia war endlich auf Warm-Land angekommen. Bisher blieben die einzigen, kaum verständlichen Worte aus seinem Munde jener Ausruf:

»Das ist mein Komet, der meine! Das ist mein Komet!«

Was bedeutete dieser Satz? Wollte er damit sagen, daß jene bisher unerklärte Tatsache, die Hinausschleuderung eines kolossalen Stückes der Erde in den Weltraum, von dem Stoße eines Kometen herzuleiten sei? Hatte das Erdsphäroid also einen Zusammenstoß erlitten? Belegte der Einsiedler von Formentera mit dem Namen »Gallia« nun jenen veranlassenden Haarstern oder den in die Sonnenwelt hinausgeschleuderten Block selbst mit diesem Namen? Die Lösung dieser Frage war nur von dem Gelehrten selbst zu erwarten, der seinen Kometen so energisch reklamiert hatte.

Jedenfalls durfte man diesen Haltoten als den Urheber jener kurzen Nachrichten betrachten, welche die Dobryna während der Reise aufgefischt hatte, ihn auch als den Astronomen, von welchem das durch die Brieftaube nach Warm-Land überbrachte Dokument herrührte. Nur er allein konnte Etui und Büchse in das Meer geworfen und die Freiheit jenem Vogel gegeben haben, den sein Instinkt nach dem einzigen bewohnbaren und wirklich bewohnten Punkt des neuen Asteroides geführt hatte. Der Gelehrte kannte also – daran war nicht mehr zu zweifeln – einige Elemente der Gallia. Ihm war es gelungen, deren zunehmende Entfernung von der Sonne zu messen und die Abnahme ihrer Tangential-Geschwindigkeit zu berechnen. Hatte er auch – und das blieb doch die Hauptfrage – die Natur ihrer Bahn bestimmt und ermittelt, ob diese eine Hyperbel, eine Parabel oder eine Ellipse bildete? Hatte er diese krumme Linie durch drei aufeinander folgende Beobachtungen der Gallia bestimmt? Wußte er, ob der neue Weltkörper sich in den erwünschten Verhältnissen befand, um einmal nach der Erde zurückzukehren, und auch, in welcher Zeit das Geschehen werde?

Das waren etwa die Fragen, die Graf Timascheff erst sich selbst, dann aber auch Kapitän Servadac und Leutnant Prokop vorlegte. Letzterer vermochte sie natürlich nicht zu beantworten. Auch sie hatten alle diese verschiedenen Hypothesen ins Auge gefaßt und während ihrer Rückfahrt allseitig erwogen, ohne doch zu einem Resultate zu kommen. Zum Unglück schien es nun, als hätten sie den einzigen Menschen, der die Lösung dieser Probleme besitzen mochte, nur als Leiche mit zurückgebracht! Wenn das der Fall war, so mußte man eben auf jede Hoffnung, die Zukunft der Gallia-Welt vorher zu erfahren, verzichten.

Jetzt galt es demnach vor allen Dingen, den Körper des Astronomen, welcher kein Lebenszeichen gab, wiederzuerwecken. Die mit allen Arzneimitteln reichlich ausgestattete Apotheke der Dobryna konnte ja gar keine bessere Verwendung finden, als zur Erreichung dieses Zieles zu verhelfen. Man ging also sofort ans Werk; vorzüglich auf Ben-Zoufs ermutigende Zurufe:

»Vorwärts nur, mein Kapitän! Sie glauben gar nicht, was für ein zähes Leben solche Gelehrte haben!«

Nun begann man denn mit der Behandlung des Scheintoten, sowohl äußerlich durch so kräftiges Kneten, daß es einen Lebendigen fast umgebracht hätte, als auch innerlich durch so herzhafte Reizmittel, daß sie wohl einen Toten wieder erweckt hätten.

Ben-Zouf, den Negrete gelegentlich ablöste, wurde mit der äußerlichen Behandlung betraut, und man darf sicher sein, daß diese beiden handfesten Massierer ihre Arbeit gewissenhaft verrichteten.

Inzwischen fragte sich Hector Servadac vergeblich, wer dieser Franzose wohl sein möge, den er von Formentera mitgebracht, und in welchen Beziehungen er jemals zu ihm gestanden haben könnte.

Er hätte ihn wohl wiedererkennen sollen; aber er hatte jenen nur in dem Lebensalter gesehen, das man nicht ohne Grund das »undankbare Alter« zu nennen pflegt, was es in moralischem und physischem Sinne gleichmäßig ist.

In der Tat war jener Gelehrte, der hier in dem großen Saale des Nina-Baues lag, niemand anderer als Hector Servadacs alter Lehrer der Physik am Gymnasium Charlemagne.

Dieser Lehrer hieß Palmyrin Rosette. Er war ein Gelehrter durch und durch und vorzüglich bewandert in den Fächern der Mathematik. Schon in dem ersten Jahre hatte Hector Servadac von der untersten Klasse das Gymnasium Charlemagne verlassen, um nach der Militärschule von Saint-Cyr überzusiedeln; seitdem hatten sich sein Lehrer und er niemals wiedergesehen und, so glaubten sie wenigstens, einander vollständig vergessen.

Als Schüler befleißigte sich Hector Servadac, wie wir wissen, der Studien eben nicht mit besonderem Eifer. Dafür aber spielte er, im Vereine mit einigen anderen Kameraden von dem nämlichen Schlage, dem armen Palmyrin Rosette gern die ärgsten Streiche.

Wer setzte damals dem destillierten Wasser im Laboratorium wiederholt einige Salzkörnchen zu, so daß es bei den Experimenten oft die unerwartetsten Reaktionen hervorbrachte? Wer entnahm dem Gefäße des Barometers einen Tropfen Quecksilber, um es in schreienden Widerspruch mit dem Zustand der Atmosphäre zu setzen? Wer erwärmte das Thermometer immer einige Augenblicke vorher, bevor der Lehrer nach ihm sah? Wer steckte immer abends Insekten zwischen Okular und Objektiv der Fernröhre? Wer störte die Isolierung der Elektrisiermaschine, so daß sie keinen einzigen Funken gab? Wer machte endlich ein unsichtbares Loch in den Teller der Luftpumpe, so daß Palmyrin Rosette sich abmühen konnte, soviel er wollte, ohne einen luftleeren Raum erzeugen zu können?

Das waren so etwa die gewöhnlichen Unarten des Schülers Servadac und seiner ausgelassenen Gesellschaft.

Derlei Possenstreiche ergötzten aber die Schüler um so mehr, als der betreffende Professor ein Isegrimm erster Sorte war. Da gab es denn manchen Ausbruch von Zorn und Wut, der die »alten Häuser« des Gymnasiums weidlich amüsierte.

Zwei Jahre nach Hector Servadacs Abgang vom Gymnasium verließ auch Palmyrin Rosette, der in sich mehr den Kosmographen als den Physiker fühlte, die Laufbahn als Lehrer, um sich ganz und gar den astronomischen Studien zu widmen. Er suchte eine Stellung bei der Sternwarte zu erhalten. Bei seinem unter den Gelehrten des Observatoriums bekannten griesgrämigen Chrakter aber blieben ihm die Pforten desselben verschlossen. Da er einiges Vermögen besaß, betrieb er nun, ohne offiziellen Titel, Astronomie auf eigene Faust und machte sich ein besonderes Vergnügen daraus, die Arbeiten anderer Astronomen recht bitter zu kritisieren. Man verdankte ihm übrigens die Entdeckung der letzten drei teleskopischen Planeten und die Berechnung der Elemente des 123. Kometen des Katalogs. Professor Rosette und sein Schüler Servadac hatten sich aber, wie gesagt, vor jenem zufälligen Zusammentreffen auf dem Eilande Formentera niemals wieder getroffen. Nach Verlauf von zwölf Jahren durfte es also nicht Wunder nehmen, wenn Kapitän Servadac seinen alten Lehrer Rosette, vorzüglich bei dem Zustande, in welchem er ihn fand, nicht sofort wiedererkannte.

Als Ben-Zouf und Negrete den Gelehrten aus den Pelzen gewickelt hatten, die ihn vom Kopf bis zu den Füßen umhüllten, sahen sie sich gegenüber einem kleinen Manne von fünf Fuß zwei Zoll Länge, der jetzt offenbar abgemagert war, es aber auch schon von Natur zu sein schien, mit einem jener schön polierten Schädel, welche dem dicken Ende eines Straußeneies so auffallend ähneln, ohne jeden Bart, wenn man von dem Anflug eines solchen absah, der seit acht Tagen nicht rasiert sein mochte, mit langer, scharf gebogener Nase, auf der eine gewaltige Brille saß, die ja bei gewissen kurzsichtigen

Personen einen integrierenden Bestandteil des Individuums auzumachen scheint.

Unzweifelhaft war dieses Männchen sehr nervöser Natur. Man hätte ihn wohl mit einem Ruhmkorffschen Induktor vergleichen können, dessen Drahtwindungen einen Nerven von mehreren Hektometern Länge darstellten, und in dem der Nervenstrom die Elektrizität, und zwar in derselben Intensität, ersetzte. Mit einem Worte, die »Nervosität« – man verzeihe dieses hier etwas kühn gebrauchte Wort – war in dem Rosetteschen Induktor mit ebenso hoher Spannung aufgespeichert, wie die Elektrizität in dem Ruhmkorffschen.

So nervös der Professor auch sein mochte, so lag darin kein Grund, ihn ohne weiters aus dem Leben entwischen zu lassen. In einer Welt, welche nur fünfunddreißig Bewohner zählt, ist das Leben des sechsunddreißigsten nicht zu verachten. Als der Scheintote zum Teil entkleidet war, konnte man sich überzeugen, daß sein Herz, wenn auch nur schwach, doch jedenfalls noch schlug. Voraussichtlich mußte er also, bei der peinlichen Sorgfalt, welche ihm gewidmet ward, auch wieder zum Bewußtsein kommen. Ben-Zouf knetete und frottierte den trockenen Körper wie eine alte Weinrebe, so daß man fürchten mußte, er werde Feuer fangen, und trällerte dazu, als putze er seinen Säbel zu einer Parade, den bekannten Refrain:

»Dem Tripel nur, Du Sohn des Ruhms,
Verdankt Dein Stahl den schönen Glanz.«

Endlich, nach zwanzig Minuten des unablässigen Reibens, entrang sich ein Seufzer den Lippen des Halbtoten, dem bald ein zweiter und ein dritter nachfolgten. Seine Augen öffneten sich ein wenig, schlossen sich wieder und öffneten sich dann weiter, offenbar völlig unklar über die Verhältnisse, in denen er sich wiederfand. Der bisher hermetisch geschlossene Mund ließ jetzt eine leichte Spalte zwischen den Lippen sehen. Er murmelte einige Worte, welche jedoch niemand verstehen konnte.

Palmyrin Rosette streckte die rechte Hand aus und erhob sie nach der Stirn, als suche er etwas, was da nicht zu finden war. Dann verzerrten sich seine Züge und das Gesicht rötete sich, als könnte er nur gleichzeitig mit einem Zornausbruch ins Leben zurückkehren, und er rief laut:

»Meine Brille! Wo ist meine Brille?«

Ben-Zouf suchte die verlangte Brille. Er fand sie glücklich wieder. Das monumentale Gestell war mit wahrhaft teleskopischen Gläsern ausgestattet. Während des Massierens war jene von den Schläfen abgefallen, auf welche sie doch fest angeschraubt schien, als verlief eine Achse derselben von einem Ohre zum anderen durch den Schädel des Gelehrten. Jetzt ward das Monstrum wieder auf die Adlernase, ihrem gewöhnlichen Sitze, angebracht, worauf noch ein neuer Seufzer, der aber in ein »Brumm, brumm« von guter Vorbedeutung ausging, nachfolgte.

Kapitän Servadac hatte sich über das Antlitz Palmyrin Rosettes geneigt, den er mit gespannter Aufmerksamkeit ansah. Gerade jetzt öffnete dieser die Augen vollständig. Ein lebhafter Blick schoß durch die dicken Linsen der Brille, und mit höchst ärgerlicher Stimme rief der Gerettete:

»Schüler Servadac, fünfhundert Zeilen Strafarbeit bis morgen!«

Das waren die Worte, mit denen Palmyrin Rosette den Kapitän Servadac begrüßte.

Gerade durch diese Sonderbarkeit des Anfangs einer Unterhaltung, welche offenbar auf eine plötzliche Erinnerung an die früheren Streiche Hector Servadacs zurückzuführen war, erkannte auch dieser, obwohl er buchstäblich zu träumen glaubte, seinen alten Lehrer der Physik vom Gymnasium Charlemagne wieder.

»Herr Palmyrin Rosette!« rief er. »Mein alter Lehrer hier mit Fleisch und Bein!«

»Vorläufig mehr mit dem letzteren«, bemerkte Ben-Zouf.

»Alle Wetter, das nenne ich ein eigentümliches Zusammentreffen!« fügte Kapitän Servadac erstaunt hinzu.

Inzwischen war Palmyrin Rosette aufs neue in eine Art Schlummer versunken, den man für passend hielt zu respektieren.

»Beruhigen Sie sich, mein Kapitän«, sagte Ben-Zouf. »Er wird leben, ich stehe ihnen dafür. Diese Leutchen bestehen ja fast nur aus Nerven. Ich habe noch weit ausgetrocknetere gesehen, welche noch viel weiter herkamen.«

»Und woher denn, Ben-Zouf?«

»Aus Ägypten z. B., mein Kapitän, in einem hübschen eisenbeschlagenen Kasten.«

»Das waren wohl Mumien, Dummkopf!«

»Wie Sie sagen, Herr Kapitän!«

Da der Professor tief zu schlummern schien, schaffte man ihn nun in ein warmes Bett und mußte die Lösung der brennenden Fragen bezüglich seines Kometen wohl oder übel bis nach dem Erwachen des Gelehrten vertagen.

Kapitän Servadac, Graf Timascheff und Leutnant Prokop – die Repräsentanten der Akademie der Wissenschaften unserer kleinen Kolonie – konnten sich, statt geduldig bis zum anderen Morgen zu warten, nicht enthalten, die allerunwahrscheinlichsten Hypothesen aufzustellen. Welcher Komet war es im Grunde, dem Palmyrin Rosette den Namen »Gallia« gegeben hatte? Bezog sich dieser Name nur auf das von der Erdkugel abgesprengte Stück? Galten jene in den einzelnen Notizen gefundenen Berechnungen der Entfernungen und Geschwindigkeiten nur für den Kometen Gallia oder für das neue Sphäroid, das jetzt Hector Servadac und seine fünfunddreißig Gefährten durch die Sonnenwelt trug? Sollten sich diese Überlebenden von der alten Erde als Bewohner jener Gallia ansehen oder nicht?

So lauteten etwa die Hauptfragen. Wer konnte aber dafür stehen, ob alles, was sie mühsam ausgeklügelt, nicht jämmerlich zusammenfiel, wenn sich ihre Voraussetzung, sich auf einem von der Erdkugel abgerissenen

Bruchstück zu befinden, unerwarteterweise nicht bestätigen sollte?

»Nun, zerbrechen wir uns den Kopf nicht weiter«, rief endlich Hector Servadac, »Professor Rosette ist hier, um uns das Richtige zu sagen, und er wird es daran nicht fehlen lassen.«

Da Kapitän Servadac einmal auf Professor Rosette zu sprechen kam, so teilte er seinen Genossen einiges über seinen früheren Lehrer mit, z. B. daß er ein Mann sei, mit dem sich nur schwer in gutem Einvernehmen leben lasse und der zu seinen Nächsten gewöhnlich in ziemlich gespanntem Verhältnisse stehe. Er schilderte ihnen denselben als ein unverbesserliches Original von größter Starrsinnigkeit und heftigem Temperamente, im Grunde aber als einen sehr braven Mann. Seiner Ansicht nach würde es am besten sein, seinen Unwillen immer ruhig austoben zu lassen, wie man etwa ein Unwetter unter Dach und Fach vorüberziehen lasse.

Nach Vollendung dieser kleinen biographischen Skizze durch Kapitän Servadac nahm Graf Timascheff das Wort und sagte:

»Halten Sie sich versichert, Kapitän, daß wir alles tun werden, um mit Professor Rosette auf gutem Fuße zu bleiben. Durch die Mitteilungen seiner Beobachtungen wird er uns natürlich einen geographischen Dienst erweisen, doch halte ich das nur unter einer Bedingung für möglich.«

»Und diese Bedingung wäre?« fragte Kapitän Servadac.

»Nun die, daß er selbst wirklich der Verfasser jener von uns aufgefangenen Dokumente ist.«

»Und daran könnten Sie zweifeln?«

»Nein, Kapitän. Alle Wahrscheinlichkeiten sprechen ja gegen mich, und ich erwähnte das nur, um keine ungünstige Hypothese unberücksichtigt zu lassen.«

»Ei, wer sollte denn jene verschiedenen Notizen verfaßt haben, wenn nicht mein alter Lehrer?« bemerkte Kapitän Servadac.

»Vielleicht doch ein anderer auf irgendeinem anderen

Punkte der Erde zurückgebliebener Astronom.«

»Das kann nicht wohl der Fall sein«, fiel Leutnant Prokop da ein, »da nur jene Dokumente uns mit dem Namen ›Gallia‹ bekannt machten und Professor Rosette daselbe Wort gleich zuerst aussprach.«

Auf diesen sehr richtigen Einwurf gab es wirklich keine Antwort, und es wurde unzweifelhaft, daß nur der Einsiedler von Formentera der Urheber jener Nachrichten sein könne. Was er auf jener Insel zu schaffen hatte, durfte man ja aus seinem eigenen Munde zu erfahren hoffen.

Zum Überfluß waren nicht nur seine Tür, sondern auch seine Bücher mitgenommen, und man hielt es für keine Indiskretion, dieselben einstweilen zu konsultieren.

Es geschah.

Die Schriftzüge und Ziffern rührten offenbar von derselben Hand her, welche auch die Dokumente verfaßt hatte. Die Tür erwies sich vollständig bedeckt mit algebraischen Zeichen, die mittels Kreide geschrieben waren und welche man höchst sorgfältig zu bewahren suchte. Die Papiere bestanden in der Hauptsache aus losen Blättern mit mathematischen Figuren darauf. Hier kreuzten sich Hyperbeln, jene offenen Kurven, darin beide Schenkel unendlich lang sind und sich immer weiter voneinander entfernen; Parabeln, d. s. Kurven, welche sich durch ihre zurückkehrende Form auszeichnen, deren Schenkel jedoch ebenfalls unendlich lang sind; endlich Ellipsen, d. s. immer in sich geschlossene Kurven, wenn sie auch eine noch so verlängerte Form besitzen.

Leutnant Prokop bemerkte hierbei erläuternd, daß sich diese verschiedenen Bogen alle auf Kometenbahnen bezögen, welche parabolische, hyperbolische und elliptische sein können, wodurch gleichzeitig gesagt ist, daß in den beiden ersteren Fällen von der Erde aus beobachtete Kometen niemals nach unserem Horizonte zurückkehren können, während sie im dritten Falle periodisch und in mehr oder weniger größeren Zwischenräumen wieder erscheinen.

Es lag also schon nach Einsichtnahme der Papiere und jener Tür auf der Hand, daß sich der Professor mit der Berechnung der Elemente eines Kometen beschäftigt habe; aus den verschiedenen, von ihm studierten Kurven konnte man allerdings noch keine weiteren Schlüsse ziehen, da die Astronomen bei den Kometen von Anfang an stets eine parabolische Bahn voraussetzen.

Aus allem ging hervor, daß Palmyrin Rosette während seines Aufenthaltes auf Formentera ganz oder doch zum Teil die Elemente eines neuen Kometen berechnet habe, der im Kataloge noch nicht existierte.

Datierte diese Rechnung aber aus der Zeit vor oder nach der Katastrophe des 1. Januar? – Das konnte nur er allein wissen.

»Warten wir es ab«, sagte Graf Timascheff.

»Ich warte, aber ich brenne vor Verlangen«, antwortete Kapitän Servadac, der seine Ungeduld kaum zu bemeistern vermochte. »Ich gäbe einen Monat meines Lebens für jede Stunde, welche Professor Rosette weniger schliefe.«

»Da könnten Sie doch leicht ein schlechtes Geschäft machen, Kapitän«, sagte da Leutnant Prokop.

»Wie, um das unserem Asteroiden noch bevorstehende Schicksal kennenzulernen . . .«

»Ich möchte Ihnen keine Illusionen rauben, Kapitän«, erwiderte Leutnant Prokop, »doch selbst wenn der Professor über den Kometen Gallia noch so viel weiß, so ist damit noch nicht gesagt, daß er uns auch nur das geringste über das Bruchstück, welches uns entführt, mitteilen können müsse. Steht überhaupt die Erscheinung des Kometen über dem Horizonte der Erde in irgendwelchen Wechselbeziehungen zu der Fortschleuderung eines Fragmentes der Erdkugel in den Weltraum?«

»Zum Teufel, natürlich?« rief Kapitän Servadac. »Der Zusammenhang ist ganz einleuchtend. Es liegt klar zutage, daß . . .«

»Daß . . .?« fragte Graf Timascheff, als hätte er schon

die Antwort erwartet, welche der andere eben geben wollte.

»Daß die Erde von einem Kometen einen Stoß erhalten und daß dieser die Ursache wurde, dem die Fortschleuderung des Stückes, welches uns trägt, zuzuschreiben ist!«

Auf diese, von Kapitän Servadac mit solcher Überzeugung ausgesprochene Hypothese sahen sich Graf Timascheff und Leutnant Prokop einige Augenblicke schweigend an. Trotz der Unwahrscheinlichkeit des Zusammentreffens der Erde mit einem Kometen, konnte man ein solches Ereignis doch nicht geradezu unmöglich nennen. Ein Stoß dieser Art – ja, das lieferte die Erklärung zu den bis jetzt unerklärlichen Erscheinungen, das war die veranlassende Ursache jener so ganz außergewöhnlichen Folgen.

»Sie könnten wohl recht haben, Kapitän«, antwortete Leutnant Prokop, nachdem er sich die Frage von diesem Gesichtspunkte aus überlegt hatte, »es ist nicht ganz abzuleugnen, daß es zu einem solchen Stoß kommen und dieser ein beträchtliches Stück der Erdkugel absprengen könnte. Nehmen wir diesen Fall an, so wäre die ungeheure Scheibe, welche wir in der Nacht nach der Katastrophe ja alle gesehen haben, nichts anderes gewesen als jener aus seiner Bahn abgelenkte Komet, dessen Schnelligkeit doch eine so große war, daß ihn die Erde im Zentrum ihrer Attraktion nicht festzuhalten vermochte.«

»Das scheint mir wirklich die einzige Erklärung für jenes unbekannte Gestirn zu sein«, wiederholte Kapitän Servadac.

»Somit hätten wir ja«, sagte Graf Timascheff, »eine neue, scheinbar recht annehmbare Hypothese. Sie setzt unsere eigenen Beobachtungen mit denen des Professor Rosette in Übereinstimmung. Den Namen ›Gallia‹ hätte er also dem Wandelstern beigelegt, durch den wir jenen Stoß erlitten.«

»Ohne Zweifel, Graf Timascheff.«

»Sehr schön, Kapitän, und doch bleibt ein mir dunkler Punkt zu erklären übrig.«

»Und welcher?«

»Nun, daß sich der gelehrte Herr mehr mit dem Kometen beschäftigt zu haben scheint als mit dem Erdbruchstück, das ja auch ihn selbst in den Weltraum entführte.«

»Oh, Graf Timascheff«, antwortete Kapitän Servadac, »Sie glauben gar nicht, welch sonderbare Käuze solche Fanatiker der Wissenschaft manchmal sind, und der meinige gehört unter die tollsten.«

»Übrigens«, bemerkte Leutnant Prokop, »könnte die Berechnung der Elemente der Gallia recht wohl aus der Zeit vor dem Zusammentreffen herrühren. Der Professor wird den Kometen haben kommen sehen und beobachtete ihn gewiß schon vor der Katastrophe.«

Diese Andeutung Leutnant Prokops schien für sich selbst zu sprechen; jedenfalls vereinigten sich alle in der Annahme der Hypothese Kapitän Servadacs. Nach dieser wäre also der ganze Sachverhalt folgender:

Ein die Ekliptik schneidender Komet war in der Nacht vom 31. Dezember zum 1. Januar mit der Erde zusammengestoßen und hatte von dieser ein nicht unbeträchtliches Stück abgesprengt, welches nun selbständig durch den interplanetarischen Weltraum gravitierte.

Wenn die Mitglieder der Akademie der Wissenschaften auf der Gallia auch die volle Wahrheit noch nicht erkannten, so waren sie dieser doch bestimmt sehr nahegekommen.

Nur Palmyrin Rosette war imstande, das vorliegende Problem vollständig zu lösen.

Zweites Kapitel

Dessen letztes Wort den Leser lehrt, was er ohne Zweifel schon vorher erraten hatte.

So verlief also der 19. April. Während ihre Vorgesetzten sich in dieser Weise besprachen, betrieben die Kolonisten ihre gewohnten Arbeiten. Das unerwartete Erscheinen des Professors auf der Szene der Gallia vermochte sie keineswegs besonders zu erregen. Die Spanier, bei ihrer natürlichen Sorglosigkeit, und die Russen, bei dem felsenfesten Vertrauen zu ihrem Herrn, beunruhigten sich weder über sichtbare Wirkungen, noch über deren Ursachen. Ob die Gallia jemals nach der Erde zurückkehrte, oder ob sie auf derselben leben, d. h. auch hier sterben sollten, das bekümmerte sie nicht im geringsten. Auch während der folgenden Nacht ließen sie sich um keine Stunde Schlaf bringen und schlummerten wie Philosophen, welche nichts zu beunruhigen vermag.

Der zum Krankenwärter umgewandelte Ben-Zouf verließ das Lager des Professor Rosette nicht einen Augenblick. Er hatte die Sache zur seinigen gemacht und sich einmal in den Kopf gesetzt, jenen wieder auf die Füße zu bringen. Seine Ehre war hierbei im Spiele. Wie pflegte er ihn aber auch! Welch gewaltige Quantitäten seiner Herzstärkungen flößte er ihm bei der geringsten Gelegenheit ein! Wie zählte er seine Seufzer! Wie lauschte er auf jedes Wort, daß von seinen Lippen kam! Um wahr zu sein, müssen wir hier bemerken, daß der Name »Gallia« in Palmyrin Rosettes unruhigem Schlummer häufig, und bezüglich seiner Betonung von der einfachen Unruhe bis zum Zorne wechselnd, wiederkehrte. Träumte vielleicht der Professor, daß man ihm seinen Kometen stehlen, die Entdeckung der Gallia bestreiten, ihm die Priorität seiner Beobachtungen und Berechnungen ableugnen wollte? – Das konnte wohl sein. Palmyrin Rosette gehörte zu den Leuten, welche selbst im Schlafe wütend werden.

Trotz seiner schärfsten Aufmerksamkeit gelang es

dem Krankenwärter doch nicht, aus jenen unzusammenhängenden Worten etwas zu verstehen, was das große Problem seiner Lösung nähergebracht hätte. Übrigens schlief der Professor die ganze Nacht hindurch, anfänglich noch mit leisen Seufzern, später aber mit lautem Schnarchen von bester Vorbedeutung.

Als die Sonne sich schon über dem westlichen Horizonte der Gallia erhob, schlummerte Palmyrin Rosette noch immer, und Ben-Zouf erachtete es für angemessen, seine Ruhe nicht zu stören. Übrigens wurde die Aufmerksamkeit der Ordonnanz gerade jetzt durch einen kleinen Zwischenfall abgeleitet.

Es klopfte nämlich jemand wiederholt an die starke Tür, welche die Hauptgalerie des Nina-Baues abschloß. Diese Tür diente nicht etwa zur Abhaltung unliebsamer Besucher, sondern nur zum Schutz gegen die Kälte.

Ben-Zouf verließ seinen Pflegebefohlenen auf einen Augenblick; bald aber glaubte er, unrecht gehört zu haben, und kehrte wieder um, da er sich nicht als Portier betrachtete und andere da waren, welche, minder beschäftigt als er, den Riegel entfernen konnten. Er verhielt sich also ganz still.

Im Nina-Bau lag alles noch in tiefem Schlafe. Das Geräusch wiederholte sich. Offenbar rührte es von einem lebenden Wesen her, das mit irgendeinem Instrumente gegen die Tür schlug.

»In drei Teufels Namen, das ist zu arg!« fuhr Ben-Zouf auf. »Wer zum Kuckuck mag das sein?«

Er ging nach der Hauptgalerie zu.

Bei dieser Tür angelangt, fragte er ärgerlich:

»Wer da?«

»Ich bins«, erklang die Antwort mit süßlicher Stimme.

»Wer ist ›Ich‹?«

»Isaak Hakhabut.«

»Und was begehrt Ihr, Astaroth?«

»Daß Sie mir die Tür öffnen, Herr Ben-Zouf.«

»Was wollt Ihr hier? Eure Waren verkaufen?«

»Sie wissen ja, daß niemand Lust hat, sie zu bezahlen.«

»Nun, so schert Euch zum Teufel!«

»Mein Herr Ben-Zouf«, fuhr der Jude in fast bittendem Tone fort, »ich möchte Seine Exzellenz den Herrn Generalgouverneur sprechen.«

»Er schläft noch.«

»Ich warte, bis er erwacht.«

»Gut, so wartet da, wo Ihr jetzt seid, Abimelech.«

Ben-Zouf wollte eben wieder nach seinem Posten zurückkehren, als Kapitän Servadac, den das Geräusch geweckt hatte, dazu kam.

»Was gibt's, Ben-Zouf?«

»Oh, nichts oder doch so gut wie nichts. Der Kerl, der Hakhabut, ist draußen und will Sie sprechen.«

»Nun gut, so öffne ihm«, antwortete Hector Servadac. »Ich muß doch erfahren, was ihn heute hierher führt.«

»Jedenfalls nur sein eigenes Interesse.«

»Öffne die Tür«, sag ich dir!«

Ben-Zouf gehorchte. Sofort drängte sich Isaak Hakhabut, in seinen alten, langen Überrock gehüllt, herein. Kapitän Servadac ging nach dem Hauptsaale, und der Jude folgte ihm mit den devotesten Ehrenbezeigungen.

»Was wollt Ihr?« fragte Kapitän Servadac und sah Isaak Hakhabut gerade ins Gesicht.

»Oh, Herr Generalgouverneur, wissen Sie denn seit einigen Stunden gar nichts Neues?«

»Wie, Ihr denkt hier Neuigkeiten zu erfahren?«

»Gewiß, Herr Gouverneur, und ich hoffe, Sie werden haben die Güte, sie mir mitzuteilen.«

»Ich werde Euch gar nichts mitteilen können, Meister Isaak, denn ich weiß selbst nichts.«

»Nun, es ist doch gekommen noch ein Mann gestern hierher nach Warm-Land? . . .«

»Also das wißt Ihr schon?«

»Was sollt' ich's nicht, Herr Gouverneur? Von meiner armseligen Tartane aus hab' ich den You-You wegsegeln sehen auf eine weite Reise, und habe gesehen, daß er wiedergekommen ist. Mir schien, man lud daraus mit großer Vorsicht...«

»Nun, was oder wen?«

»Nun, Herr Gouverneur, verhielt es sich nicht so, daß Sie gestern hätten aufgenommen hier einen Fremden?...«

»Der Euch bekannt wäre?«

»Oh, das sage ich ja nicht, Herr Gouverneur, indes, ich möchte... ich wünschte...«

»Was?«

»Jenen Fremden zu sprechen, denn vielleicht kommt er...«

»Von wo?«

»Von der nördlichen Küste des Mittelmeeres, und es wäre zu hoffen, er brächte...«

»Nun, er brächte?«

»Nachrichten aus Europa!« sagte der Jude mit einem bezeichnenden Blicke auf den Kapitän Servadac.

Der Starrkopf verweilte also, trotz dreiundeinhalbmonatlichen Aufenthaltes auf der Gallia, bei seinen früheren Ansichten. Bei seinem Temperament fiel es ihm gewiß schwerer als jedem andern, sich geistig als von der Erde getrennt anzusehen, obwohl er es buchstäblich war. Mußte er auch das Auftreten abnormer Erscheinungen zugestehen, wie die Verkürzung der Tage und Nächte, die Verkehrung der Hauptpunkte des Himmels bezüglich des Auf- und Unterganges der Sonne, so vollzog sich seiner Meinung nach das alles eben auf der Erde selbst. Das Meer hier blieb für ihn immer noch das Mittelmeer. War auch ein Teil Afrikas durch irgendeine Katastrophe unzweifelhaft verschwunden, so existierte nach ihm doch das ganze Europa, einige hundert Meilen im Norden, unverändert weiter. Seine Bewohner lebten gewiß wie zuvor, und auch er würde dort umherziehen, kaufen und verkaufen, mit einem Worte schachern können. Die Hansa würde in Ermanglung des afrikanischen Ufers den Küstenhandel längs des europäischen Ufers betreiben und bei diesem Tausche wahrscheinlich nichts einbüßen. Deshalb war Isaak Hakhabut spornstreichs herbeigeeilt, um im Nina-Bau Nachrichten von Europa zu erhalten.

Diesen Juden aufklären und seine starr festgehaltenen Ansichten brechen zu wollen, schien eine vergebliche Mühe. Kapitän Servadac dachte auch nicht im geringsten daran, mit diesem Renegaten, der ihn anwiderte, neue Beziehungen anzuknüpfen, und begnügte sich als Antwort auf dessen Gesuch, nur mit den Achseln zu zukken.

Wer aber auch noch mehr als mit den Achseln zuckte, das war Ben-Zouf. Die Ordonnanz hatte das Begehren des Juden gehört und antwortete nun Isaak Hakhabut anstelle des Kapitän Servadac, der ihm den Rücken zugekehrt hatte.

»Ich habe mich also nicht geirrt«, fuhr der Jude mit lebhafter erglänzenden Augen fort. »Gestern ist ein Fremder hier angekommen?«

»Jawohl«, antwortete Ben-Zouf.

»Lebend?«

»Man hofft es.«

»Und kann ich erfahren, Herr Ben-Zouf, von welchem Orte ist gekommen dieser Reisende?«

»Von den Balearen«, belehrte ihn Ben-Zouf, der beobachten wollte, welche Wirkung das auf Isaak Hakhabut äußern würde.

»Von den Balearen!« rief der Jude. »Oh, das ist ein herrlicher Platz zum Handeln! Was hab' ich sonst dort gemacht für ein feines Geschäft! Die Hansa ist gar wohl bekannt auf jenen Inseln.«

»Nur zu bekannt!«

»Sie liegen aber bloß entfernt fünfzehn Meilen von der spanischen Küste, und jedenfalls wird der Herr Reisende bringen können Nachrichten von Europa.«

»Gewiß, Manasse, er wird Euch so manches Interessante mitteilen können.«

»Ist das wahr, Herr Ben-Zouf?«

»Natürlich.«

»Ich werde nicht ansehen ...« fuhr der Jude zögernd fort ».. . nein ... gewiß ... ich bin zwar nur ein armer Mann ... ich werde nicht ansehen ein paar Realen, um mit ihm sprechen zu können.«

»Oho, Ihr werdet sie doch ansehen.«

»Ja, das werde ich . . . aber ich werde sie geben trotzdem, wenn ich ihn sprechen kann sogleich.«

»Aha!« ließ sich Ben-Zou vernehmen. »Leider ist unser Reisender sehr abgespannt und schläft jetzt noch.«

»Aber wenn man ihn weckte . . .«

»Hakhabut«, fiel da Kapitän Servadac ein, »wenn Ihr Euch unterfangt, hier irgend jemand zu wecken, so weis' ich Euch die Tür!«

»Herr Gouverneur«, entschuldigte sich der Jude im unterwürfigsten Tone, »ich möchte ja nur wissen . . .

»Ihr werdet alles erfahren«, unterbrach ihn Kapitän Servadac. »Ich bestehe sogar darauf, daß Ihr zugegen seid, wenn unser neuer Gefährte seine Nachrichten aus Europa mitteilt.«

»Und ich auch, Ezechiel«, fügte Ben-Zouf hinzu, »denn ich möchte Euer fröhliches Gesicht dabei sehen.«

Isaak Hakhabut brauchte nicht lange zu warten. Eben ließ sich die ungeduldig rufende Stimme Palmyrin Rosettes vernehmen.

Bei diesem Rufe eilten alle nach dem Lager des Professors, Kapitän Servadac ebenso wie Graf Timascheff, Leutnant Prokop und Ben-Zouf, dessen kräftige Hand Mühe hatte, den Juden Hakhabut etwas zurückzuhalten.

Der Professor war offenbar nur erst halb munter und rief, wahrscheinlich unter der Nachwirkung eines Traumes: »He, Josef! Den Kerl soll der Teufel holen! Wirst du bald kommen, Josef!«

Dieser Josef war gewiß der Diener Palmyrin Rosettes; erscheinen konnte er ohne Zweifel deshalb nicht, weil er wohl noch die alte Welt bewohnte. Der Stoß der Gallia hatte auch die Wirkung gehabt, plötzlich, und wohl für immer, Herrn und Diener zu trennen.

Inzwischen erwachte der Professor vollständig und rief von neuem:

»Josef! Vermaledeiter Josef! Wo ist meine Tür?«

»Hier«, erwiderte Ben-Zouf, »Ihre Tür ist sorgfältig verwahrt.«

Palmyrin Rosette öffnete die Augen weiter und sah die Ordonnanz stirnrunzelnd scharf an.

»Du bist Josef?« fragte er.

»Zu dienen, Herr Palmyrin«, erwiderte seelenruhig Ben-Zouf.

»Schön, Josef«, fuhr der Professor fort, »meinen Kaffee, aber schnell!«

»Den gewünschten Kaffee!« rief Ben-Zouf nach der Küche eilend.

Unterdessen half Kapitän Servadac Palmyrin Rosette, sich halb emporzurichten.

»Verehrtester Professor«, begann er, »Sie haben also Ihren alten Schüler von der Charlemagne wiedererkannt?«

»Gewiß, Servadac, gewiß!« bestätigte Palmyrin Rosette. »Ich hoffe, Sie werden sich binnen zwölf Jahren etwas geändert haben?«

»Von oben bis unten«, erwiderte Kapitän Servadac lachend.

»Schön, das ist gut!« sagte Palmyrin Rosette. »Aber meinen Kaffee möcht' ich haben. Ohne Kaffee keine klaren Gedanken, und diese braucht man heutzutage notwendig.«

Zum Glück brachte Ben-Zouf eben das ersehnte Labsal – eine große Tasse schwarzen, dampfenden Kaffees.

Palmyrin Rosette leerte diese, erhob sich vollends, verließ das Lager, trat in den Hauptraum der Wohnung ein, sah sich zerstreut ein wenig um und ließ sich endlich in einen der besten Lehnstühle aus dem Salon der Dobryna nieder.

Dann ging der Professor, wenn auch mit etwas sauertöpfischem Gesicht, aber doch mit einem Tone, der an das »all right«, »va bene« und »nil desperandum« seiner Nachrichtsblätter erinnerte, auf die brennende Frage ein.

»Nun, meine Herren, was denken Sie von der Gallia?«

Kapitän Servadac wollte darauf vor allem selbst die Frage stellen, was diese Gallia sei, als sich Isaak Hakhabut vordrängte.

Beim Anblicke des Juden runzelten sich des Professors Augenbrauen von neuem, und er rief mit dem Tone eines Mannes, der sich durch eine unziemliche Begegnung beleidigt fühlt:

»Und was hat das zu bedeuten?«

»Lassen Sie sich den da nicht kümmern«, erwiderte Ben-Zouf, während der Gelehrte Isaak Hakhabut mit der Hand abzuwehren suchte.

Es war aber weder leicht, den Juden zurückzuhalten, noch ihn am Sprechen zu verhindern. Er nahm immer und immer wieder einen Anlauf, ohne der anderen Anwesenden zu achten.

»Mein Herr«, sagte er, »im Namen des Gottes Abrahams, Israels und Jakobs, geben Sie uns Nachricht von Europa!«

Palmyrin Rosette sprang, wie von einer Feder emporgeschnellt, aus seinem Sessel auf.

»Nachrichten von Europa!« rief er. »Er will Nachrichten von Europa haben!«

»Ja . . . ja . . .« antwortete der Jude, der sich an den Lehnsessel des Professors klammerte, um dem ihn zurückdrängenden Ben-Zouf zu widerstehen.

»Und wozu das?« fuhr Palmyrin Rosette fort.

»Um dahin zurückzukehren.«

»Dahin zurückkehren! – Welches Datum haben wir doch heute?« fragte der Professor nach seinem früheren Schüler gewendet.

»Den zwanzigsten April«, antwortete Kapitän Servadac.

»Gut; also heute am zwanzigsten April«, erklärte Palmyrin Rosette, dessen Stirn sich wie von leichtem Nachdenken furchte, »heute ist Europa nahezu dreiundsiebzig Millionen Meilen von uns entfernt!«

Isaak Hakhabut sank zusammen, als hätte man ihm das Herz aus dem Leibe gerissen.

»Ah, wie mir scheint, weiß man hier noch nichts!« fragte Palmyrin Rosette.

»Einiges doch«, antwortete Kapitän Servadac.

Mit kurzen Worten teilte er dem Professor alles mit. Er erzählte, was sich seit der Nacht des 31. Dezember zugetragen, wie die Dobryna eine Entdeckungsreise unternommen und aufgefunden habe, was noch von den alten Kontinenten übrig war, nämlich einige Punkte von Tunis, Sardinien, Gibraltar und Formentera; ferner daß seine Dokumente in drei Fällen in ihre Hände gekommen seien, und endlich, daß man die Insel Gourbi verlassen, um nach Warm-Land überzusiedeln und den alten Wachtposten gegen den Nina-Bau zu vertauschen.

Palmyrin Rosette hatte diesem Berichte nicht ohne einige Zeichen von Ungeduld zugehört. Als Kapitän Servadac geendet hatte, fragte er:

»Nun, meine Herren, wo glauben Sie sich denn augenblicklich zu befinden?«

»Auf einem neuen Asteroiden, der durch die Sonnenwelt kreist«, erwiderte Kapitän Servadac.

»Und dieser neue Asteroid wäre Ihrer Ansicht nach?...«

»Ein ungeheures Bruchstück, das aus der Erde gerissen ward.«

»Herausgerissen, ah, so, herausgerissen! Ein Fragment der Erdkugel! Und durch wen, durch was herausgerissen?«

»Durch den Anprall eines Kometen, dem Sie, lieber Professor, den Namen ›Gallia‹ gegeben haben.«

»Nun, Sie irren sich doch, meine Herren«, erklärte Palmyrin Rosette aufstehend. »Die Sache verhält sich noch weit besser!«

»Noch weit besser!« wiederholte lebhaft Leutnant Prokop.

»Gewiß«, fuhr der Professor fort, »gewiß. Es ist ganz richtig, daß ein bisher unbekannter Komet in der Nacht vom 31. Dezember zum 1. Januar, um zwei Uhr siebenundvierzig Minuten und fünfunddreißig Sekunden, die Erde getroffen hat, aber er hat sie dabei sozusagen nur gestreift und die kleinen Bruchstückchen mit entführt, welche Sie bei Ihrer Entdeckungsfahrt auffanden.
« »Und folglich«, rief Kapitän Servadac, »befinden

wir uns . . .«

»Auf dem Gestirn, welches ich ›Gallia‹ genannt habe«, antwortete Palmyrin Rosette triumphierenden Tones. »Sie leben jetzt auf meinem Kometen!«

Drittes Kapitel

Einige Variationen über das längst bekannte Thema von den Kometen und anderen Wanderern der Sonnenwelt.

Wenn Professor Palmyrin Rosette einen Vortrag über Kometographie hielt, so definierte er, in Übereinstimmung mit den hervorragendsten Astronomen, die Kometen folgendermaßen:

»Gestirne mit einem leuchtenden Zentralpunkte, dem sogenannten Kerne, mit einer Nebelhülle, welche man auch als Strahlenkranz bezeichnet, und einem schwächer leuchtenden Anhängsel, dem Schweife, wobei diese Gestirne infolge der großen Exzentrizität ihrer Bahn für die Bewohner der Erde nur zeitweilig und im Vergleich zur Dauer ihres Umlaufs nur sehr kurze Zeit sichtbar sind.«

Palmyrin Rosette unterließ es auch niemals hinzuzusetzen, daß seine Definition eine vollkommen treffende sei – freilich mit den Ausnahmefällen, daß diese Gestirne wohl auch ohne Kern und Schweif und ohne Nebelhülle auftreten könnten und dennoch als Kometen zu betrachten seien.

Auch setzte er, nach Arago, stets noch hinzu, daß ein solches Gestirn, um den Ehrennamen eines Kometen zu verdienen, noch: 1. eine eigene Bewegung besitzen und 2. eine sehr verlängerte Ellipse beschreiben müsse, in welcher es sich so weit entferne, um von der Erde und der Sonne aus unsichtbar zu werden. Bei Erfüllung jener ersten Bedingung konnte dann ein solcher Wandelstern nicht mehr mit einem Fixsterne und bei Erfüllung des zweiten auch nicht mit einem Planeten verwechselt werden. War es dann endlich nicht unter die Klasse der Meteore zu bringen, so mußte ein solches Gestirn, das weder ein Fixstern noch Planet war, notwendig ein Komet sein.

Wenn Professor Palmyrin Rosette in der Art von seinem bequemen Lehnstuhl aus dozierte, wiegte er sich immer in dem Glauben, einmal noch von einem Kometen fortgerissen und durch die Sonnenwelt geführt zu sehen. Unentwegt bewahrte er für diese behaarten oder unbehaarten Gestirne eine ausgesprochene Vorliebe. Ahnte er vielleicht voraus, was ihm die Zukunft wirklich gewähren sollte? In der Kometographie war er, wie man sich leicht denken kann, denn auch ganz besonders sattelfest. Nach dem Zusammenstoße hatte er auf Formentera gewiß nur das eine schmerzlich vermißt, keinen Zuhörerkreis um sich zu haben; denn in diesem Falle hätte er bestimmt sofort einen Eilkursus über die Kometen begonnen und sein Lieblingsthema in folgender Ordnung abgehandelt:

1. Wie groß ist die Zahl der Planeten im Weltraume?
2. Welche sind die periodischen Kometen, d. h. die, welche nach einer gewissen Zeit wiederkehren, und welche sind die nichtperiodischen?
3. Wie verhält es sich mit der Wahrscheinlichkeit eines Zusammenstoßes zwischen der Erde und irgendeinem jener Kometen?
4. Was würde die Folge eines solchen Stoßes sein, je nachdem der betreffende Komet einen harten Kern besäße oder nicht?

Mit der Beantwortung dieser vier Fragen hätte Palmyrin Rosette gewiß auch die anspruchsvollsten seiner Zuhörer befriedigt.

Eben das wollen wir an seiner Stelle in diesem Kapitel versuchen.

Also die erste Frage lautete: Wie groß ist die Zahl der Planeten im Weltraume?

Keppler nahm an, die Kometen am Himmel seien ebenso zahlreich wie die Fische im Wasser.

Arago hat, unter Zugrundelegung derjenigen dieser

Gestirne, welche zwischen Merkur und Sonne gravitieren, die Zahl der übrigen, welche den Raum unseres Sonnensystems berühren, auf siebzehn Millionen berechnet.

Lambert nimmt allein bis zum Saturn, also innerhalb eines Rayons von etwa zweihundertneunzehn Millionen Meilen, deren gegen fünfhundert Millionen an.

Andere Berechnungen ergeben gar vierundsiebzig Millionen Milliarden dieser Himmelskörper.

Die Wahrheit ist, daß man nichts Bestimmtes über die Anzahl der Haarsterne weiß, daß man sie niemals gezählt hat und niemals wird zählen können, aber daß sie jedenfalls sehr zahlreich vorhanden sind. Um den Vergleich Kepplers zu verdeutlichen und zu erweitern, könnte man sagen, daß ein auf der Sonnenoberfläche stehender Fischer seine Angel gar nicht auswerfen könnte, ohne einen Kometen zu fangen.

Und das ist noch nicht alles. Eine große Anzahl schweift durch das Universum, welche sich dem Einflusse der Sonne vollständig entzieht. Es gibt darunter viele so weit und so regellos umherirrende Gestirne, daß sie scheinbar ganz nach ihrem Belieben von einem Attraktions-Zentrum zu einem anderen übergehen. Sie vertauschen unsere Sonnen-(d. h. unsere spezielle Fixstern-) Welt mit bedauerlicher Leichtigkeit gegen eine andere, wobei am Horizonte der Erde solche erscheinen, welche man früher hier niemals erblickte, während andere dafür auf Nimmerwiedersehen verschwinden.

Um aber nur von denen zu sprechen, die unserem Sonnensysteme zweifellos angehören, haben diese wenigstens eine unveränderlich vorherbestimmte Bahn, wodurch ein Zusammenstoß entweder zwischen ihnen selbst oder mit der Erde zur Unmöglichkeit würde? – Leider nein! Ihre Bahnen sind fremden Einflüssen nicht ganz und gar entzogen. Aus Ellipsen können dieselben zu Parabeln oder Hyperbeln werden.

Um nun vom Jupiter zu reden, so ist dieser Planet der hervorragendste »Ordnungsstörer« der Bahnen vieler Weltkörper. Nach der Beobachtung der Astronomen scheint er vorzüglich auf der Heerstraße der Kometen zu wandeln und übt auf die schwächlichen Weltkörper oft einen verderbendrohenden Einfluß, der sich freilich durch seine mächtige Anziehungskraft erklärt.

Das ist also in groben Zügen die Kometenwelt, welche Millionen zu ihr gehörender Gestirne zählt. –

Die zweite Frage: Welche sind die periodischen Kometen und welche die nichtperiodischen? Durchblättert man die astronomischen Jahrbücher, so finden sich zwischen fünf- und sechshundert Kometen, welche zu verschiedenen Zeiten der Gegenstand eingehenderer Untersuchung geworden sind. Hierunter sind aber nur vierzig, deren Umlaufszeiten genau bekannt sind.

Diese vierzig Gestirne zerfallen wiederum in periodische und nichtperiodische Kometen. Die ersteren erscheinen für die Erde in mehr oder weniger langen, aber fast ganz regelmäßigen Zeiträumen wieder. Die anderen entfernen sich von der Sonne in wahrhaft unmeßbare Weiten.

Unter den periodischen Kometen kennt man zehn mit sogenannter »kurzer Umlaufszeit«, deren Bewegungen mit äußerster Genauigkeit berechnet sind. Es sind das die Kometen Halleys, Enckes, Gambarts, Fayes, Brörsens, d'Arrests, Tuttles, Winneckes, de Vicos und Tempels.

Einige Worte über die Geschichte derselben dürften hier nicht am unrechten Orte sein, denn einer derselben befand sich einmal in demselben Verhältnisse zur Erde, wie unlängst der Komet Gallia.

Der Halleysche Komet ist schon am längsten bekannt. Man nimmt an, daß er in den Jahren 134 und 52 v. Chr., und dann 400, 855, 930, 1006, 1230, 1305, 1380, 1456, 1531, 1607, 1682, 1759 und 1835 sichtbar war.

Er bewegt sich von Osten nach Westen, d. h. in umgekehrter Richtung wie die Planeten um die Sonne. Der Zeitraum zwischen zwei Erscheinungen desselben beträgt fünfundsiebzig bis sechsundsiebzig Jahre, je nachdem er auf seiner Bahn durch die Nähe des Jupiter oder Saturnus mehr oder weniger gestört wurde, wodurch eine Verzögerung bis zu sechshundert Tagen entstehen kann. Der weitberühmte Herschel befand sich zur Zeit seines Erscheinens im Jahre 1835 am Kap der Guten Hoffnung, und damit in günstigeren Verhältnissen als die Astronomen der nördlichen Halbkugel der Erde, so daß er den Kometen bis zum März 1836 zu verfolgen vermochte, zu welcher Zeit er, wegen allzugroßer Entfernung von der Erde, unsichtbar wurde. Zur Zeit seines Perihels nähert sich der Halleysche Komet der Sonne bis auf 13⅕ Millionen Meilen, also bis auf eine geringere Entfernung als die der Venus – was bezüglich der Gallia ganz ebenso der Fall gewesen zu sein schien. Zur Zeit seines Aphels entfernt er sich bis auf 780 Millionen Meilen, d. i. über die Kreisbahn des Neptun hinaus.

Der Enckesche Komet ist derjenige, welcher seinen Umlauf im kürzesten Zeitraume vollendet, denn er braucht dazu im Mittel nur 1203 Erdentage, also weniger als drei und ein halbes Jahr. Er bewegt sich in direkter Richtung von Westen nach Osten. Zuerst entdeckt am 26. November 1818, erkannte man doch nach Berechnung seiner Bahnelemente, daß er mit einem schon im Jahre 1805 gesehenen identisch sei. Wie es die Astronomen schon damals voraussagten, erschien er in den Jahren 1822, 1825, 1829, 1832, 1835, 1838, 1842, 1845, 1848, 1852 usw. regelmäßig wieder, und hat überhaupt niemals ermangelt, zur bestimmten Zeit über dem Horizonte der Erde sichtbar zu werden, wobei seine Umlaufszeit sich merkwürdigerweise jedesmal um 6 Stunden verkürzte, ein Umstand, welcher trotz Enckes eigener und Bessels späterer Hypothese noch keine allgemein angenommene Erklärung gefunden hat. Seine Bahn liegt noch innerhalb der des Jupiter. Er entfernt sich von der Sonne somit nicht weiter als höchstens 93½ Millionen Meilen, und nähert sich ihr bis 7.8 Millionen Meilen, d. h. mehr als der Merkur. Wie schon durch die Verminderung der Umlaufszeit angedeutet, vermindert sich die große Achse seiner elliptischen Bahn allmählich und verkleinert sich demnach seine geringste Entfernung von der Sonne. Es ist folglich gar nicht unwahrscheinlich, daß der Enckesche Komet endlich in die Sonne stürzt, die ihn jedenfalls absorbieren wird, im Fall er nicht schon vorher durch die mit der Annäherung an dieselbe steigende Hitze verflüchtigt wurde.

Der Gambartsche oder Bielasche Komet ward in den Jahren 1772, 1789, 1795 und 1805 schon beobachtet, seine Bahnelemente aber erst am 28. Februar 1826 genau bestimmt. Auch er besitzt eine direkte Bewegung. Seine Umlaufszeit beträgt 2410 Tage, also fast sieben Jahre. Zur Zeit seines Perihels kommt er an der Sonne in der Entfernung von 19626000 Meilen, also ein wenig näher als die Erde vorüber, und entweicht bei seinem Aphel bis auf 141222000 Meilen, also bis jenseits der Bahn des Jupiter. Eine merkwürdige Erscheinung bot dieser Himmelskörper im Jahre 1846. Er erschien über dem Erdhorizonte in zwei Teilen; er hatte sich also unterwegs, jedenfalls unter dem Einflusse eigener, innerer Kräfte, getrennt. Die beiden Teile bewegten sich gemeinschaftlich, aber mit einem Zwischenraume von 36000 Meilen weiter; im Jahre 1852 betrug diese Entfernung schon 350000 Meilen. Zuletzt wurde der Bielasche Komet – ob vollständig in Auflösung begriffen, ist noch nicht festgestellt – am 28. November 1872 als ein unerhört starker Sternschnuppenfall beobachtet. Die Erde ist an jenem Tage also wahrscheinlich durch jenen Haarstern hindurchgegangen.

Fayes Komet, mit direkter Bewegung, wurde zuerst am 22. November 1843 bemerkt. Auf die Berechnung seiner Elemente gründete man die Vorhersage, daß er 1850 und 1851, nach siebenundeinhalb Jahren oder 2718 Tagen, wieder erscheinen würde. Diese Prophezeiung ging in Erfüllung: das Gestirn zeigte sich zur damals bestimmten und für später berechneten Zeit, wobei es in 38790000 Meilen Entfernung seine Sonnennähe passierte, dem Zentralsterne also nicht ganz so nahe kam wie der Mars, und sich dann bis auf 135936000 Meilen, d. i. weiter als der Jupiter, von ihm entfernte.

Brörsens Komet wurde am 26. Februar 1846 in Kiel entdeckt. Er vollendet, in direkter Bewegung, seinen

Kreislauf binnen zirka fünfundeinhalb Jahren oder 2042 Tagen. Sein Perihel-Abstand beträgt 14768400 Meilen; seine Aphel-Entfernung 129600000 Meilen.

Was die anderen Kometen mit kurzer Umlaufszeit betrifft, so vollendet der von d'Arrest seine Bahn binnen etwa sechsundeinhalb Jahren, und schweifte derselbe 1862 gegen 6500000 Meilen jenseits des Jupiter; der von Tutle beschreibt seine Ellipse in dreizehnundzweidrittel Jahren; jener von Winnecke in fünfundeinhalb Jahren; der Tempelsche Komet fast in derselben Zeit, dagegen scheint sich der de Vicosche in ungemessene Himmelsfernen verloren zu haben. Die letztgenannten Haarsterne wurden noch nicht so eingehend untersucht wie die ersten fünf.

Wir hätten nun noch die Kometen von »mittlerer oder langer Umlaufszeit« anzuführen, von denen vierzig mehr oder weniger eingehend studiert worden sind.

Der von 1556, der sogenannte »Komet Karls V.«, wurde zwar 1860 erwartet, ist aber nicht erschienen.

Den von Newton 1680 beobachteten Haarstern, welcher nach Whiston durch zu große Annäherung an die Erde deren Untergang herbeiführen sollte, müßte man im Jahre 619 und 43 v. Chr. gesehen haben, später 531 und 1116. Seine Umlaufszeit beträgt gegen fünfhundertfünfundsiebzig Jahre und streift er in seinem Perihel so dicht an der Sonne vorüber, daß er von derselben eine achtundzwanzigtausendmal stärkere Wärme erhält als die Erde, d. h. zweitausendmal die Hitze des schmelzenden Eisens!

Der Komet von 1586 ließ sich, der Lebhaftigkeit seines Glanzes nach, mit einem Fixsterne erster Größe vergleichen.

Der Komet von 1811, der seinen Namen (»das Komentenjahr«) dem Jahre seines Erscheinens gegeben, besaß einen Ring (Kern) von 103000 Meilen Durchmesser, eine Nebelhülle von 270000 Meilen und einen Schweif von 27 Millionen Meilen Länge.

Der Komet von 1843, den man mit dem von 1668, 1494 und 1317 identifizieren zu sollen glaubte, wurde von Cassini beobachtet, doch stimmen die Astronomen bezüglich seiner Revolutionsperiode keineswegs überein. Er geht an der Sonne in einer Entfernung von nur 7200 Meilen, und mit einer Schnelligkeit von 8000 Meilen in der Sekunde vorüber. Die Wärme, welche er dabei empfängt, gleicht derjenigen, welche 87 000 Sonnen der Erde in ihrem mittleren Abstande zustrahlen würden. Sein Schweif war sogar am hellen Tage sichtbar.

Der Donatische Komet, der seinerzeit zwischen den Sternbildern des nördlichen Himmels in so lebhaftem Glanze schimmerte, hatte eine etwa siebenhundertmal geringere Masse als die Erde.

Der mit heller leuchtenden Strahlenbüscheln geschmückte Komet von 1861 glich einer ungeheuren, phantastischen Muschel.

Der Komet von 1864, dessen Umlaufszeit nicht weniger als 280 000 Jahre beträgt, verliert sich also sozusagen im Weltraume.

Die dritte Frage: Wie verhält es sich mit der Wahrscheinlichkeit eines Zusammenstoßes zwischen der Erde und irgendeinem jener Kometen?

Wenn man die Bahnen der Planeten und der Kometen auf Papier zeichnet, so schneiden sich dieselben an vielen Punkten. In der Wirklichkeit liegt das aber anders. Die Ebenen dieser Bahnen stehen gegen die Elliptik, d. i. die Kreisbahnebene der Erde, in sehr verschiedenen Winkeln geneigt. Kann es nun aber trotz dieser »Vorsichtsmaßregeln« des Schöpfers, bei der ungeheuren Anzahl der Kometen nicht einmal vorkommen, daß einer derselben gegen die Erde anstößt?

Hier die Antwort:

Die Erde verläßt, wie bekannt, niemals die Ebene der Ekliptik, und die von ihr um die Sonne beschriebene Bahn liegt in jedem Punkt in dieser Ebene.

Was muß also zusammentreffen, damit ein Komet gegen die Erde stoßen könne:

1. Dieser Komet muß ihr in der Ebene der Ekliptik begegnen.

2. Die Stelle, welche der Komet schneidet, muß die-

selbe sein, an welcher sich die Erde eben befindet.

3. Die Entfernung zwischen den Mittelpunkten der beiden Gestirne muß kleiner sein als die Summe ihrer Halbmesser.

Können nun diese drei Bedingungen erfüllt werden und infolgedessen einen Zusammenstoß herbeiführen?

Als man diese Frage einst Arago vorlegte, antwortete er:

»Die Wahrscheinlichkeitsrechnung liefert uns die Unterlagen, die Chancen eines solchen Zusammentreffens abzuschätzen, und zwar lehrt sie, daß man bei dem Auftreten eines bisher unbekannten Kometen 280 Millionen gegen 1 wetten kann, daß derselbe die Erde nicht treffe.«

Laplace leugnete die Möglichkeit eines solchen Zusammenstoßes nicht vollständig und beschreibt dessen Folgen in seiner »Darstellung des Weltsystemes«.

Sind die Aussichten nun hinreichend beruhigend? Darüber wird jeder je nach seinem Temperamente urteilen. Es verdient hierbei übrigens bemerkt zu werden, daß die Berechnung des berühmten Astronomen auf zwei Elemente basiert ist, welche unendlich verschieden sein können. Er verlangt nämlich: 1. daß der Komet in seinem Perihel der Sonne näher sei als die Erde, und 2. daß der Durchmesser dieses Kometen(kernes) dem halben Radius der Erde mindestens gleichkomme.

Bei diesem Exempel handelt es sich also nur um den Zusammenstoß zwischen einem Kometenkerne und der Erdkugel. Wollte man auch ein Zusammentreffen mit der Nebelhülle in Betracht ziehen, so müßte man jene Zahl um das Zehnfache vermindern, also entweder 280 Millionen gegen 10, oder 28 Millionen gegen 1 dafür einsetzen.

Bleiben wir zunächst bei Aragos Auseinandersetzung stehen, so sagt er weiter:

»Nehmen wir einmal an, daß ein die Erde treffender Komet das Leben des ganzen Menschengeschlechtes vernichtete; dann wäre die Todesgefahr für das einzelne Individuum bei der Erscheinung eines unbekannten Kometen ebenso groß, als befände sich in einer Urne eine einzige weiße Kugel unter 280 Millionen anderen Kugeln, und seine Verurteilung zum Tode würde davon abhängig gemacht, daß diese einzige weiße Kugel bei der ersten Ziehung zum Vorschein käme!«

Aus allem geht immerhin hervor, daß die Möglichkeit des Zusammenstoßes eines Kometen mit der Erde nicht unbedingt auszuschließen ist.

Ist ein solches Ereignis schon jemals dagewesen?

Nein, behaupten die Astronomen, weil »seit die Erde sich um ihre unveränderte Achse dreht, sagt Arago, man mit aller Sicherheit darauf schließen kann, daß sie keinen Stoß von einem Kometen erlitten habe. Infolge eines solchen Stoßes wäre plötzlich eine andere Rotationsachse anstelle der jetzigen Hauptachse getreten, und die Zonen der Erde hätten nach und nach entstandene Veränderungen aufweisen müssen, für welche aber keinerlei Beweise beizubringen sind. Die Konstanz der irdischen Zonen spricht also dafür, daß unser Planet seit seiner Entstehung durch keinen Kometen getroffen worden ist... Auch kann man nicht, wie es mehrere Gelehrte wollten, jene etwa hundert Meter unter die Meeresoberfläche betragende Senkung des Kaspischen Bekkens etwa von dem Anprall eines Kometen herleiten«.

Daß also kein solcher Zusammenstoß stattgefunden, scheint sicher zu sein, aber hätte denn jemals einer stattfinden können?

Diese Frage erinnert unwillkürlich an den Gambartschen Kometen.

Als derselbe im Jahre 1832 erschien, erfüllte er die Welt mit einem gewissen Entsetzen. Infolge einer sonderbaren kosmographischen Koinzidenz schneidet die Bahn dieses Kometen fast diejenige der Erde. Am 29. Oktober, kurz vor Mitternacht, mußte derselbe sehr nahe an einem Punkte der Erdbahn vorbeikommen. Würde die Erde zu derselben Zeit sich ebenda befinden? Wenn das der Fall war, so mußte ein Zusammenstoß stattfinden, denn die Länge des Kometen-Radius betrug nach Olbers das Fünffache des Erdradius und eine

Strecke der Erdbahn war von seiner Nebelhülle bedeckt.

Glücklicherweise gelangte die Erde nach diesem Punkte ihrer Bahn erst einen Monat später, am 30. November, und als sie daselbst mit der ihr eigenen Geschwindigkeit von 46400 Meilen im Tage vorüberkam, war der Komet von ihr schon gegen 13 Millionen Meilen entfernt.

Recht schön; doch wäre sie an diesem Punkte einen Monat früher, oder der Komet einen Monat später eingetroffen, so hätte ein Zusammenstoß stattgefunden. Wäre das möglich gewesen? Unzweifelhaft; denn wenn man auch gar nicht anzunehmen braucht, daß irgendein fremder Einfluß die Rotation des Erdsphäroides hätte beschleunigen können, so wird doch niemand bestreiten, daß er Lauf eines Kometen nicht verzögert werden könnte, da diese Gestirne auf ihrer Bahn bekanntermaßen oft ganz gewaltige Störungen erleiden.

Wenn ein solcher Stoß in der Vergangenheit also nicht stattgehabt hatte, so spricht doch nichts dagegen, daß es hätte der Fall sein können.

Übrigens war der in Rede stehende Gambartsche (Bielasche) Komet im Jahre 1805 schon einmal zehnmal näher, d. h. in einer Entfernung von nur 1200000 Meilen, bei der Erde vorübergegangen. Bei der Unbekanntschaft mit diesem Verhältnis rief jene Konstellation damals aber keinerlei Besorgnis hervor. Nicht ganz so verhielt es sich mit dem Kometen von 1843, denn man fürchtete, daß die Erde ganz und gar von dessen Schweif verhüllt und unsere Atmosphäre vielleicht zum Atmen untauglich würde.

Die vierte Frage: Was würde die Folge eines solchen Stoßes sein, je nachdem der betreffende Komet einen harten Kern besäße oder nicht?

Die einen dieser weit im Weltraume umherschweifenden Gestirne haben nämlich in der Tat einen Kern, der den anderen abgeht.

Fehlt den Kometen ein solcher Kern, so erweisen sie sich aus einem so zarten Nebel bestehend, daß man durch denselben selbst Fixsterne zehnter Größe wahrzunehmen vermochte. Hierdurch erklärt sich auch der nicht seltene Wechsel in der Form dieser Himmelskörper, und die Schwierigkeit, sie allemal sicher wieder zu erkennen. Dieselbe überaus feine Materie bildet auch ihren Schweif. Letzterer erscheint fast nur als eine unter dem Einflusse der Sonnenwärme entstehende Ausdünstung aus dem Kerne, resp. der Nebelhülle.

Ein Beweis hierfür liegt darin, daß dieser Schweif, sei es in der Form einer feinen Feder oder in der eines mehrteiligen Fächers, sich erst dann auszubilden beginnt, wenn die Kometen nur noch 18 Millionen Meilen, also weniger als die Erde, von der Sonne entfernt sind. Daneben beobachtet man jedoch auch, daß gewisse, vielleicht dichtere, massenreichere und gegen hohe Temperaturgrade widerstandsfähigere Kometen kein Anhängsel dieser Art zeigen.

Im Falle ein Zusammenstoß der Erde mit einem Kometen ohne Kern einmal stattfände, könnte von einem Stoße im eigentlichen Sinne des Wortes nicht wohl die Rede sein. Der Astronom Faye behauptete, ein Spinnengewebe würde einer Büchsenkugel mehr Widerstand darbieten als ein Kometennebel. Wenn die Stoffe, welche Nebelhülle und Schweif bilden, nicht an sich gesundheitsgefährlich sind, so wäre bei einem solchen Vorkommnis gar nichts zu fürchten. Dagegen scheint zweierlei nicht ganz außer acht zu lassen: entweder daß diese Materien glühend wären und vielleicht die ganze Erdoberfläche in Brand setzten, oder daß sie unserer Atmosphäre nicht atembare Gase zuführten. Letztere Eventualität ist allerdings nur schwer denkbar. Nach Babinet besitzt die Erdatmosphäre gegenüber jenen kometarischen Nebeln unzweifelhaft eine so überwiegende Dichtigkeit, so zart sie in den höchsten Schichten auch sein mag, daß sie jenen Nebel am Eindringen hindern würde. Nach Newtons Behauptung wäre die Zartheit dieser Kometendünste eine so große, daß, wenn ein Komet mit einem Radius von 219 Millionen Meilen bis zum Dichtigkeitsgrade der Erdatmosphäre kondensiert würde, er in einem Würfel von fünfundzwanzig Millimeter Seite hinreichend Platz fände.

Von den einfachen Kometennebeln wäre als im Fall eines Zusammenstoßes so gut wie nichts zu fürchten. Wie möchte sich die Sachlage aber gestalten, wenn ein solcher Haarstern einen harten Kern besäße?

Zuerst die Frage: Gibt es überhaupt solche Kerne? Man wird hierauf antworten, daß das der Fall sein müsse, wenn der Komet einen hinreichenden Konzentrationsgrad erlangt hat, um aus dem gasförmigen in den festen Zustand überzugehen. Tritt er dann zwischen einen Stern und einen Beobachter auf der Erde, so verdeckt er den ersteren.

Im Jahre 480 v. Chr., zur Zeit des Xerxes, soll die Sonne, nach Anaxagoras, durch einen Kometen verfinstert worden sein. Ebenso beobachtete Dion, einige Tage vor dem Tode des Augustus, eine ähnliche Finsternis, welche vom Monde bestimmt nicht herrühren konnte, da sich dieser an dem betreffenden Tage in Opposition zur Sonne befand.

Die Kometographen erklären diese beiden Zeugnisse jedoch, und wohl nicht mit Unrecht, für wertlos. Dagegen setzen zwei neuere Beobachtungen die Existenz solcher Kometenkerne außer Zweifel. In der Tat verdunkelten die Kometen von 1774 und 1828 Fixsterne achter Größe. Ebenso wurde seinerzeit durch direkte Beobachtungen nachgewiesen, daß die Haarsterne von 1402, 1532 und 1744 harte Kerne besaßen. Für den Kometen von 1843 ist ein solcher noch zweifelloser nachgewiesen, da man das Gestirn am hellen Tage ohne Hilfe eines Instrumentes nahe bei der Sonne wahrnehmen konnte.

Es existieren nun nicht allein feste Kerne in gewissen Kometenköpfen, sondern man hat jene sogar gemessen. So kennt man Durchmesser solcher von 6½ und 7 Meilen bei den Kometen von 1798 und 1805 (Biela), bis zu 1920 Meilen, bei dem von 1845. Der Kern des letzteren überträfe an Größe also selbst die Erdkugel, so daß im Fall eines Zusammenstoßes der Vorteil vielleicht auf der Seite des Kometen bliebe.

Bezüglich der schon gemessenen Nebelhüllen hat

man festgestellt, daß deren Durchmesser zwischen 4320 und 270 000 Meilen wechselt.

Wir schließen das Vorhergesagte (mit Arago) also in folgende Sätze zusammen:

Es existieren oder können doch existieren:

1. Kometen ohne Kern.
2. Kometen mit einem jedenfalls durchscheinenden Kerne.
3. Kometen mit hellerem Glanze, als dem der Planeten, welche wahrscheinlich einen festen und undurchsichtigen Kern besitzen.

Um nun zu untersuchen, welcher Art die Folgen eines Zusammenstoßes der Erde mit einem jener Gestirne sein würden, so ist im voraus zu bemerken, daß, selbst im Falle eines nicht ganz direkten Stoßes, gewiß sehr eingreifende Erscheinungen eintreten müßten.

Schon der sehr nahe Vorübergang eines Kometen von hinreichender Masse würde nicht ohne Gefahr sein. Bei einer im Verhältnis zu der der Erde verschwindenden Masse wäre nichts zu fürchten. So hat z. B. der Komet von 1770, der in einer Entfernung von nur 360 000 Meilen an der Erde vorüberzog, die Dauer des Erdenjahres auch nicht um eine Sekunde verändert, während der Einfluß der Erde die Revolution des Kometen um zwei Tage verzögerte.

Wenn ein Komet aber bei annähernder Gleichheit der Massen in der Entfernung von 33 000 Meilen an der Erde vorbeikäme, so würde er die Dauer des Jahres um sechzehn Stunden fünf Minuten verlängern und die Schiefe der Ekliptik um zwei Grad verändern. Vielleicht finge er uns dabei sogar den Mond weg.

Welches würden nun aber die Folgen eines direkten Stoßes sein? Versuchen wir, sie im folgenden darzulegen.

Entweder würde der Komet, im Fall er den Erdball nur streifte, auf demselben einen Teil von sich zurücklassen, oder er risse – wie das mit der Gallia der Fall war – verschiedene Stücke der Erde los, oder endlich er fügte sich der Erdkugel gänzlich ein, um auf derselben etwa einen neuen Kontinent darzustellen.

In jedem dieser Fälle könnte die Tangentialgeschwindigkeit der Erde plötzlich aufgehoben werden. Alle Wesen, Bäume, Häuser usw. würden in der Schnelligkeit von $4._8$ Meilen in der Sekunde, welche sie vor dem Stoße hatten, weitergeschleudert werden. Die Meere müßten aus ihren natürlichen Bassins hervorbrechen, um alles zu vernichten. Die noch feurig-flüssigen Bestandteile des Erdinnern würden durch den Gegenstoß nach der verhältnismäßig dünnen, festen Kruste unseres Planeten drängen und nach außen durchzubrechen suchen. Infolge der Veränderung der bisherigen Erdachse träte ein neuer Äquator an Stelle des früheren. Endlich könnte die Bahngeschwindigkeit der Erde wohl auch ganz gehemmt werden, wodurch unser Planet, wenn die Anziehungskraft der Sonne durch keine Tangentialkraft mehr aufgehoben würde, in gerader Linie nach dem Zentralgestirn zustürzen und nach einer Fallzeit von 64½ Tagen von letzerem absorbiert werden würde.

Oder es würde sich, unter Berücksichtigung der neueren Wärmetheorie, nach der die Wärme nichts anderes ist als eine modifizierte Bewegung, die plötzlich unterbrochene Geschwindigkeit unseres Sphäroiden mechanisch in Wärme umsetzen. Unter einer bis zu mehreren Millionen Graden gesteigerten Temperatur würde sich dann die Erde schon binnen wenigen Sekunden verflüchtigen.

Indes, um diese kurze Aufzählung solcher nicht wünschenswerten Aussichten abzuschließen, der Zusammenstoß zwischen der Erde und einem Kometen hat nur die Wahrscheinlichkeit von 281 000 000 gegen 1 für sich.

»Das ist ganz richtig«, äußerte später Palmyrin Rosette, »doch wir, wir haben die eine weiße Kugel gezogen.«

Viertes Kapitel

In welchem man Palmyrin Rosette so entzückt über das ihm zugefallene Schicksal sehen wird, daß das allerlei zu denken gibt.

»Mein Komet!« das waren des Professors letzte Worte gewesen. Dann runzelte er die Stirn und fixierte seine Zuhörer, als könne einer derselben den Gedanken haben, ihm seine Eigentumsrechte auf die Gallia streitig zu machen. Vielleicht fragte er sich auch, mit welchem Rechte sich die ihn umstehenden Eindringlinge auf seinem Gebiete niedergelassen hatten.

Kapitän Servadac, Graf Timascheff und Leutnant Prokop verharrten in tiefstem Schweigen. Jetzt kannten sie die ganze Wahrheit, der sie schon recht nahegekommen waren. Man erinnert sich der nach verschiedenen Erörterungen allmählich angenommenen Hypothesen: zunächst bezüglich der Veränderung der Rotationsachse der Erde und der Vertauschung der beiden Kardinalpunkte des Himmels; dann der Ansicht, daß ein Fragment des Erdsphäroides von diesem abgesprengt und in den Weltraum hinausgeschleudert worden sei; endlich daß ein bekannter Komet die Erde gestreift, einige Teile derselben losgerissen habe und sie nun vielleicht bis zur Fixsternwelt hinaus entführe.

Die Vergangenheit kannte man. Die Gegenwart hatte man vor Augen. Was würde nun die Zukunft bringen? Hatte dieses Original eines Gelehrten es vorausgesehen? Hector Servadac und seine Gefährten zauderten, diese Frage an ihn zu richten.

Palmyrin Rosette legte »die volle Amtsmiene« an und schien nur darauf zu warten, daß ihm die in dem allgemeinen Saale versammelten Fremden unter aller Form vorgestellt würden.

Hector Servadac bequemte sich zu dieser Zeremonie, um den mißtrauischen und mürrischen Gelehrten nicht zu reizen.

»Herr Graf Timascheff«, sagte er, seinen Begleiter

vorstellend.

»Seien Sie mir willkommen, Herr Graf«, antwortete Palmyrin Rosette mit jener wohlwollenden Herablassung des Herrn, der sich ganz zu Hause fühlt.

»Herr Professor«, ließ sich der Graf vernehmen, »es lag im Grunde keineswegs in meiner Absicht, daß ich auf Ihren Kometen gekommen bin, doch schulde ich Ihnen deshalb nicht geringeren Dank für Ihre gastfreundliche Aufnahme.«

Hector Servadac fühlte die Ironie dieser Worte und sagte lächelnd:

»Der Leutnant Prokop, Befehlshaber der Goelette Dobryna, auf welcher wir eine Rundfahrt um die Gallia ausgeführt haben.«

»Eine Umschiffung?...« rief der Professor lebhaft.

»Gewiß, eine volle Weltumseglung«, bestätigte Kapitän Servadac.

Dann fuhr er weiter fort:

»Ben-Zouf, mein Ordon...«

»Adjutant des Generalgouverneurs der Gallia«, fiel Ben-Zouf schnell ein, der diese beiden Ämter weder sich noch seinem Kapitän streitig machen lassen wollte.

Einer nach dem anderen wurden sodann die russischen Matrosen, die Spanier, der junge Pablo und die kleine Nina vorgestellt, welch letztere der Professor durch seine Riesenbrille anstarrte wie ein Knecht Ruprecht, der die Kinder nicht leiden mag.

Isaak Hakhabut trat selbst vor und sagte:

»Herr Astronom, eine Frage, nur eine einzige, aber sie ist mir von der größten Wichtigkeit... Wann können wir hoffen, zurückzukehren?...«

»Ah«, antwortete der Professor, »wer spricht da schon von Rückkehr, da wir kaum erst abgefahren sind?«

Nach geschehener Vorstellung ersuchte Hector Servadac Palmyrin Rosette, seine Geschichte zu erzählen.

Dieselbe lautete in kurzen Worten:

Um die Bogenmessung des Meridians von Paris prüfen und bestätigen zu lassen, ernannte die französische Regierung eine wissenschaftliche Kommission, zu welcher Palmyrin Rosette, seiner bekannten Unverträglichkeit wegen, nicht mit hinzugezogen wurde.

Wegen seiner Ausschließung erbittert, beschloß der Professor, auf eigene Hand an die Arbeit zu gehen. In der Voraussetzung, daß die ersten geodätischen Aufnahmen Ungenauigkeiten enthielten, nahm er sich vor, den äußersten Teil des Netzes, der die Insel Formentera mit der spanischen Küste durch ein Dreieck von 24 Meilen längster Seite verband, nachzumessen. Derselben Arbeit hatten sich vor ihm Arago und Biot mit größter Sorgsamkeit unterzogen.

Palmyrin Rosette verließ also Paris. Er begab sich nach den Balearen, errichtete sein Observatorium auf dem höchsten Gipfel jener Insel und traf Anstalt, mit seinem Diener Josef daselbst als Eremit zu wohnen, während einer seiner bewährten Gehilfen, den er zu diesem Zwecke mitnahm, auf einem erhöhten Küstenpunkte Spaniens eine Reverbère so anbrachte, daß deren reflektiertes Licht auf Formentera mittels Fernrohrs zu beobachten war. Einige Bücher, die nötigen Instrumente und Lebensmittel auf zwei Monate bildeten das ganze Material, eines großen Himmelsfernrohres nicht zu vergessen, von dem sich Palmyrin Rosette niemals trennte, und das schon mehr einen Teil seines eigenen Ichs auszumachen schien. Es kam das von der Vorliebe des früheren Lehrers der Charlemagne her, die Tiefen des Himmels in der Hoffnung zu durchstöbern, daß ihm noch einmal eine Entdeckung gelingen werde, welche seinem Namen die Unsterblichkeit sicherte. Das war so eine fixe Idee.

Palmyrin Rosettes Arbeit erforderte vor allem eine unermüdliche Geduld. Nacht für Nacht mußte er das von seinem Gehilfen auf der spanischen Küste unterhaltene Feuer im Auge behalten, um sein Dreieck richtig zu bestimmen, auch hatte er keineswegs vergessen, daß Arago und Biot einundsechzig Tage gebraucht hatten, dieses Resultat zu erreichen. Unglücklicherweise lagerte damals, wie früher erwähnt, ein außerordentlich dichter

Nebel nicht allein über der Küste Spaniens, sondern überhaupt fast über der ganzen Erdkugel.

Gerade in der Umgebung der Balearen entstanden zu wiederholten Malen Lichtungen von kurzem Bestande in diesem Nebelmeere. Es galt also, mit größter Gewissenhaftigkeit auf dem Beobachtungspunkte auszuharren, woneben Palmyrin Rosette allerdings sich nicht immer enthalten konnte, einige forschende Blicke nach dem Firmamente zu richten, denn er beschäftigte sich gleichzeitig mit der Revision derjenigen Abteilung der Himmelskarten, welche das Sternbild der Zwillinge enthielt.

Mit unbewaffnetem Auge betrachtet, zeigt dieses Sternbild höchstens sechs Sterne; ein Teleskopf von siebenundzwanzig Zentimeter Okular-Durchmesser steigert die Zahl aber auf mehr als sechstausend. Palmyrin Rosette besaß leider einen Reflektor von dieser Größe nicht und half sich also so gut es eben anging mit seinem astronomischen Fernrohre.

Als er nun eines Tages beschäftigt war, die Tiefen des Himmels in der Konstellation der Zwillinge zu kontrollieren, glaubte er einen neuen, glänzenden Punkt zu erkennen, den keine Himmelskarte aufwies. Ohne Zweifel war das ein in die Kataloge noch nicht aufgenommener Stern. Durch wiederholte Beobachtung im Laufe mehrerer Nächte überzeugte sich der Professor, daß jenes Gestirn seinen Ort bezüglich der anderen Fixsterne ungewöhnlich schnell veränderte. Hatte er hier einen neuen kleinen Planeten vor sich, den der Gott der Astronomen ihm zusandte? Sollte ihm endlich die längst geahnte wissenschaftlich wichtige Entdeckung gelingen?

Palmyrin Rosette verdoppelte seine Aufmerksamkeit; bald lehrte ihn die zunehmende Geschwindigkeit des Gestirns, daß er hier einen Kometen vor sich habe. Binnen kurzem ward dessen Nebelhülle sichtbar, und es entwickelte sich der Schweif, als den Kometen nur noch achtzehn Millionen Meilen von der Sonne trennten.

Von diesem Augenblick verblaßte unseres Gelehrten Interesse an seiner Triangulation vollständig. Ohne

Zweifel unterhielt der Gehilfe Palmyrin Rosettes an der Festlandsküste mit unverminderter Gewissenhaftigkeit seine Signalfeuer, aber ebenso sicher wandte Palmyrin Rosette kein Auge mehr nach jener Richtung hin. Objektive und Okulare besaß er nur noch für den neuen Haarstern, den er studieren und benennen wollte. Er vegetierte nur noch in jenem Eckchen des Himmels, in dem die Zwillinge leuchten.

Beabsichtigt man die Elemente eines Kometen zu berechnen, so beginnt man stets damit, eine parabolische Bahn desselben vorauszusetzen. Dieser Weg bietet die günstigsten Erfolge. Die Kometen erscheinen nämlich im allgemeinen erst in der Nähe ihres Perihels, d. h. nahe ihrer kürzesten Entfernung von der Sonne, welche in dem einen Brennpunkte ihrer Bahn steht. In diesem Teile einer solchen Kurve ist nun der Unterschied zwischen Ellipse und Parabel, wenn diese einen gemeinschaftlichen Brennpunkt haben, fast gleich Null, denn die Parabel ist nichts als eine Ellipse mit unendlich langer großer Achse.

Palmyrin Rosette basierte seine Berechnungen also auf die Hypothese einer parabolischen Kurve und ging hiermit nicht fehl.

Um einen Kreis mathematisch zu bestimmen, bedarf es der Angabe dreier Punkte seiner Peripherie; ganz ebenso muß man, zur Bestimmung der Elemente eines Kometen, denselben in drei verschiedenen Positionen beobachten. Erst dann vermag man die Linie festzustellen, der er im Weltraume folgen wird, was man mit dem Ausdrucke, »seine Ephemeriden« bestimmen, bezeichnet.

Palmyrin Rosette begnügte sich nicht mit drei Positionen. Unter Benutzung jeder Gelegenheit, wenn der Nebel in seinem Zenit einmal zerriß, beobachtete er die gerade Aufsteigung und die Deklination (Abweichung) seines Objektes wohl zehn-, zwanzig- und dreißigmal und erhielt mit größter Genauigkeit die fünf Elemente des neuen Kometen, der sich mit besorgniserregender Schnelligkeit fortbewegte.

Als Beobachtungsresultate erhielt er nämlich:

1. Die Neigung der betreffenden Kometenbahn gegen die Ekliptik, d. h. gegen die Ebene, in welcher die Kreisbahn der Erde um die Sonne liegt. Gewöhnlich ist der Winkel zwischen diesen beiden Ebenen ein ziemlich großer, wodurch sich, wie bekannt, die Wahrscheinlichkeit eines Zusammenstoßes mit der Erde wesentlich vermindert. Im vorliegenden Falle fielen diese Ebenen freilich zusammen.

2. Die Bestimmung des aufsteigenden Knotens des Kometen, d. h. seine Länge in der Ekliptik, oder mit anderen Worten, der Punkt, an dem der Haarstern die Erdbahn schneiden mußte.

Aus diesen beiden Elementen ließ sich die Lage der Bahn des Kometen im Weltraume ableiten.

3. Die Richtung der großen Achse der Bahn. Sie wurde erhalten durch Berechnung der Länge des Perihels des Kometen, und gelangte Palmyrin Rosette hierdurch zur näheren Bestimmung der parabolischen Kurve innerhalb ihrer schon bekannten Ebene.

4. Den Perihel-Abstand des Kometen, d. h. die Entfernung zwischen ihm und der Sonne, wenn er dieser am nächsten stehen würde – eine Rechnung, welche zuletzt genau die Form der Parabel ergab, deren Brennpunkt notwendigerweise die Sonne einnahm.

5. Endlich die Richtung der Bewegung des Kometen. Diese Bewegung erwies sich gegenüber den Planeten als eine retrograde, d. h. er bewegte sich von Osten nach Westen* zu.

Nach Kenntnisnahme dieser fünf Elemente berechnete Palmyrin Rosette das Datum, an welchem der Komet durch sein Perihel gehen würde. Als er dann zu seiner größten Freude konstatieren konnte, daß er einen bisher unbekannten Kometen vor sich habe, taufte er ihn auf den Namen »Gallia«, nachdem er vorher ein wenig zwischen den Benennungen »Palmyra« und »Rosette« geschwankt hatte, und ging nun ans Werk, über

*Unter 252 Kometen zählt man 123 mit rechtläufiger (direkter) und 129 mit rückläufiger (retrograder) Bewegung im Vergleich zu der aller Planeten.

den Neuling Bericht zu erstatten.

Man kommt nun auf die Frage, ob der Professor auch die Möglichkeit eines Zusammenstoßes zwischen Erde und Gallia vorausgesehen habe.

Sicherlich; und nicht nur die Möglichkeit, sondern die Gewißheit eines solchen.

Wenn man ihn nur »entzückt« genannt hätte über diese Aussicht, so bliebe dieser Ausdruck noch weit hinter der Wahrheit zurück. Der Gelehrte verfiel in ein wirkliches astronomisches Delirium darüber, daß die Erde in der Nacht vom 31. Dezember zum 1. Januar einen Stoß erleiden und der Anprall um so heftiger sein werde, weil die beiden Himmelskörper in entgegengesetzter Richtung aufeinander zueilten.

Jeder andere würde Formentera voller Entsetzen verlassen haben. Er blieb ruhig auf seinem Posten. Er verließ seine Insel nicht nur nicht, sondern enthielt sich auch jeder Veröffentlichung seiner Entdeckung. Aus den Tagesblättern wußte er, daß auf beiden Kontinenten jede Beobachtung durch dichte Nebelmassen unmöglich war, sowie daß keine andere Sternwarte die Annäherung dieses Kometen erwähnt hatte – Grund genug für ihn, zu glauben, daß er bis jetzt allein jenen Haarstern im Weltraume aufgefunden habe.

So verhielt es sich in der Tat, und dieser Umstand ersparte der übrigen Erde den entsetzlichen Schrecken, der sich ihrer Bewohner bei der Kenntnis jener drohenden Gefahr bemächtigt haben würde.

Palmyrin Rosette war und blieb also der einzige, der es wußte, daß bald ein Zusammenstoß stattfinden müsse zwischen der Erde und jenem Kometen, den ihn der heitere Himmel der Balearen sehen ließ, während er sich im übrigen den Blicken der Astronomen verbarg.

Der Professor harrte also auf Formentera aus, und das mit um so größerer Hartnäckigkeit, als der Haarstern die Erde seinen Berechnungen nach im Süden von Algier treffen mußte. Diesem Ereignis wollte er beiwohnen, denn bei dem harten Kerne des Kometen »mußte es dabei sehr merkwürdig zugehen«.

Der Stoß erfolgte in der uns schon bekannten Art und Weise. Für Palmyrin Rosette hatte er zunächst die Folge, ihn urplötzlich von seinem Diener Josef zu trennen. Als er aus langer Betäubung wieder erwachte, sah er sich allein auf einem Eiland, dem einzigen Überbleibsel vom Archipel der Balearen.

So lautete die Geschichte des Professors, die er mit vielen Ausrufungen spickte und mit so drohendem Runzeln der Augenbrauen begleitete, wie es der Kreis seiner wohlwollenden Zuhörer schwerlich verdiente. Er schloß, wie folgt:

»Hochwichtige Veränderungen waren eingetreten, wie die Ortsveränderung der Kardinalpunkte des Himmels und die Verminderung der Schwerkraft. Ich, meine Herren, lebte dabei nur nicht wie Sie in der Täuschung, mich noch auf dem Erdsphäroid zu befinden. Nein! Die Erde gravitierte durch den Weltraum weiter in Begleitung des ihr immer treu gebliebenen Mondes, und folgte ihrer früheren Bahn, welche durch den Stoß keine Veränderung erlitt. Der Komet hatte sie ja sozusagen nur gestreift und ihr die wenigen, verhältnismäßig unbedeutenden Teile ihrer Oberfläche entrissen, welche Sie nach und nach wiedergefunden haben. Es ist demnach alles sehr glücklich abgegangen und wir haben keinerlei Ursache zu klagen. Wir konnten ja entweder zermalmt werden durch den Anprall des Kometen, oder die Erde konnte letzteren fest an sich halten; in keinem Falle genössen wir den beneidenswerten Vorzug, jetzt durch die Sonnenwelt zu fliegen.«

Palmyrin Rosette sprach das alles mit einer solchen Befriedigung aus, daß an einen Widerspruch gar nicht zu denken war. Nur Ben-Zouf wagte unklugerweise seine Meinung dahin zu äußern, »daß, wenn der Komet statt auf jenen Teil Afrikas gegen den Montmartre gestoßen wäre, dieser Berg gewiß hinreichenden Widerstand geleistet hätte und dann . . .«

»Der Montmartre!« rief Palmyrin Rosette, »der Zwerg von Montmartre-Hügel wäre in Staub verwandelt worden wie ein gewöhnlicher Maulwurfshaufen, dem er ja gleicht!«

»Einem Maulwurfshaufen!« rief nun seinerseits Ben-Zouf aufs tiefste verletzt. »Mein heimatlicher Hügel hätte Ihr Kometen-Bröckchen im Fluge gehascht und sich dasselbe wie ein Käppi aufgesetzt!«

Um dieser nur kurzen, aber unzweckmäßigen Diskussion ein Ende zu machen, befahl Hector Servadac Ben-Zouf zu schweigen und teilte dem Professor des näheren mit, welch eigentümliche Ideen seine Ordonnanz über die Festigkeit des Montmartre-Hügels habe.

Der Zwischenfall erschien also »auf Ordre« erledigt, doch konnte der Soldat niemals Palmyrin Rosette verzeihen, daß dieser so wegwerfend über seinen heimatlichen Berg gesprochen hatte.

Jetzt hätte man gern erfahren, ob Palmyrin Rosette auch nach dem Zusammenstoß imstande gewesen sei, seine astronomischen Beobachtungen fortzusetzen, und welcher Art die Resultate derselben bezüglich der Zukunft des Kometen sein möchten.

Mit aller dem griesgrämigen Temperamente des Professors gegenüber notwendigen Zurückhaltung stellte Leutnant Prokop die zweifache Frage nach dem Wege, dem die Gallia jetzt im Weltraume folgte, und nach der Dauer ihrer Umlaufszeit um die Sonne.

»Ja, mein Herr«, ließ sich Palmyrin Rosette vernehmen, »ich hatte die Bahn meines Kometen zwar vor der Kollision bestimmt, mußte nach derselben die Berechnungen jedoch aufs neue vornehmen.«

»Und warum das, Herr Professor?« fragte Leutnant Prokop etwas erstaunt über diese Erklärung.

»Weil auf der einen Seite die Erde durch jenen Zusammenstoß nicht aus ihrer Bahn gelenkt wurde, das auf der anderen aber mit der Gallia-Bahn der Fall war.«

»Diese Bahn ist durch den Stoß eine andere geworden?«

»Das wage ich bestimmt zu behaupten«, erwiderte Palmyrin Rosette, »vorausgesetzt, daß meinen Beobachtungen nach dem Zusammentreffen nicht die nötige Genauigkeit mangelt.«

»Sie haben für diese Bahn also neue Elemente erhalten?« fragte Leutnant Prokop lebhaft.

»Jawohl«, bestätigte Palmyrin Rosette ohne Zögern.

»Nun, so wissen Sie auch ...«

»Was ich weiß, mein Herr, beschränkt sich auf folgendes: Die Gallia traf auf die Erde in ihrem aufsteigenden Knoten in der Nacht vom 31. Dezember zum 1. Januar um zwei Uhr siebenundvierzig Minuten fünfunddreißig sechs Zehntel Sekunden des Morgens; am 10. Januar durchschnitt sie die Bahn der Venus, erreichte ihr Perihel am 15. Januar, hierauf zum zweiten Male die Bahn der Venus, durchschnitt die Erdbahn im absteigenden Knoten am 1. Februar, die Bahn des Mars am 13. und gelangte am 10. März in die Zone der teleskopischen Planeten, legte sich die Nerina als Satelliten zu ...«

»Lauter Umstände, welche auch uns bekannt sind, lieber Professor«, unterbrach ihn Hector Servadac, »da wir das Glück hatten, Ihre Notizen darüber aufzufangen. Leider enthielten diese niemals Ihre Unterschrift oder die Angabe des Ortes, von dem sie herrührten.«

»Wie? Konnte jemand darüber unklar sein, daß ich deren Verfasser war?« rief der Professor voller Selbstgefühl; »ich, der sie hundertweise ins Meer warf, ich, der Professor Palmyrin Rosette?«

»O nein, das sicherlich nicht!« erwiderte ernsthaft Graf Timascheff.

Über die Zukunft der Gallia hatte man freilich noch immer nichts erfahren. Palmyrin Rosette schien mit einer diesbezüglichen Auskunft absichtlich zurückzuhalten. Leutnant Prokop wollte seine Anfragen schon in bestimmterer Form wiederholen, Hector Servadac kam ihm jedoch zuvor, da er es für wichtiger hielt, seinen originellen alten Lehrer nicht zu drängen.

»Ah, lieber Professor«, begann er, »würden Sie uns wohl gefälligst erklären, wie es zuging, daß wir bei einem so fürchterlichen Stoße nicht weit übler weggekommen sind?«

»Oh, das ist sehr erklärlich.«

»Und meinen Sie, daß die Erde, abgesehen von dem

entführten, nur wenige Quadratmeilen großen Terrain, nicht weiter gelitten und sich unter anderem ihre Rotationsachse nicht plötzlich verändert hat?«

»Das glaube ich nicht, Kapitän Servadac«, erwiderte Palmyrin Rosette; »hören Sie meine Gründe dafür. Die Erde bewegte sich damals mit einer Geschwindigkeit von 17280 Meilen in der Stunde; die Gallia mit einer solchen von 34000 in der gleichen Zeit. Es liegt hier also derselbe Fall vor, als ob ein Eisenbahnzug mit der Schnelligkeit von nahezu 51600 Meilen in der Stunde gegen ein Hindernis liefe. Der Komet wirkte demnach, infolge der außerordentlichen Härte seines Kernes, wie eine aus großer Nähe gegen eine Fensterscheibe abgeschossene Gewehrkugel, sie durchschlug die getroffene seichte Erdrinde, ohne etwas Weiteres zu zertrümmern.«

»Wahrhaftig«, meinte Hector Servadac, »so könnte die Sache wohl zugegangen sein . . .«

»So mußte sie zugehen«, fuhr der Professor sehr zuversichtlich fort, »und das um so mehr, als die Erde nur in schiefer Richtung getroffen ward. Wäre die Gallia in normaler Richtung auf die Erdkugel gestürzt, so wäre sie auch unter den entsetzlichsten Verwüstungen tief in dieselbe eingedrungen und hätte sogar den Montmartre-Hügel vernichtet, wenn er in ihrem Wege lag.«

»Mein Herr! . . .« rief Ben-Zouf, der sich jetzt direkt und ohne seine Schuld angegriffen fühlte.

»Still, Ben-Zouf«, sagte Kapitän Servadac.

Eben jetzt näherte sich Isaak Hakhabut, der sich von dem tatsächlichen Zustande der Dinge nachgerade überzeugt haben mochte, Palmyrin Rosette, und fragte diesen in einem Tone der äußersten Unruhe:

»Herr Professor, werden wir überhaupt nach der Erde zurückkommen, und wann wird das geschehen?«

»Sie haben wohl große Eile?« erwiderte Palmyrin Rosette.

»Erlauben Sie, mein Herr, die von diesem Juden gestellten Fragen in etwas wissenschaftlicherer Form an Sie zu richten«, mischte sich Leutnant Prokop ein.

»Tun Sie es.«

»Sie erwähnten, daß die frühere Bahn der Gallia eine Störung erlitten habe.«

»Unzweifelhaft.«

»Bildet nun die neue Bahn, die jetzige Kurve des Kometen eine Hyperbel, so daß er in ungemessene Fernen des Weltraumes hinaus entführt wird und jede Hoffnung auf eine dereinstige Rückkehr schwindet?«

»Nein, gewiß nicht!« antwortete Palmyrin Rosette.

»Jene Bahn wäre demnach eine elliptische geworden?«

»Wie Sie sagen.«

»Und ihre Ebene läge auch ferner in der der Erdbahn?«

»Vollständig.«

»Die Gallia repräsentierte demnach einen periodischen Kometen?«

»Gewiß, und zwar einen solchen von kurzer Umlaufszeit, da ihre Revolution um die Sonne, unter Berücksichtigung der ihr von Jupiter, Saturn und Mars drohenden Störungen, genau zwei Jahre dauert.«

»Dann wären aber«, rief Leutnant Prokop, »alle Aussichten vorhanden, daß sie der Erde, genau zwei Jahre nach dem ersten Zusammenstoß, an derselben Stelle wieder begegnete?«

»In der Tat, mein Herr, das steht zu befürchten.«

»Zu befürchten?« rief Kapitän Servadac erstaunt.

»Jawohl, meine Herren«, antwortete Palmyrin Rosette mit dem Fuße stampfend. »Wir sind eben da, wo wir sind, und wenn es von mir abhinge, so dürfte die Gallia niemals wieder zur Erde zurückkehren!«

Fünftes Kapitel

In dem der Schüler Servadac vom Professor Palmyrin Rosette recht übel behandelt wird.

Jetzt war also für unsere Grübler, diese Hypothesenschmiede, alles klar, alles enthüllt. Sie wurden von einem Kometen durch die grenzenlose Sonnenwelt entführt. Nach jenem Stoße war es die Erde gewesen, welche Hector Servadac durch den dichten Wolkenschleier im Weltraume verschwinden sah. Die Erdkugel hatte damals ebenso jene einzige und ganz außerordentliche Flut des Gallia-Meeres verursacht.

Indessen, dieser Komet sollte ja doch – wenigstens nach der Behauptung des Professors – zur Erde zurückkehren. Ob seine Berechnungen wohl verläßlich genug sein mochten, um diese Rückkehr zweifellos sicherzustellen? Man wird zugeben müssen, daß die Bewohner der Gallia bezüglich dieses Punktes nicht völlig beruhigt sein konnten.

Die nächstfolgenden Tage benutzte man zur häuslichen Einrichtung des neuen Ankömmlings. Dieser gehörte glücklicherweise zu den Leuten, welche nicht viele besondere Ansprüche an das Leben stellen und sich leicht jeder Lage anbequemen. Da er Tag und Nacht nur in den Himmeln, unter den Sternen lebte und den im Weltraume umherschweifenden Himmelskörpern nachspürte, so machte er sich um Wohnung und Nahrung – höchstens den Kaffee ausgenommen – blutwenig Sorge. Es schien fast, als entginge die sinnreiche innere Ausstattung des Nina-Baues, welches sich die Kolonisten rühmten, gänzlich seiner Beachtung.

Kapitän Servadac gedachte seinem alter Lehrer das beste der vorhandenen Zimmer anzubieten. Dieser aber schlug das, offenbar wenig geneigt, das allgemeine Leben zu teilen, rundweg ab. Was er bedurfte, war ein möglichst frei und abgetrennt gelegenes Observatorium, wo er sich ungestört seinen astronomischen Beobachtungen widmen konnte.

Hector Servadac und Leutnant Prokop bemühten sich also, ein ihm zusagendes Unterkommen auszumitteln, was ihnen auch ganz nach Wunsch gelang. In der Seitenwand der vulkanischen Bergmasse entdeckten sie, etwa hundert Fuß über der Hauptaushöhlung, ein beschränktes Plätzchen, welches jedoch hinreichen mußte, einen Beobachter und dessen Instrumente aufzunehmen. Es bot den nötigen Platz für ein Bett, einige Möbel, für Tisch, Lehnstuhl, Schrank, natürlich auch für das unumgängliche Fernrohr, welches eine seine Handhabung möglichst erleichternde Aufstellung erhielt. Ein schwacher Lavastrom, den man hierher ableitete, genügte zur Erwärmung des kleinen Raumes.

Hier also richtete der Professor sich häuslich ein, verzehrte die Mahlzeiten, die man ihm zu bestimmter Stunde brachte, hier schlief er, übrigens möglichst wenig, rechnete während des Tages, beobachtete während der Nacht, und beteiligte sich also fast gar nicht an dem Leben der übrigen. Alles in allem erschien es auch am geratensten, ihn in Anbetracht seiner eigentümlichen Gewohnheiten sich selbst zu überlassen.

Die Kälte wurde allmählich sehr lebhaft. Das Thermometer zeigte im Mittel stets dreißig Zentigrade unter Null. Das Quecksilber schwankte in seinem Rohre hier niemals auf und ab, wie in den unbeständigeren Klimaten der Erde, sondern es fiel nur langsam, aber stetig. Dieses Sinken mußte andauern, bis die niedrigsten Temperaturgrade des Weltraumes erreicht waren, da auf eine Zunahme ja nicht eher zu rechnen war, als bis die Gallia sich in ihrer elliptischen Bahn der Sonne wieder näherte.

Wenn die Quecksilbersäule im Thermometer aber niemals merkbar oszillierte, so rührte das von dem Fehlen jedes Windes her, der die Atmosphäre der Gallia bewegt hätte. Diese Kolonisten befanden sich also unter ganz ausnahmsweisen klimatischen Verhältnissen. Kein Luftmolekül rührte sich von seiner Stelle. Alles, was gasförmig oder tropfbar flüssig war auf der Oberfläche des Kometen, schien vor Kälte erstarrt. Niemals kam es zu einem Gewitter, einem Platzregen oder zeigten sich Dünste, weder am Zenit noch am Horizonte. Ebenso fehlten also jene feuchten Nebel und der trockene Höhenrauch, welche die Polarzonen des Erdsphäroides nicht selten einhüllen. Der Himmel bewahrte sich eine unveränderte und unveränderliche Klarheit, wobei der Tag von den Strahlen der Sonne, die Nacht von denen der Sterne erglänzte, ohne daß die eine mehr Wärme zu spenden schien als die anderen.

Hierzu ist wohl zu merken, daß diese exzessive Temperatur in der freien Luft doch recht wohl zu ertragen war. Denn nur die heftig bewegte kalte Luft, der scharfe, schneidende Wind, die ungesunden Nebel, die fürchterlichen Schneewirbel – das ist es, dem sich die in den arktischen Regionen Überwinternden deshalb nicht ungestraft aussetzen dürfen, weil dadurch die Lungen sozusagen ausgetrocknet und zur Erfüllung ihrer physiologischen Funktionen untauglich werden. Hierin ist die Ursache zu suchen, die das Leben der Polarfahrer so häufig und ernstlich bedroht. Während der Perioden der Ruhe aber, wenn die Atmosphäre nicht erregt ist, können sie, sei es auf der Insel Melville, wie Parrey, oder jenseits des 81. Breitengrades, wie Kane, ja, noch über den von dem unerschrockenen Hall und den Naturforschern der »Polaris« erreichten Grenzen, der Kälte und wenn sie noch so intensiv wäre, recht wohl trotzen. Sobald sie nur geeignete Kleidung und hinreichende Nahrung haben, setzen sie sich bei Windstille der stärksten Temperatur-Erniedrigung aus, und haben das selbst gewagt, wenn die Alkoholthermometer sechzig Grad unter Null zeigten.

Die Kolonisten von Warm-Land befanden sich also unter den günstigsten Verhältnissen gegenüber der Kälte des leeren Weltraumes.

An Pelzwerk aus den Vorräten der Goelette und an selbst zugerichteten Fellen litten sie ja keinen Mangel. Ihre Nahrung war stoffreich und gesund. Die Ruhe der Atmosphäre gestattete ihnen gleichzeitig, trotz der sehr starken Erniedrigung der Temperatur nach Belieben ein und aus zu gehen.

Der Generalgouverneur der Gallia achtete übrigens

mit besonderer Sorgfalt darauf, daß alle stets entsprechend warm gekleidet und ordentlich ernährt blieben. Gesundheitsfördernde Übungen waren nicht nur vorgeschrieben, sondern wurden auch täglich gewissenhaft ausgeführt. Nichts geschah außerhalb des Programmes für das gemeinschaftliche Leben. Weder der junge Pablo noch die kleine Nina bildeten eine Ausnahme von dieser Regel. Halb vermummt in ihren Pelzen, ähnelten diese liebenswürdigen Wesen fast graziöseren Eskimos, wenn sie am Ufer von Warm-Land Schlittschuh liefen. Pablo zeigte sich immer besorgt um seine Gespielin. Er nahm an ihren Vergnügungen teil und unterstützte sie, wenn sie einmal ermüdete. Beide benahmen sich eben, wie Kinder ihres Alters zu tun pflegen.

Und was wurde aus Isaak Hakhabut?

Nach seiner ungeschickten Interpellation Palmyrin Rosettes war er ganz bestürzt nach seiner Tartane zurückgekehrt. In den bisherigen Vorstellungen des Juden vollzog sich nun eine wesentliche Veränderung. Jene eingehenden und bestimmten Angaben des Professors konnte er wohl nicht bezweifeln und bezweifelte er auch nicht mehr. Er wußte es jetzt, daß ein umherirrender Komet ihn durch den Weltraum führte, Millionen Meilen hinweg von der Erdkugel, auf der er so viele und so gute »Geschäftchen« gemacht hatte!

Wenn er sich jetzt betrachtete, der sechsunddreißigste Bewohner der Gallia, sollte man wohl annehmen, daß diese, jeder menschlichen Voraussicht spottende Lage seine Gedanken und seinen Charakter einigermaßen beeinflußt und zu einer gewissen Einkehr in sich selbst bestimmt haben müßte, daß bessere Gefühle in ihm zum Durchbruch gekommen wären gegen die wenigen, welche Gottes Gnade noch an seiner Seite gelassen hatte, um sie nicht ferner nur als Ziel seiner Habsucht zu betrachten.

Leider war dem nicht so. Hätte sich Isaak Hakhabut geändert, so wäre er ja nicht mehr das Musterexemplar dessen gewesen, was der Mensch werden kann, der immer nur an sich selbst denkt. Im Gegenteil, seine Sinnesart verhärtete sich eher noch mehr; er dachte nur an das eine: die gegebene Lage bis zum Äußersten auszunutzen. Den Kapitän Servadac kannte er längst viel zu gut, um sicher zu sein, daß ihm von keiner Seite werde ein Unrecht geschehen dürfen; er wußte sein Heil unter den Schutz eines französischen Offiziers gestellt, und daß ihm, von höherer Gewalt abgesehen, gewiß keine Schädigung drohe. Da der Eintritt einer höheren Gewalt nicht zu erwarten stand, so schmiedete Isaak Hakhabut seine Pläne für die nächste Zukunft in folgender Weise:

Waren die Aussichten auf eine Rückkehr nach der Erde auch nur gering, so durften sie doch nicht völlig aus dem Auge gelassen werden. Englisches und russisches Gold und Silber fehlte nun der kleinen Kolonie keineswegs, einen eigentlichen Wert erlangte es aber natürlich erst, wenn es wieder auf der alten Erde in Umlauf kommen konnte. Es galt also jetzt, den ganzen Münzenvorrat der Gallia zusammenzuscharren. Isaak Hakhabuts Interesse lief demnach darauf hinaus, seine Waren vor der Rückkehr an den Mann zu bringen, da sie schon ihrer Seltenheit wegen auf der Gallia in noch höherem Werte stehen mußten als auf der Erde – aber damit zu warten, bis infolge der nicht abweisbaren Bedürfnisse der Kolonie die Nachfrage das Angebot übersteigen werde. Dann mußte eine merkliche Preissteigerung eintreten und ein guter Gewinn gesichert sein. Hakhabuts Losung hieß also: Verkaufen, aber abwarten, um besser zu verkaufen.

Das waren etwa die Gedanken, mit denen der Jude sich in der engen Kabine der Hansa beschäftigte. Jedenfalls war man dabei seines widerwärtigen Anblicks enthoben, worüber sich niemand beklagen konnte.

Während des Monats April belief sich der von der Gallia zurückgelegte Weg auf 23½ Millionen Meilen und der Abstand von der Sonne am Ende des Monats auf 66 Millionen Meilen. Der Professor hatte sehr genaue Ephemeriden entworfen, auf welchen die elliptische Bahn des Kometen verzeichnet stand. Vierundzwanzig ungleich große Abteilungen dieser Kurve stellten die vierundzwanzig Monate des Gallia-Jahres dar. Diese Abteilungen veranschaulichten also den allmonatlich durchlaufenen oder zu durchlaufenden Weg. Die ersten zwölf Segmente der Kurve nahmen bis zum Punkte des Aphels an Länge ab – ganz entsprechend einem der drei Keplerschen Gesetze; jenseits dieses Punktes wuchsen diese Abteilungen wieder je nach der Annäherung an das Perihel der Bahn.

Eines Tages – es war am 12. Mai – legte der Professor dem Kapitän Servadac, Grafen Timascheff und Leutnant Prokop seine Arbeit vor, welch letztere dieselbe mit leicht begreiflichem Interesse betrachteten. Die vollständige Bahnlinie der Gallia lag vor ihren Augen, und sie erkannten, daß sich dieselbe bis etwas über die Bahn des Jupiter hinaus erstreckte. Die jeden Monat zurückgelegten Strecken, sowie die Abstände von der Sonne waren auch in Zahlen ausgedrückt. Hier zeigte sich alles ganz klar, und sobald Palmyrin Rosette sich nicht geirrt hatte, wenn die Gallia ihre Revolution wirklich genau in zwei Jahren vollendete, so mußte sie auch der Erde an der Stelle des ersten Zusammenstoßes wieder begegnen, da letztere in derselben Zeit zweimal ihre Bahn um die Sonne vollendet haben mußte. Von welchen Folgen aber würde der neue Zusammenstoß begleitet sein? Man wagte kaum darüber nachzudenken.

Wenn man auch über die unbedingte Verläßlichkeit der Palmyrin Rosetteschen Arbeit vielleicht einige Zweifel hegte, so erschien es doch geraten, diese nicht sichtbar werden zu lassen.

»Die Gallia wird demnach«, sagte Hector Servadac, »im Laufe des Monats Mai nur 18 240 000 Meilen durchfliegen und sich von der Sonne bis auf 83 400 000 Meilen entfernen?«

»Ganz richtig«, bestätigte der Professor.

»Wir haben also die Zone der teleskopischen Planeten schon überschritten?« fügte Graf Timascheff hinzu.

»Urteilen Sie selbst, Herr Graf«, erwiderte Palmyrin Rosette, »ich habe die Zone jener Planeten hier eingezeichnet.«

»Und der Komet wird also«, fragte Hector Servadac weiter, »gerade ein Jahr nach dem Passieren des Perihels an seinem Aphel anlangen?«

»Gewiß.«

»Am nächsten 15. Januar?«

»Natürlich, am 15. Januar . . . und doch, nein!« rief der Professor. »Warum sagen Sie am 15. Januar, Kapitän Servadac?«

»Weil der Zeitraum vom 15. Januar bis wieder zu demselben Datum ein Jahr oder, anders ausgedrückt, zwölf Monate umfaßt.«

»Zwölf Erdenmonate, ja!« versetzte der Professor, »nicht aber zwölf Gallia-Monate!«

Leutnant Prokop konnte sich bei diesem unerwarteten Ausspruche eines Lächelns nicht erwehren.

»Sie lachen da, Herr Leutnant«, wandte sich der Professor an diesen, »und warum lachen Sie denn?«

»Oh, Herr Professor, nur deshalb, weil ich sehe, daß Sie den Erdenkalender reformieren wollen.«

»Ich will nichts anderes, mein Herr, als logisch sein!«

»Jawohl, wir wollen logisch verfahren, lieber Professor«, rief Hector Servadac dazwischen, »immer nur logisch!«

»Geben Sie zunächst zu«, fragte Palmyrin Rosette in trockenstem Dozententone, »daß die Gallia zwei Jahre nach Passierung ihres Perihels wieder bei demselben eintreffen wird?«

»Ohne Widerrede.«

»Stellt diese Periode von zwei Jahren, während welcher unser Komet seine Revolution um die Sonne beendet, nicht das Gallia-Jahr vor?«

»Gewiß.«

»Muß nicht dieses Jahr, so wie jedes beliebige andere, in zwölf Monate geteilt werden?«

»Wenn Sie es so wollen, lieber Professor . . .«

»Hier handelt es sich nicht darum, ob ich will . . .«

»Nein, nein, es ist richtig, in zwölf Monaten!« sagte Hector Servadac nachgebend.

»Und wie viele Tage werden diese Monate zählen?«

»Nun, sechzig Tage, da diese um die Hälfte kürzer geworden sind.«

»Kapitän Servadac«, entgegnete der Professor streng, »überlegen Sie erst, was sie sagen . . .«

»Aber ich denke, ich gehe damit vollständig auf Ihr System ein«, antwortete Hector Servadac.

»Keineswegs.«

»Nun, so erklären Sie mir . . .«

»Nichts einfacher als das!« fiel ihm Palmyrin Rosette ins Wort, wobei er etwas mitleidig und wegwerfend die Achseln zuckte. »Jeder Gallia-Monat umfaßt doch zwei irdische Monate, nicht wahr?«

»Ohne Zweifel, da das Gallia-Jahr zwei Erdenjahre währt.«

»Zwei Monate enthalten auf der Erde aber sechzig Tage?«

»Richtig, sechzig Tage.«

»Und folglich? . . .« fragte Graf Timascheff zu Palmyrin Rosette gewendet.

»Wenn zwei Monate auf der Erde sechzig Tage zählen, so ergibt das hundertzwanzig Gallia-Tage, da die Dauer eines Tages auf der Gallia nur zwölf Stunden beträgt. Verstanden?«

»Vollkommen, Herr Professor«, antwortete Graf Timascheff. »Doch fürchten Sie nicht, daß dieser Kalender leicht verwirrend wirken werde?«

»Verwirrend!« rief der Professor, »schon seit dem 1. Januar zähle ich nicht mehr anders!«

»Unsere Monate würden folglich«, fragte Hector Servadac, »mindestens hundertzwanzig Tage zählen?«

»Was finden Sie Schlimmes dabei?«

»Oh, gar nichts, lieber Professor. Anstatt also jetzt im Mai zu leben, haben wir nun erst März?«

»So ist es, meine Herren; wir haben den zweihundertsechsundsechzigsten Gallia-Tag, der dem hundertdreiunddreißigsten auf der Erde entspricht. Heute ist demnach der 12. Gallia-März und nach weiteren sechzig Tagen . . .«

»Werden wir den 72. März zählen!« rief Hector Servadac. »Bravo! Nur immer logisch!«

Palmyrin Rosette sah aus, als fragte er sich, ob sein früherer Schüler sich nicht etwas über ihn lustig mache; doch, da es schon etwas spät geworden war, verließen die drei Besucher das Observatorium ohne weitere Auseinandersetzung.

Der Professor hatte also den Kalender für die Gallia festgestellt. Jedenfalls – und das sei hier im voraus bemerkt – bediente er sich desselben nur allein, und niemand verstand ihn, wenn er etwa vom 48. April oder vom 118. Mai sprach.

Inzwischen kam der Monat Juni – nach dem alten Kalender – heran, während welches die Gallia nur 16½ Millionen Meilen Weg zurücklegen und sich bis auf 93 Millionen Meilen von der Sonne entfernen sollte. Die Temperatur nahm zwar noch weiter ab, doch die Atmosphäre blieb ebenso rein, ebenso ruhig wie bisher. Das Leben auf der Gallia ging mit vollendeter Regelmäßigkeit, um nicht zu sagen Monotonie, vor sich. Diese Monotonie zu stören, bedurfte es nichts Geringeres, als jener närrischen, nervösen, launenhaften, ja zänkischen Persönlichkeit Palmyrin Rosettes. Wenn er sich einmal herabließ, seine Beobachtungen zu unterbrechen und in der gemeinsamen Wohnung zu erscheinen, so war ein neuer Auftritt immer bald zu erwarten.

Die Unterhaltung bewegte sich dann regelmäßig um das Thema, daß Hector Servadac und seine Gefährten, so groß auch die Gefahren eines neuen Zusammentreffens mit der Erde sein mochten, sich doch auf dessen einstigen Eintritt freuten. Das genügte, den Professor in Harnisch zu bringen, da dieser von einer Rückkehr am liebsten gar nichts hören wollte und seine Studien auf der Gallia fortsetzte, als sollte er hier ewig leben.

Eines Tages – am 27. Juni – platzte Palmyrin Rosette wie eine Bombe in den Hauptsaal hinein. Hector Servadac, Leutnant Prokop, Graf Timascheff und Ben-Zouf befanden sich eben in demselben.

»Leutnant Prokop«, rief er, »beantworten Sie mir ohne Umwege und ohne von der Sache abzuschweifen, was ich Sie fragen werde.«

»Ich bin es gar nicht gewöhnt – entgegnete Leutnant Prokop.«

»Gut, schon gut«, schnitt ihm Palmyrin Rosette jedes weitere Wort ab, als habe er einen Gymnasiasten vor sich. »Antworten Sie also: Haben Sie – ja oder nein! – mit der Goelette die Gallia auf ihrem Äquator oder doch längs eines der größten Kreise umschifft?«

»Ja, Herr Professor«, antwortete Leutnant Prokop, den Graf Timascheff durch ein Zeichen verständigt hatte, sich dem schrecklichen Professor zu fügen.

»Gut«, sagte der letztere. »Haben Sie bei dieser Entdeckungsreise auch den von der Dobryna durchlaufenen Weg gemessen?«

»Wenigstens annähernd«, erwiderte Prokop, »das heißt mit Hilfe des Log und des Kompasses, nicht aber durch Beobachtung der Sonnen- und Sternhöhen, die zu berechnen uns unmöglich war.«

»Und was haben Sie gefunden?«

»Für den Umfang der Gallia etwa 2300 Kilometer, wonach ihr Durchmesser also 740 Kilometer betragen müßte.«

»Ja ...« antwortete Palmyrin Rosette halb für sich, »dieser Durchmesser wäre also sechszehnmal kleiner als der der Erde, welcher zu 12792 Kilometer angenommen wird.«

Kapitän Servadac und seine beiden Gefährten sahen den Professor an, ohne noch zu wissen, wo er hinauswolle.

»Schön«, fuhr Palmyrin Rosette fort; »zur Vollendung meiner Studien über die Gallia muß ich nun noch deren Oberfläche, Volumen, Masse, Dichtigkeit und die Intensität der Schwerkraft auf derselben wissen.«

»Was die Oberfläche und das Volumen betrifft«, bemerkte Leutnant Prokop, »so sind diese ja, da uns der Durchmesser der Gallia bekannt ist, ganz leicht zu finden.«

»Habe ich denn gesagt, daß das schwierig wäre?« rief der Professor. »Solche Rechnungen führte ich schon aus, als ich zur Welt kam.«

»Oho!« knurrte Ben-Zouf, der nur auf die Gelegenheit wartete, den Verächter des Montmartre zu ärgern.

»Schüler Servadac«, sagte Palmyrin Rosette, nachdem er Ben-Zouf einen Augenblick strafend betrachtet hatte, »nehmen Sie Ihre Feder. Da Sie den Umfang eines größten Kreises der Gallia kennen, so sagen Sie mir, wie groß deren Oberfläche ist.«

»Sofort, Herr Rosette«, antwortete Hector Servadac, der sich einmal als guter Schüler benehmen wollte. »Wir haben 2323 Kilometer, den Umfang der Gallia, mit 740, ihrem Durchmesser, zu multiplizieren. (Hierdurch wird nur ein annähernd richtiges Resultat erzielt.)«

»Ja, ja, beeilen Sie sich nur!« drängte der Professor. »Das müßte schon fertig sein. Nun?«

»Ich erhalte da«, antwortete Hector Servadac, »als Produkt 1.719.020 Quadrat-Kilometer für die Oberfläche der Gallia.«

»Das wäre demnach eine zweihundertsiebenundneunzigmal kleinere Oberfläche als die der Erde, welche 510 Millionen Quadrat-Kilometer enthält.«

»Pah!« machte Ben-Zouf und schnitt dabei ein Gesicht, welches seine Verachtung dieses Kometen des Professors ausdrücken sollte.

Ein funkelnder Blitz aus den Augen des Gelehrten strafte ihn.

»Nun«, fuhr der Professor allmählich warm werdend fort, »was beträgt also das Volumen der Gallia?«

»Das Volumen?...« erwiderte Hector Servadac zögernd.

»Schüler Servadac, können Sie denn nicht mehr das Volumen einer Kugel, deren Oberfläche gegeben ist, berechnen?«

»Doch, Herr Rosette ... aber Sie lassen den Menschen ja gar nicht einmal aufatmen.«

»Bei der Beschäftigung mit Mathematik ist gar nichts aufzuatmen, mein Herr, da atmet man so gut wie gar nicht.«

Alle Anwesenden mußten ihren ganzen Ernst zusammennehmen, um nicht laut aufzulachen.

»Wird es denn endlich?« fragte der Professor. »Der Kubikinhalt einer Kugel ist . . .«

»Gleich dem Produkte aus deren Oberfläche . . .« antwortete Hector Servadac halb aufs Geratewohl, »multipliziert mit . . .«

»Mit dem dritten Teile des Radius, mein Herr!« polterte Palmyrin Rosette heraus, »mit dem dritten Teil des Radius. Sind Sie nun fertig?«

»Ziemlich! Der dritte Teil des Gallia-Halbmessers beträgt hundertdreiundzwanzig drei Zehntel, drei Hunderstel, drei Tausendstel, drei Zehntau . . .«

»Drei, drei, drei, drei Xtel . . .« setzte Ben-Zouf die Aufzählung durch alle Stufen der Tonleiter weiter fort.

»Ruhe!« rief der Professor, der nun ernsthaft böse wurde. »Begnügen Sie sich mit den ersten beiden Dezimalen und vernachlässigen Sie die übrigen.«

»Ich tue es schon.«

»Nun also?«

»Das Produkt aus 1719020 mit 123,33 ergibt 211439460 Kubik-Kilometer.«

»Das ist demnach das Volumen meines Kometen! In der Tat, er kann sich schon sehen lassen!«

»Gewiß«, bemerkte Leutnant Prokop, »doch dieses Volumen ist immer noch 5166mal kleiner als das der Erde, welches in runden Zahlen . . .«

»Eine Trillion zweiundachtzig Milliarden und achthunderteinundvierzig Millionen Kubik-Kilometer beträgt, das weiß ich wohl, mein Herr«, unterbrach ihn Palmyrin Rosette.

»Und folglich«, setzte Leutnant Prokop hinzu, »erreicht das Volumen der Gallia noch lange nicht das des Mondes, welches den neunundvierzigsten Teil des Erdvolumens darstellt.«

»Wer hat davon überhaupt eine Silbe gesprochen?« warf der in seiner Eigenliebe verletzte Gelehrte ein.

»Also«, fuhr Leutnant Prokop unerbittlich weiter fort, »kann die Gallia von der Erde aus nicht mehr sichtbar sein als ein Stern siebenter Größe, das heißt, sie ist jetzt mit bloßem Auge gar nicht mehr zu erkennen.«

»Alle Wetter«, rief Ben-Zouf, »das ist mir ein hübscher Komet! Und auf diesem Krümelchen laufen wir herum!«

»Ruhe!« rief Palmyrin Rosette ganz außer sich.

»Ein kleines Nüßchen, eine Kichererbse, ein Senfkörnchen!« fuhr Ben-Zouf fort, um sich doch einmal an dem Gelehrten zu rächen.

»Schweig, Ben-Zouf!« befahl ihm auch Kapitän Servadac.

»Ein Stecknadelkopf! Noch mehr, das Nichts von einem Nichtse!«

»Alle Wetter, wirst du still sein?«

Ben-Zouf bemerkte, daß sein Kapitän ernstlich böse wurde, er räumte also das Gemach, rief durch das hellste Lachen aber alle Echos der vulkanischen Bergwand wach.

Es war die höchste Zeit gewesen, daß er ging. Palmyrin war nahe daran gewesen, alle Rücksichten zu vergessen, und brauchte längere Zeit, um sich einigermaßen zu beruhigen. Seine Empfindlichkeit bezüglich des Kometen glich eben ganz der Ben-Zoufs bezüglich des Montmartre. Jeder verteidigte seinen Schützling mit eifersüchtiger Hartnäckigkeit.

Endlich fand der Professor die Sprache wieder und wandte sich an seine Schüler, oder vielmehr an seine Zuhörer wie folgt:

»Wir kennen nun, meine Herren«, begann er, »Durchmesser, Umfang, Oberfläche und Volumen der Gallia. Das ist wohl etwas, aber noch nicht alles. Ich muß nun durch direkte Messung noch deren Masse und Dichtigkeit, sowie die Intensität der Schwerkraft auf ihrer Oberfläche zu bestimmen suchen.«

»Das dürfte wohl schwierig werden«, meinte Graf Timascheff.

»Tut nichts. Ich brauche dazu nur zu wissen, wieviel mein Komet wiegt.«

»Die Lösung dieses Problems«, bemerkte Leutnant Prokop, »erscheint mir etwas erschwert durch den Umstand, daß wir die Natur der Substanz, aus welcher die Gallia besteht, ganz und gar nicht kennen.«

»Ah, Sie kennen diesen Stoff also nicht?« erwiderte der Professor.

»Nein«, antwortete Graf Timascheff, »und wenn Sie uns in dieser Hinsicht aufzuklären vermöchten . . .«

»Oh, meine Herren, was geht mich das an?« sagte Palmyrin Rosette. »Ich werde meine Fragen auch ohnedem zu lösen wissen.«

»Wenn Sie es wünschen, lieber Professor, stehen wir jederzeit zu Ihrer Verfügung«, erklärte Kapitän Servadac.

»Noch habe ich einen Monat lang Beobachtungen anzustellen und Rechnungen auszuführen«, antwortete Palmyrin Rosette abweisend, »und Sie werden sich, denke ich, gedulden, bis ich zu Ende bin!«

»Aber, Herr Professor«, entgegnete Graf Timascheff zuvorkommend, »wir warten selbstverständlich so lange es Ihnen beliebt.«

»Und selbst noch etwas länger«, setzte Kapitän Servadac hinzu, der diesen Scherz nicht zurückhalten konnte.

»Nun wohl«, schloß Palmyrin Rosette, »so stellen Sie sich nach Ablauf eines Monats, also am kommenden 62. April wieder ein.«

Dieses Datum entsprach dem 31. Juli des Erdenkalenders.

Sechstes Kapitel

Worin man sich überzeugen wird, daß Palmyrin Rosette alle Ursache hatte, das Material der Kolonie lückenhaft zu nennen.

Inzwischen kreiste die Gallia unter dem Einflusse der Anziehungskraft der Sonne ruhig durch die Planetenräume weiter. Bisher erlitt ihre Bewegung von keiner Seite her eine Störung. Der Planet Nerina, den sie sich bei Durchschreitung der Asteroiden-Zone geraubt, blieb ihr treu und vollendete gewissenhaft seinen halbmonatigen Umlauf. Es gewann den Anschein, als sollte das ganze Gallia-Jahr ohne jede Störung verlaufen.

Die Hauptsorge unserer unfreiwilligen Bewohner der Gallia betraf jedoch immer noch die Frage, ob jene zur Erde zurückkehren werde. Hatte sich der Astronom in seinen Berechnungen nicht getäuscht? Durfte man die Bestimmung der neuen Bahn des Kometen und die der Dauer seiner Umlaufszeit für verläßlich ansehen?

Palmyrin Rosettes argwöhnische Natur, die bei den unschuldigsten Fragen nach versteckten Ursachen suchte, erlaubte es nicht, den Wunsch nach einer wiederholten Durchsicht seiner Arbeiten gegen ihn zu äußern.

Hector Servadac, Graf Timascheff und Prokop konnten sich bezüglich dieses Punktes also noch immer nicht beruhigen. Den übrigen Kolonisten ging die ganze Sache gar nicht besonders zu Herzen. Welche Ergebung zeigten sie! Welch praktische Philosophie! Die Spanier vorzüglich, in ihrer Heimat arme Teufel, waren in ihrem Leben noch niemals so glücklich gewesen. Negrete und seine Gefährten hatten sich noch nie in so günstigen Verhältnissen befunden. Was kümmerte sie die Bahn, welcher die Gallia folgte? Warum sollten sie sich darüber den Kopf zerbrechen, ob die Sonne sie im Kreise ihrer Anziehungskraft erhalten oder jene sich ihr entziehen würde, um durch fremde Himmelsräume zu schweifen? Sie sangen fröhlich und wohlgemut, und wann konnte es solchen Majos je besser ergehen, als wenn ihre Lieder erklangen?

Die beiden allerglücklichsten Wesen der Kolonie waren aber ohne Zweifel der junge Pablo und die kleine Nina. Welch unterhaltende Ausflüge machten sie miteinander durch die langen Galerien des Nina-Baues oder auf den Felsen des Ufers. Einmal liefen sie über Sehweite hinaus Schlittschuh auf der grenzenlosen Fläche des übereisten Meeres; ein andermal fischten sie am Rande der kleinen Lagune, welche der feurige Lavastrom flüssig erhielt. Alles geschah aber nicht auf Kosten der Unterrichtsstunden bei Hector Servadac. Sie wußten sich schon recht leidlich zu verständigen, und jedenfalls verstanden sie sich.

Weshalb sollten sich der Knabe und das kleine Mädchen wegen der Zukunft beunruhigen? Warum die Vergangenheit bedauern?«

Eines Tages begann Pablo:

»Hast du noch Eltern, Nina?«

»Nein, Pablo«, antwortete Nina, »ich bin ganz allein. Und du?«

»Ich bin auch ganz allein, Nina. – Und was triebst du früher da unten?«

»Ich hütete meine Ziegen, Pablo.«

»Und ich«, erklärte der junge Knabe, »ich lief Tag und Nacht vor den Pferden der Postwagen her.«

»Doch jetzt sind wir nicht mehr allein, Pablo.«

»Nein, liebe Nina, jetzt gewiß nicht.«

»Der Gouverneur ist unser Papa und der Graf und der Leutnant sind unsere Onkels.«

»Und Ben-Zouf ist unser Kamerad«, vervollständigte Pablo.

»Die anderen alle sind so lieb und gut gegen uns«, setzte Nina hinzu. »Man verwöhnt uns, Pablo; wohlan, wir wollen uns nicht verwöhnen lassen. Sie müssen mit uns immer zufrieden sein . . . immer!«

»Du bist so artig, Nina, daß man gezwungen ist, es an deiner Seite auch zu sein.«

»Ich bin deine Schwester und du bist mein Bruder«, sagte Nina ernsthaft.

»Jawohl, du hast recht!« antwortete Pablo.

Die Freundlichkeit und das artige Wesen dieser beiden Kinder machten sie bei allen beliebt. Jeder verschwendete an sie Schmeichelworte und Liebkosungen, von denen auch Marzy, die Ziege, ihren Anteil erhielt. Kapitän Servadac und Graf Timascheff empfanden für sie eine aufrichtige, fast väterliche Zuneigung. Warum sollten sich jene zurücksehnen, Pablo nach den glühenden Ebenen Andalusiens oder Nina nach den dürren Felsen Siziliens? Ihnen schien es, als ob sie der neuen

Welt schon von jeher angehört hätten.

Der Juli kam heran. Während dieses Monats hatte die Gallia nur 13⅖₁₀ Millionen Meilen in ihrer Bahn zu durchlaufen, während die Entfernung von der Sonne auf etwas über 103 Millionen Meilen anwuchs. Jetzt gravitierte sie also etwa vierundeinhalbmal entfernter als die Erde von dem Zentrum der Attraktion, indes die Geschwindigkeiten beider Himmelskörper nahezu die gleichen waren. Die mittlere Geschwindigkeit der Erde in ihrer elliptischen Bahn beträgt nämlich 12⁶⁄₁₀ Millionen Meilen im Monat, oder 17 280 Meilen in der Stunde.

Am 62. Gallia-April erhielt Kapitän Servadac ein lakonisches Briefchen von dem Professor. Palmyrin Rosette gedachte mit diesem Tage die nötigen Operationen vorzunehmen, um die Masse und Dichtigkeit seines Kometen und die Intensität der Schwerkraft an dessen Oberfläche zu ergründen.

Hector Servadac, Graf Timascheff und Leutnant Prokop ließen es sich angelegen sein, die ihnen bewilligte Zusammenkunft nicht zu verfehlen. Die vorzunehmenden Experimente interessierten sie freilich in weit geringerem Grade als den Professor, und hätten sie weit lieber erfahren, woraus die metallische Substanz, welche die ganze Gallia zu bilden schien, eigentlich bestehe.

Schon am Morgen hatte Palmyrin Rosette alle um sich versammelt.

Er schien noch bei erträglich guter Laune zu sein; indessen fing der Tag jetzt eben erst an.

Jedermann weiß, was man unter der Intensität der Schwerkraft versteht. Es ist das die Anziehungskraft, welche die Erde auf einen Körper von gewisser Masse ausübt, und man erinnert sich, wie auffallend diese anziehende Kraft auf der Gallia vermindert war – eine Erscheinung, welche sich notwendigerweise auch in der scheinbaren Zunahme der Muskelkraft der Kometenbewohner äußerte. Nur das richtige Verhältnis dieser Ab-, resp. Zunahme war bisher unbekannt.

Die Masse wird dargestellt durch die Quantität der Materie, welche einen Körper bildet, und diese Masse findet durch das Gewicht des Körpers ihren Ausdruck. Die Dichtigkeit dagegen ist die Quantität der Materie, welche ein Körper von gegebenem Volumen enthält.

Die erste zu lösende Frage bezog sich also auf die Intensität der Schwerkraft an der Oberfläche der Gallia.

Die zweite Frage lautete: Wieviel beträgt die Quantität der in der Gallia enthaltenen Materie, oder mit anderen Worten, wie groß ist ihre Masse und folglich ihr Gewicht?

Die dritte Frage: wie groß ist die Quantität der in der Gallia enthaltenen Materie gegenüber ihrem Volumen, oder mit anderen Worten, wie groß ist ihre Dichtigkeit?

»Heute, meine Herren«, begann der Professor, »wollen wir nun die Bestimmung der verschiedenen Elemente unseres Kometen vornehmen. Sobald wir die Intensität der Schwerkraft an seiner Oberfläche, seine Masse und Dichtigkeit durch direkte Messung kennenlernen, gibt es für uns keine weiteren Geheimnisse. Wir wollen also, kurz ausgedrückt, die Gallia wägen.«

Bei Palmyrin Rosettes letzten Worten war Ben-Zouf in den Saal getreten. Er entfernte sich sofort wieder und kam erst nach einiger Zeit zurück und meldete spöttelnd:

»Ich kann das ganze Hauptmagazin umwühlen, ohne eine Waage zu finden, und übrigens wüßte ich auch gar nicht, wo wir eine solche aufhängen sollten!«

Ben-Zouf sah dabei hinaus ins Freie, als suche er einen passenden Nagel am Himmel.

Ein Blick des Professors und eine nicht mißzuverstehende Bewegung Hector Servadacs brachten diese lose Zunge zum Schweigen.

»Zunächst, meine Herren«, fuhr Palmyrin Rosette fort, »muß ich wissen, wieviel ein irdisches Kilogramm auf der Gallia wiegt. Infolge der geringeren Masse der letzteren ist auch ihre Anziehungskraft eine geringere, und notwendigerweise wiegt also jeder Gegenstand auf ihrer Oberfläche entsprechend weniger als auf der der Erde. Eben den Unterschied zwischen beiden Gewichten müssen wir kennenzulernen suchen.«

»Ganz recht«, bemerkte Leutnant Prokop, »doch würde eine gewöhnliche Balkenwaage, selbst wenn wir eine solche besäßen, zu dieser Bestimmung nicht dienen können, da ihre beiden Schalen von der Anziehungskraft der Gallia gleichmäßig beeinflußt würden und den Unterschied zwischen dem Gallia-Gewicht und dem Erden-Gewicht nicht sichtbar machen könnten.«

»In der Tat«, fügte Graf Timascheff hinzu, »ein Kilogrammgewichtsstück z. B. würde ebensoviel an Schwere verlieren wie der damit zu wägende Gegenstand und . . .«

»Wenn Sie glauben, meine Herren«, fiel Palmyrin Rosette ein, »dieser Auseinandersetzungen zu meiner persönlichen Instruktion zu bedürfen, so verlieren Sie die Zeit unnütz, und ich ersuche Sie, mich in meiner physikalischen Vorlesung nicht weiter zu unterbrechen.«

Der Professor fühlte sich heute mehr als je auf dem Katheder.

»Besitzen wir eine Schnellwaage und ein Kilogrammgewicht?« fragte er, »damit wäre alles Nötige besorgt. Eine Schnellwaage zeigt das daran gehängte Gewicht entweder durch eine Stahllamelle oder eine Feder an, welche durch ihre Biegsamkeit und Spannkraft funktionieren. Hänge ich ein Kilometergewicht an meine Schnellwaage, so wird diese mir genau anzeigen, wieviel dasselbe auf der Gallia wiegt.

Ich erfahre damit also den Unterschied zwischen der Anziehungskraft der Erde und der der Gallia. Ich wiederhole also meine Frage: Besitzen Sie eine Schnellwaage?«

Palmyrin Rosettes Zuhörer sahen sich fragend an. Dann wendete sich Hector Servadac an Ben-Zouf, der das ganze Material der Kolonie gründlich kannte.

»Wir besitzen weder eine Schnellwaage noch ein Kilogewicht!« erklärte dieser.

Der Professor drückte sein Mißfallen über diesen Mangel dadurch aus, daß er mit dem Fuße heftig auf den Boden stampfte.

»Ich glaube aber zu wissen«, fuhr Ben-Zouf fort, »wo

sich eine Schnellwaage, vielleicht auch ein Gewichtstück, finden dürfte.«

»Wo?«

»In der Tartane des Juden.«

»Das hättest du gleich sagen können, Schwachkopf!« sagte der Professor mit verächtlichem Achselzucken.

»Natürlich werden wir sie sofort holen lassen«, erklärte Kapitän Servadac.

»Ich gehe schon«, versetzte Ben-Zouf.

»Ich werde dich begleiten«, fuhr Hector Servadac fort, »denn Hakhabut dürfte wahrscheinlich Schwierigkeiten erheben, wenn es sich darum handelt, etwas herzuleihen.«

»Begeben wir uns alle zusammen nach der Tartane«, meinte Graf Timascheff. »Wir können ja einmal sehen, wie der Jude sich in der Hansa eingerichtet hat.«

Dieser Vorschlag wurde angenommen, doch als alle sich anschickten, zu gehen, sagte der Professor:

»Graf Timascheff, könnte mir nicht einer Ihrer Leute aus der Felsenmasse der Bergwand einen Würfel von genau einem Dezimeter Seite herstellen?«

»Das wird meinem Mechaniker nicht schwerfallen«, antwortete der Gefragte, »freilich unter der Bedingung, daß man ihm ein Maß liefert, um die genaue Länge abnehmen zu können.«

»Sollten Sie hier ebensowenig ein Metermaß wie eine Schnellwaage besitzen?« rief Palmyrin Rosette.

In der Tat fand sich im Hauptmagazin das verlangte Maß nicht vor, wie Ben-Zouf zu seiner Beschämung gestehen mußte.

»Indessen«, fügte er hinzu, »wäre es doch möglich, daß sich eines an Bord der Hansa fände.«

»So gehen wir dahin!« erwiderte Palmyrin Rosette und verschwand schnellen Schrittes in der langen Hauptgalerie.

Die Übrigen folgten. Bald darauf erschienen Hector Servadac, Graf Timascheff, Prokop und Ben-Zouf auf dem das Ufer überragenden Felsen. Sie stiegen hinab bis zum Strande und wendeten sich nach der engen Bucht, welche die Dobryna und die Hansa in ihrem Eispanzer gefangenhielt.

Obwohl die Temperatur außerordentlich niedrig war – fünfunddreißig Grad unter Null –, konnten sie derselben doch, dank ihrer guten Kleidung und Verhüllung durch dichte Pelzüberröcke und dicke Mützen, ohne größere Beschwerde trotzen. Daß Bart, Augenbrauen und Wimpern der Männer sich unverzüglich mit feinen Eiskristallen bedeckten, rührte nur her von dem Gefrieren des Wasserdunstes ihres Atems in der kalten Luft. Ihr Gesicht mit den weißen, feinen, spitzen Eisnadeln, welche ihnen eine gewisse Ähnlichkeit mit Stacheligeln verliehen, machte fast einen komischen Eindruck. Das Antlitz des Professors, der bei seiner kleinen Figur schon mehr einem jungen Bären glich, sah jetzt freilich noch abschreckender aus als sonst.

Es war um acht Uhr morgens. Die Sonne stieg schnell nach dem Zenit zu empor. Ihre durch die ungeheure Entfernung auffallend verkleinerte Scheibe bot etwa den Anblick des Vollmondes bei dessen Kulmination. Die Strahlen derselben gelangten hierher ohne fühlbare Wärme zu spenden und verbreiteten auch nur ein wesentlich geschwächtes Licht. Alle Uferfelsen am Fuße des Vulkanes und auch dessen Hauptmassen selbst zeigten noch die makellose Weiße der letzten Schneefälle aus der Zeit, wo sich noch feuchte Dünste in der Atmosphäre der Gallia sammelten. Weiter rückwärts, bis hinauf zu dem rauchenden Gipfel des Kegels, der die ganze Umgebung beherrschte, breitete sich der ungeheure blendende Teppich aus, den keine Fußspur unterbrach. Am nördlichen Abhange floß die Lava-Kaskade hinunter.

Dort wich der Schnee dem glühenden Strome, der launenhaft jeder Einsenkung folgend, sich bis zur Öffnung der Haupthöhle hinabwälzte, von wo aus er senkrecht ins Meer hinabstürzte.

Über dieser Höhle, etwa in der Höhe von hundertfünfzig Fuß, gewahrte man an der Bergwand eine dunkle Öffnung, über der sich ein Arm des vulkanischen

Stromes gabelförmig teilte. Aus dieser heraus ragte das Rohr eines astronomischen Teleskopes. Hier war das Observatorium Palmyrin Rosettes.

Auch der Strand erschien völlig weiß und vrschmolz ohne sichtbare Grenzlinie mit dem gefrorenen Meere. Als Gegensatz zu diesen weiß blendenden Flächen färbte den Himmel ein dunkles, mattes Blau. Auf dem Strande sah man die Fußspuren der Kolonisten, welche hier täglich zu verkehren pflegten, entweder um Eis zu holen, durch dessen Schmelzung das nötige Süßwasser gewonnen wurde, oder auch um dem Vergnügen des Schlittschuhlaufens nachzugehen. Die von den Schlittschuhen in die harte Fläche eingeritzten Linien kreuzten sich hier vielfach, ähnlich wie die Kreise, welche Wasserinsekten auf den Teichen hervorzubringen pflegen.

Vom Ufer aus verlief auch eine Spur von Tritten nach der Hansa zu. Diese rührten noch von Isaak Hakhabut aus der Zeit vor dem letzten Schneefalle her. Die aufgeworfenen Ränder rings um diese Fußabdrücke hatten unter dem Einflusse der außerordentlichen Kälte die Härte der Bronze gewonnen.

Zwischen den letzten Ausläufern der Bergmasse und der Bucht, in welcher die beiden Schiffe überwinterten, betrug die Entfernung etwa einen halben Kilometer.

An der Bucht angelangt, machte Leutnant Prokop darauf aufmerksam, wie sich die Schwimmlinie der Hansa und der Dobryna zunehmend gehoben habe. Die Tartane und die Goelette überragten die Fläche des Meeres jetzt mindestens um zwanzig Fuß.

»Das ist eine merkwürdige Erscheinung«, sagte Kapitän Servadac.

»Leider eine ebenso beunruhigende als merkwürdige«, antwortete Leutnant Prokop. »Es spricht das für die enorme Wirkung des Frostes unter dem Rumpfe der Schiffe, wo das Wasser nur eine geringe Tiefe hat. Nach und nach verdickte sich hier die Eismasse und drängt alles, was sie trägt, mit unwiderstehlicher Kraft in die Höhe.«

»Dieser Prozeß wird aber seine Grenze finden?« bemerkte Graf Timascheff.

»Das weiß ich nicht, Vater«, erwiderte Leutnant Prokop, »denn die Kälte hat ihr Maximum wohl noch nicht erreicht.«

»Wie ich bestimmt hoffe«, fiel der Professor ein. »Es verlohnte sich wahrlich nicht der Mühe, hundertzwanzig Millionen Meilen weit von der Sonne wegzufliegen, um nur eine Kälte gleich der an den Erdpolen anzutreffen.«

»Sie sind sehr freundlich, Herr Professor«, antwortete Leutnant Prokop. »Zum Glück überschreitet die Kälte im Weltraume niemals sechzig bis siebzig Grad, was, dächt' ich, wohl schon annehmbar wäre.«

»Ei, was da«, warf Hector Servadac dazwischen, »eine Kälte ohne Wind ist Kälte ohne Schnupfen; wir werden also den ganzen Winter über nicht einmal niesen!«

Inzwischen teilte Leutnant Prokop dem Grafen Timascheff die Befürchtungen mit, welche ihm die Lage der Goelette einflößte. Bei der noch fortdauernden Arbeit der Kälte erschien es nicht unmöglich, daß die Dobryna auf eine sehr beträchtliche Höhe gehoben würde. Dann war aber bei eintretendem Tauwetter eine Katastrophe derselben Art zu befürchten, wie sie so häufig die Schiffe der in den arktischen Meeren überwinternden Walfischfänger zugrunde richten. Doch, was sollte man dagegen tun?«

Die kleine Gesellschaft erreichte jetzt die in ihrer Eisschale gefesselte Hansa. Auf Stufen, welche Isaak Hakhabut erst neuerdings in die Schollen geschnitten hatte, gelangte man jetzt ziemlich bequem an Bord. Was würde der Besitzer des Schiffes aber beginnen, wenn seine Tartane vielleicht hundert Fuß in die Luft emporgedrängt wurde? Doch – das war je seine Sache.

Ein leichter bläulicher Rauch wirbelte aus einem Kupferrohre auf, welches über die auf dem Deck des Schiffes aufgehäuften Schneemassen hinausragte. Der Geizhals verwendete sein Brennmaterial mit äußerster Sparsamkeit, das sah man auf den ersten Blick, und doch mochte er unter der Kälte nicht allzusehr leiden, denn die Eismassen rings um die Tartane bildeten sowohl an und für sich schlechte Wärmeleiter, als sie auch im Innern eine erträgliche Temperatur erhalten mußten.

»Heda! Nebukadnezar!« rief Ben-Zouf.«

Siebtes Kapitel

In dem man sehen wird, daß der Jude eine herrliche Gelegenheit findet, sein Geld zu 1800 Prozent auszuleihen.

Auf diesen Ruf öffnete sich die Tür der Treppendecke am Hinterteil, und Isaak Hakhabut wurde zur Hälfte sichtbar.

»Was ist los?« rief er bestürzt. »Was soll ich? Hier ist niemand. Ich habe weder etwas zu verborgen, noch zu verkaufen!«

Mit diesen gastfreundlichen Worten empfing er seine Besucher.

»Gemach, Meister Hakhabut!« antwortete Kapitän Servadac mit gebieterischer Stimme. »Haltet Ihr uns etwa für Diebe?«

»Ah, Sie sind es, Herr Generalgouverneur«, lenkte der Jude ein, ohne jedoch herauszutreten.

»Natürlich«, bestätigte Ben-Zouf, der jetzt auf dem Deck der Tartane erschien. »Du solltest dich durch diesen Besuch hoch geehrt fühlen. Allons, heraus aus dem Loche!«

Isaak Hakhabut entschloß sich, mühsam aus der Treppenöffnung herauszukommen, behielt aber die Tür in der Hand, um im Falle der Not schleunig den Rückzug antreten zu können.

»Was wünschen Sie?« fragte er.

»Ein wenig mit Euch zu plaudern, Meister Isaak«, erwiderte der Kapitän. »Da es hier aber empfindlich kalt ist, werdet Ihr uns in Eurer Kabine wohl eine Viertelstunde gastfreundlich aufnehmen.«

»Wie? Sie wollen bei mir eintreten?« rief der Jude,

der sich gar nicht zu verhehlen bemühte, wie verdächtig ihm dieser Besuch erschien.

»Das ist unsere Absicht«, antwortete der Kapitän, der gefolgt von seinen Gefährten jetzt die letzten Stufen erkletterte.

»Ich kann Ihnen nichts anbieten«, jammerte der Jude. »Ich bin nur ein armer Mann.«

»Da fängt er wieder seine alte Litanei an!« polterte Ben-Zouf heraus. »Marsch, Elias, Platz machen!«

Dabei nahm die Ordonnanz Hakhabut am Kragen und schob ihn ohne Umstände zur Seite. Dann öffnete er die Tür zur Schiffstreppe.

»Ja, eine Schnellwaage zum Wiegen!« wiederholte Palmaryin Rosette, dem soviel Umstände die Geduld raubten.

»Besitzt Ihr denn keine Schnellwaage?« fragte auch Leutnant Prokop.

»Gewiß hat er eine!« versicherte Ben-Zouf.

»In der Tat . . . ja . . . ich glaube wenigstens . . .« antwortete Hakhabut stockend, um sich nach keiner Seite zu binden.

»Nun also, Meister Isaak, wollt Ihr die außerordentliche Gefälligkeit haben, uns diese Schnellwaage zu leihen?«

»Zu leihen? Herr Generalgouverneur, Sie wollten sie von mir leihen . . .«

»Auf einen Tag«, fiel der Professor ein, »nur auf einen Tag, Jude. Ihr werdet Eure Schnellwaage auch wieder zurückerhalten.«

»Das ist aber ein sehr empfindliches Instrument, mein lieber Herr«, erwiderte Isaak Hakhabut. »Kann doch zerspringen die Feder bei dieser großen Kälte! . . .«

»Oh, dieser erbärmliche Kerl!« rief Palmyrin Rosette.

»Dann soll vielleicht auch gewogen werden etwas zu Schweres.«

»Denkst du, wir wollen einen Berg drauf wiegen, Ephraim?« spottete Ben-Zouf.

»Oh, mehr als einen Berg!« erklärte Palmyrin Rosette ernsthaft. »Wir wollen die ganze Gallia wiegen.«

»Erbarmen! Erbarmen!« winselte der Jude, dessen erheuchelte Klagen seinen eigentlichen Zweck deutlich genug verrieten.

Kapitän Servadac mußte von neuem vermitteln.

»Meister Hakhabut«, sagte er, »wir brauchen die Waage, um höchstens ein Kilogramm damit zu wiegen.«

»Ein ganzes Kilogramm? Herrgott Israels!«

»Und auch dieses Gewicht wird sich infolge der schwächeren Anziehungskraft der Gallia noch wesentlich vermindern. Ihr habt also für Eure Schnellwaage nichts zu fürchten.«

»Ich glaub's, Herr Generalgouverneur, ich glaub's«, antwortete der Jude, »aber leihen . . . eine Schnellwaage leihen! . . .«

»Nun, wenn Ihr darauf nicht eingeht«, sagte da Graf Timascheff, »wollt Ihr sie vielleicht verkaufen?«

»Verkaufen?« wendete der Jude auch gegen diesen Vorschlag ein, »meine Waage verkaufen! Doch wenn ich sie verkauft hätte, womit sollte ich wiegen meine Waren? Ich habe keine andere Waage! Ich besitze nur das eine arme, kleine, sehr empfindliche und sehr genaue Instrument, und das soll ich hergeben!«

Ben-Zouf begriff es gar nicht, daß sein Kapitän den widerwärtigen Alten, der sich ihm so widerwillig zeigte, nicht gleich beim Schopfe nahm. Hector Servadac schien sich aber damit zu belustigen, an dem Juden alle Künste der Überredung zu versuchen.

»Nun also, Meister Isaak«, sagte er, ohne im geringsten heftig zu werden, »ich sehe wohl, daß Ihr nicht zustimmen werdet, uns jene Waage zu leihen . . .«

»Ach, kann ich's denn, Herr Generalgouverneur?«

»Noch sie zu verkaufen?«

»Verkaufen? Niemals.«

»Gut; wollt Ihr sie uns vermieten?«

Isaak Hakhabuts Augen flammten auf wie glühende Kohlen.

»Würden Sie auch für jeden Schaden haften?« fragte er.

»Ja.«

»Und deponieren auch ein Unterpfand, welches im Falle der Beschädigung mir gehört?«

»Jawohl.«

»Wieviel?«

»Hundert Francs für ein Instrument, das zwanzig wert ist. Reicht das?«

»Kaum ... Herr Gouverneur ... kaum, bedenken Sie, daß diese Schnellwaage die einzige ist in unserer neuen Welt. Doch, es sei, zahlen Sie diese hundert Francs in Gold?«

»In blanken Goldstücken.«

»Und Sie wollten mir abmieten diese Waage, welche ich so nötig brauche, abmieten für einen Tag?«

»Nur für einen Tag.«

»Und der Mietpreis? ...«

»Wir zahlen zwanzig Francs für den einen Tag«, sagte Graf Timascheff. »Paßt Euch das?«

»Ach ... ich kann nicht hart sein? ...« murmelte der Jude die Hände faltend. »Man muß sich zu begnügen wissen.«

Der Handel war also, offenbar zur größten Befriedigung des Juden, abgeschlossen. Zwanzig Francs Mietgeld, hundert Francs Kaution für Beschädigung, alles in gutem französischen oder russischen Golde. Wahrlich, Isaak Hakhabut hätte sein Recht der Erstgeburt nicht für ein Linsengericht hingegeben, die Linsen wären denn Perlen gewesen.

Nach einem verdächtig prüfenden Blicke ringsumher verließ der Jude die Kabine, um die Waage zu holen.

»Ein schrecklicher Mensch!« sagte Graf Timascheff.

»Gewiß«, antwortete Hector Servadac, »ein Muster seiner Art.«

Gleich darauf trat Isaak Hakhabut wieder ein und brachte das verlangte Instrument, das er sorgfältig im Arme trug.

Es bestand aus einer Federwaage mit Haken zum Anhängen der zu wägenden Gegenstände. Eine über einem Gradbogen bewegliche Nadel zeigte das betreffende Gewicht an. Diese Angaben waren also, wie Palmyrin Rosette vorher erklärt hatte, unabhängig von der Schwerkraft, wie groß diese auch sein mochte. Eingeteilt für irdische Wägungen, mußte dies Instrument auf der Erde für jeden ein Kilo schweren Gegenstand auch tausend Gramm anzeigen. Wieviel würde es aber für denselben Gegenstand auf der Gallia markieren? Das wird der Leser später erfahren.

Hundertzwanzig Francs in Gold wurden dem Juden hingezählt, dessen Hände sich wie der Deckel einer Kassette über dem kostbaren Metalle schlossen. Ben-Zouf erhielt die Schnellwaage ausgehändigt und die Besucher der Hansa schickten sich an, die Kabine zu verlassen.

Eben jetzt erinnerte sich aber der Professor, daß ihm zu seinen Operationen noch ein notwendiges Hilfsmittel fehle. Eine Schnellwaage nützte ihm ja nichts, wenn er daran nicht ein genau gemessenes Stück aus dem die Gallia bildenden Metalle anhängen konnte, etwa einen Würfel von einem Dezimeter Seitenlänge.

»Halt, das ist noch nicht alles, Jude!« sagte Palmyrin Rosette stehenbleibend. »Du mußt uns noch etwas leihen . . .«

Isaak Hakhabut zitterte.

»Ein Metermaß und ein Kilogrammgewicht.«

»Oh, lieber Herr«, antwortete der Jude, »das ist nicht möglich, ich bedaure sehr, ich wäre Ihnen so gern gefällig gewesen!«

Jetzt sagte Isaak Hakhabut zweimal die Wahrheit, daß er weder ein Metermaß noch Gewichtsstücke an Bord hatte, und daß er bedauerte, sie nicht zu besitzen. Er hätte damit noch ein herrliches »Geschäftchen« machen können.

Palmyrin Rosette sah seine Gefährten höchst ärgerlich an, als wollte er sie für diesen Mangel verantwortlich machen. Er war dazu wohl sehr berechtigt, denn ohne den gewünschten Maßstab sah er nicht ein, wie ein befriedigendes Resultat erlangt werden solle.

»Ich muß doch wohl sehen, wie ich mir ohne Maß und Gewicht helfe!« murmelte er und rieb sich dabei hinter den Ohren.

Schnell stieg er die Treppe wieder hinauf. Seine Begleiter folgten ihm. Noch hatten sie das Verdeck der Tartane nicht erreicht, als sich aus der Kabine der Klang von Silbermünzen hören ließ.

Er rührte von Isaak Hakhabut her, der sein Gold in einem der Schubkästen des Schrankes verschloß.

Sofort kehrte der Professor um und eilte die Treppe wieder hinab. Alle folgten ihm, ohne zu wissen, was Palmyrin Rosette beabsichtigte.

»Ihr seid im Besitz von Silbermünzen!« rief er den Juden an und packte ihn am Ärmel seines alten Kaftans.

»Ich ... Silber! ...« antwortete Isaak Hakhabut erbleichend, als stände er einem Räuber gegenüber.

»Gewiß ... Silbermünzen!« fuhr der Professor in lebhafter Erregung fort. »Sind das französische Münzen? Sind es Fünffrancsstücke?«

»Ja ... nein ...« erwiderte der Jude, der seiner Worte nicht mehr mächtig war.

Der Professor hatte sich schon dem Kasten genähert, den Isaak Hakhabut vergeblich zu schließen suchte. Kapitän Servadac, Graf Timascheff und Leutnant Prokop verstanden zwar den ganzen Vorgang nach keiner Seite, wenn sie innerlich auch natürlich für den Professor Partei nahmen, und ließen vorerst dem Wortwechsel seinen Lauf, ohne sich selbst dabei zu beteiligen.

»Diese französischen Münzen brauch' ich aber einmal!« rief Palmyrin Rosette.

»Nie, niemals!« rief seinerseits der Jude, der sich gebärdete, als wolle man ihm die Eingeweide herausreißen.

»Ich brauche sie, sag' ich dir, und ich werde sie zu bekommen wissen!«

»Eher laß' ich mich umbringen!« heulte Isaak Hakhabut.

Kapitän Servadac hielt es jetzt doch für angezeigt, vermittelnd einzuschreiten.

»Lieber Professor«, sagte er lächelnd, »erlauben Sie mir, diese Angelegenheit zu ordnen, ebenso wie die erstere.«

»Ach, Herr Gouverneur«, rief Isaak Hakhabut ganz bleich und entstellt, »schützen Sie mich, schützen Sie mein Hab und Gut.«

»Ruhe, Meister Isaak!« antwortete Kapitän Servadac.

Er wandte sich hierauf an Palmyrin Rosette.

»Sie bedürfen«, fragte er, »einer gewissen Anzahl von Fünffrancsstücken zu Ihrer Arbeit?«

»Ja«, erwiderte der Professor, »ich brauche deren vierzig.«

»Zweihundert Francs«, murmelte der Jude.

»Außerdem«, fügte der Professor hinzu, »zehn Zweifrancsstücke und zwanzig Fünfzigcentimesstücke.«

»Noch einmal dreißig Francs!« ließ sich eine klägliche Stimme vernehmen.

»Zusammen also zweihundertdreißig Francs?« wiederholte Hector Servadac.

»Richtig, zweihundertdreißig Francs«, bestätigte Palmyrin Rosette.

»Gut«, sagte Kapitän Servadac.

Er richtete das Wort nun an Graf Timascheff.

»Herr Graf«, sagte er, »haben Sie noch eine genügende Summe bei sich, um dem Juden für die Zwangsanleihe, die ich ihm auferlegen will, Garantie zu bieten?«

»Meine Börse steht zu Ihrer Verfügung, Kapitän«, antwortete Graf Timascheff, »freilich habe ich augenblicklich nur noch Papierrubel bei mir . . .«

»Kein Papier! Kein Papier!« wehrte sich Isaak Hakhabut. »Papiergeld steht auf der Gallia nicht in Kurs.«

»Steht das Silber vielleicht besser?« erwiderte Graf Timascheff sehr kühl und gelassen.

»Meister Isaak«, sagte da Kapitän Servadac etwas ernster, »Eure Jeremiaden haben mir bis jetzt die Laune noch nicht verdorben. Stellt meine Geuld aber nicht auf eine zu lange Probe. Werdet Ihr uns nun gern oder ungern die zweihundertdreißig Francs in Silber aushändigen?«

»Diebe! Diebe!« schrie der Jude.

Er ward bei diesem Ruf aber sehr unsanft durch Ben-Zouf unterbrochen, dessen kräftige Hand ihm die Kehle zuschnürte.

»Laß ihn, Ben-Zouf«, sagte Kapitän Servadac, »laß ihn los. Er wird sich schon bequemen, uns zu willfahren.«

»Niemals ... Niemals! ...«

»Wieviel Interessen verlangt Ihr, Meister Isaak, für jenes Darlehen von zweihundertdreißig Francs?«

»Ein Darlehen! ... Es handelt sich nur um ein Darlehen! ...« rief Isaak Hakhabut, dessen Augen plötzlich ganz anders zu leuchten begannen.

»Natürlich, um ein einfaches Darlehensgeschäft ... was verlangt Ihr an Interessen?«

»Oh, Herr Generalgouverneur«, erwiderte der Jude süßlich, »das Silber ist sehr schwer zu gewinnen und vorzüglich ist es auf der Gallia heutzutage sehr selten ...«

»Zum Kuckuck mit diesen unnützen Einreden! ... Wieviel beansprucht Ihr?« unterbrach ihn Hector Servadac.

»Nun, Herr Gouverneur«, antwortete Isaak Hakhabut, »es scheint mir, daß zehn Francs Interessen ...«

»Für den Tag?«

»Ja freilich ... per Tag! ...«

Der Wucherer hatte seinen Satz noch nicht vollendet, als Graf Timascheff ein Päckchen Rubelscheine auf den Tisch warf. Der Jude ergriff sie hastig und begann die Billetts mit großer Fingerfertigkeit zu zählen. Obwohl dieses Pfand nur aus Papier bestand, so schien es doch auch dem habgierigsten der Kinder Judä zu genügen.

Dem Professor wurden nun die verlangten französischen Münzsorten ausgeliefert und er steckte diese mit sichtbarer Befriedigung in die Tasche.

Der Jude dagegen – nun, der hatte sein Kapital einfach zu mehr als 1800 Prozent Zinsen ausgeliehen. Wenn er in dieser Weise weitere Geschäfte machte, so mußte er auf der Gallia noch schneller ein großes Vermögen zusammenscharren, als es auf der Erde je möglich war.

Als Kapitän Servadac und seine Begleiter bald nachher die Tartane verlassen hatten, erklärte ihnen Palmyrin Rosette:

»Meine Herren, eine Summe von zweihundertdreißig Francs ist es nicht, die ich hier mitgenommen habe, sondern nur das einzige Hilfsmittel, um ein Kilogramm und ein Metermaß herzustellen.«

Achtes Kapitel

In welchem der Professor und seine Schüler sich nur mit Sextillionen, Quintillionen und anderen Mehrheiten von Milliarden abgeben.

Eine Viertelstunde später fanden sich die Besucher der Hansa in dem allgemeinen Wohnraum vereinigt, wo die letzten Worte des Professors ihre Erklärung finden sollten.

Auf Anordnung des letzteren hatte Ben-Zouf verschiedene auf dem Tische stehende Gegenstände weggeräumt und hinlänglichen freien Platz geschaffen. Die von dem Juden Hakhabut entliehenen Silberstücke wurden nun auf den Tisch gelegt und zwar, sortiert nach ihrem Werte, zwei Säulchen von je zwanzig Fünffrancsstücken, ein solches von zehn Zweifrancsstücken und noch eines von zwanzig Fünfzigcentimesstücken.

»Meine Herren«, begann Palmyrin Rosette mit sichtlicher Selbstzufriedenheit, »da Sie im Moment des Stoßes die Vorsicht außer acht gelassen haben, ein Metermaß und ein Kilogrammgewicht von der alten Erde zu retten, mußte ich auf Mittel denken, diese beiden Objekte, welche mir zur Berechnung der Anziehung, Masse und Dichtigkeit meines Kometen unentbehrlich sind, auf andere Weise zu ersetzen.«

Diese Einleitung war sowohl etwas lang, als auch der Art, wie sie ein Redner meist vorauszuschicken pflegt, der seiner Sache und des beabsichtigten Eindruckes auf die Zuhörer sicher ist.

Weder Kapitän Servadac, noch Graf Timascheff oder

Leutnant Prokop erhoben Einspruch gegen diesen einzigen Vorwurf, den Palmyrin Rosette ihnen machte. Sie kannten ja seine beliebte Art und Weise.

»Ich habe mich, meine Herren«, nahm der Professor wieder das Wort, »zuvor überzeugt, daß diese verschiedenen Münzen ziemlich neu und weder durch den Gebrauch abgenutzt, noch etwa von dem Juden beschnitten waren. Sie befinden sich in der Tat in dem erwünschten Zustande, welcher meinen Operationen die notwendige Genauigkeit sichert. Zunächst denke ich mich ihrer also zu bedienen, um sehr zuverlässig die Länge des irdischen Meters zu erhalten.«

Hector Servadac und seine Gefährten durchschauten die Absicht des Professors schon, ehe er sie ausgesprochen hatte. Ben-Zouf freilich glotzte den Professor an, als sähe er einem Zauberkünstler zu, der in irgendeiner Bude des Montmartre seine Künste produzieren wollte.

Der Professor begründete aber seine erste Operation, zu welcher ihm der Gedanke urplötzlich kam, als er die Silbermünzen in Isaak Hakhabuts Geldkasten klingen hörte, auf folgendes:

Die französischen Münzen sind streng nach dem Dezimalsysteme ausgeprägt, nämlich: 1. ein, zwei, fünf und zehn Centimes in Kupfer; 2. zwanzig und fünfzig Centimes, ein, zwei und fünf Francs in Silber; 3. fünf, zehn, zwanzig, fünfzig und hundert Francs in Gold.

Über dem Franc existieren also alle in die Dezimalrechnung passenden Mehrheiten eines solchen; unter demselben alle entsprechenden Teile. Der Franc bildet den Maßstab.

»Überdies« – und hierhauf fußte der Professor zunächst – »sind diese verschiedenen Geldstücke genau kalibriert, und ihr durch das Gesetz bestimmt vorgeschriebener Durchmesser wird bei der Ausmünzung strengstens eingehalten. Um nur von den Stücken fünf und zwei Francs und von denen zu fünfzig Centimes zu sprechen, so zeigen die ersten einen Durchmesser von siebenunddreißig Millimetern, die zweiten einen solchen von siebenundzwanzig und die letzten von achtzehn Millimetern.

War es also nicht möglich, durch Nebeneinanderlegen einer gewissen Anzahl Stücke von verschiedenem Werte ein genau zu bestimmendes Längenmaß zu erhalten, das mit den tausend Millimetern des irdischen Meters übereinstimmte?

Gewiß; der Professor wußte das recht gut und nahm deshalb von den mitgebrachten vierzig Fünffrancsstükken zehn, ferner die zehn Zweifrancsstücke und die zwanzig Münzen zu fünfzig Centimes.

Er entwarf auf einem Blättchen Papier schnell folgende Berechnung, die er seinen Zuhörern zeigte:

10 Stück	zu	5 Francs	à	0^m, 037	=	0^m, 370
10 Stück	zu	2 Francs	à	0^m, 027	=	0^m, 270
20 Stück	zu	50 Cent.	à	0^m, 018	=	0^m, 360
					Summa	1^m, 000.

»Sehr schön, lieber Professor«, sagte Hector Servadac, »wir hätten diese vierzig Geldstücke also nur so dicht aneinanderzulegen, daß eine gerade Linie alle Mittelpunkte derselben schneidet, um genau die Länge eines irdischen Meters zu erhalten.«

»Alle Wetter«, rief Ben-Zouf, »es ist doch hübsch, so gelehrt zu sein!«

»Das nennt er schon gelehrt!« meinte Palmyrin Rosette achselzuckend.

Die zehn Fünffrancsstücke wurden also auf der Tischplatte so nebeneinandergelegt, daß eine gerade Linie ihre Mittelpunkte verband, hierauf die zehn Zweifrancsstücke und endlich die zwanzig Fünfzigcentimesstücke. Durch Einschnitte in den Tisch bezeichnete man sodann die beiden Enden dieser Linie.

»Hier, meine Herren«, erklärte der Professor, »haben Sie die genaue Größe des irdischen Meters.«

Bei dem Verfahren beobachtete man die peinlichste Genauigkeit. Mittels eines Zirkels wurde dieser Meter dann in zehn gleiche Teile geteilt und dadurch die Länge des Dezimeters bestimmt. Ein nach diesem Maße zugeschnittenes Holzstäbchen erhielt der Mechaniker der

Dobryna.

Letzterer, ein sehr geschickter Mann, hatte sich ein hinreichendes Stück der unbekannten Masse verschafft, welche den Vulkan bildete, und brauchte dieses bloß rechtwinklig, jede Seite in der Länge eines Dezimeters zuzuschneiden, um einen tadellosen Würfel zu erhalten, wie ihn Palmyrin Rosette gewünscht hatte.

Ein Metermaß war also geschaffen. Jetzt handelte es sich noch um ein Kilogrammgewicht.

Das erschien noch leichter ausführbar.

Die französischen Münzen haben nämlich nicht nur eine streng vorgeschriebene Größe, sondern auch ein sehr genau berechnetes Gewicht.

Die Fünffrancsstücke z. B. wiegen genau fünfundzwanzig Gramm, oder fünfmal das Gewicht eines Franc, welches fünf Gramm beträgt.*

Durch Zusammenhäufung von vierzig Fünffrancsstücken erhielt man also das Gewicht eines Kilogrammes.

Kapitän Servadac und seine Freunde sahen das ohne nähere Darlegung ein.

»Ei, ei«, sagte Ben-Zouf, »ich merke wohl, daß es zu alledem nicht ausreicht, gelehrt zu sein, man muß auch . . .«

»Nun, was denn?« fragte Hector Servadac.

»Man muß auch ziemlich reich sein!«

Alle lachten herzlich über diese Bemerkung des wakkeren Ben-Zouf.

Einige Stunden später ward der sehr sorgfältig bearbeitete Würfel fertig und von dem Mechaniker dem Professor ausgehändigt.

Palmyrin Rosette besaß nun ein Kilogrammgewicht, einen Würfel von einem Dezimeter Seitenlänge und dazu eine Schnellwaage, befand sich also in der Lage,

---

*Gewichte der verschiedenen Münzen Frankreichs:

Gold: 100 Frcs. wiegen 32,25 g; 50 Frcs. = 16,12 g; 20 Frcs. = 6,45 g; 10 Frcs. = 3,22 g; 5 Frcs. = 1,61 g.

Silber; 5 Frcs. wiegen 25 g; 2 Frcs. = 10 g; 1 Frc. = 5 g; 50 Cent. = 2,5 g

Kupfer: 0,10 Frc. wiegt 10 g; 0,05 Frcs. = 5 g; 0,02 Frcs. = 2 g; 0,01 Frc. = 1 g.

die Anziehungskraft, Masse und Dichtigkeit seines Kometen berechnen zu können.

»Meine Herren«, sagte er, »ich muß Ihnen hierbei, im Fall, daß Sie es nicht kennten – oder vielmehr, daß es Ihnen wieder entfallen wäre –, Newtons berühmtes Gesetz ins Gedächtnis zurückrufen, nach welchem die Anziehungskraft im geraden Verhältnisse zur Masse und im umgekehrten Verhältnisse des Quadrats der Entfernung steht. Ich ersuche Sie, diesen Lehrsatz immer im Auge zu behalten.«

Wie eifrig er dozierte, der gelehrte Professor! Aber welch folgsame Schüler hatte er auch vor sich!

»Hier sehen Sie«, fuhr er fort, »eine Anzahl von vierzig Fünffrancsstücken in diesem Beutelchen vereinigt. Dieselben würden auf der Erde genau ein Kilogramm wiegen. Befänden wir uns also auf genanntem Planeten und ich hinge das Säckchen an den Haken der Schnellwaage, so würde deren Zeiger genau auf 1 Kilogramm weisen. Ist das Ihnen klar?«

Bei diesen Worten heftete Palmyrin Rosette die Augen immer auf Ben-Zouf. Er ahmte hiermit Arago nach, der bei seinen Vorträgen stets denjenigen unter den Zuhörern anzusehen pflegte, den er für den mindest Begabten hielt; schien es ihm dann, als habe ihn dieser Zuhörer verstanden, so hielt er sich von der Klarheit seiner Demonstration überzeugt.*

In unserem Falle war nun Ben-Zouf zwar nicht gerade unbegabt zu nennen, dafür aber der Unwissendste, und das kam ja auf eines hinaus.

Da Ben-Zouf von der Richtigkeit seiner Worte überzeugt schien, so setzte der Professor seinen Vortrag weiter fort.

»Diese vierzig Geldstücke, meine Herren, werde ich

---

*Hierzu folgendes Erlebnis, welches der berühmte Astronom gern erzählte:

Eines Tages trat in einen Salon, gerade als er von dieser seiner Gewohnheit gesprochen hatte, ein junger Mann, den er nicht kannte, der ihn aber doch recht bemerkbar begrüßte.

»Mit wem habe ich die Ehre zu sprechen?« fragte er.

»Oh, Herr Arago, Sie sollten mich wohl kennen, da ich Ihre Vorträge sehr fleißig besuche und Sie mich dabei ununterbrochen anzusehen beliebten!«

jetzt an dem Haken der Schnellwage befestigen, und da ich auf der Gallia operiere, werden wir erfahren, wieviel sie auf der Gallia wiegen.«

Das Päckchen ward angehängt, der Zeiger schwankte kurze Zeit hin und her und stellte sich auf dem Kreisbogen auf 133 Gramm ein.

»Nun also«, erklärte Palmyrin Rosette, »was auf der Erde 1 Kilogramm wiegt, wiegt auf der Gallia nur 133 Gramm, demnach etwa siebenmal weniger. Ist das klar?«

Ben-Zouf machte ein Zeichen der Zustimmung und der Professor dozierte höchst ernsthaft weiter.

»Jetzt werden Sie auch begreifen, daß ich dieses Resultat wohl mit einer Federwaage, keineswegs aber mit einer gewöhnlichen Balkenwaage erhalten konnte. Die beiden Schalen, auf welche ich einerseits das Säckchen mit den Münzen und andererseits ein Kilogrammgewicht gelegt hätte, wären eben im Gleichgewicht geblieben, da das Gewicht beider vollkommen gleichmäßig vermindert sein mußte. Verstanden?«

»Sogar von mir«, meldete sich Ben-Zouf.

»Wenn sich hier nun das Gewicht eines Körpers siebenmal geringer herausstellt als auf der Erde, so ist auch daraus zu schließen, daß die Intensität der Schwerkraft eine siebenmal geringere sein wird.«

»Ganz richtig!« bestätigte Kapitän Servadac, »über diesen Punkt wären wir also einig. Nun lassen Sie uns, lieber Professor, zur Bestimmung der Masse übergehen.«

»Nein, erst zu der der Dichtigkeit«, entgegnete Palmyrin Rosette.

»Da wir das Volumen der Gallia schon kennen«, sagte Leutnant Prokop, »so ergibt sich nach Bestimmung ihrer Dichtigkeit die Masse derselben allerdings fast von selbst.«

Die Bemerkung des Leutnants war ganz richtig; es erübrigte nur noch die Berechnung der Dichtigkeit der Gallia.

Der Professor schickte sich dazu an. Er gebrauchte

dazu den aus dem Bergmateriale geschnittenen Block, welcher genau einen Würfel von einem Dezimeter Seite darstellte.

»Dieser Block, meine Herren«, sagte er, »besteht aus der bisher unbekannten Substanz, welche Sie bei Gelegenheit Ihrer Rundfahrt überall an der Oberfläche unserer Gallia angetroffen haben. Es scheint wirklich, als sei mein Komet daraus einzig und allein gebildet. Das Uferland, der Vulkan, die inneren Terrains im Norden wie im Süden, bestehen durchweg aus diesem Mineral, für welches Sie bei Ihrer Unkenntnis in der Geologie nicht einmal den Namen fanden.«

»Leider; dagegen erführen wir so gern etwas über die Natur dieser Substanz«, sagte Hector Servadac.

»Ich glaube zu dem Schlusse berechtigt zu sein«, fuhr Palmyrin Rosette fort, »daß die Gallia ganz allein aus diesem Stoffe besteht. Hier ist ein Kubik-Dezimeter dieses Stoffes. Was würde derselbe auf der Erde wiegen? Er müßte genau siebenmal so viel wiegen als auf der Gallia, da, ich wiederhole es, die Anziehungskraft auf meinem Kometen gegenüber der auf der Erde um das Siebenfache vermindert ist. Haben Sie mich verstanden, Sie, der Sie mich mit weit offenen Augen ansehen.«

Die letzten Worte galten Ben-Zouf.

»Nein«, gestand dieser offenherzig.

»Nun, ich mag meine Zeit nicht damit verlieren, Ihnen das besonders verständlich zu machen. Jene Herren sind sich über meine Worte klar, das genügt mir.«

»Brummbär!« murmelte Ben-Zouf.

»Wiegen wir also diesen Würfel«, sagte der Professor. »Es ist dasselbe, als hinge ich den Kometen selbst an den Waagenhaken.«

Das Stück Mineral ward an der Schnellwaage befestigt und der Zeiger stellte sich auf dem Gradbogen bei 1 Kilogramm 330 Gramm ein.

»Ein Kilo dreihundertdreißig Gramm multipliziert mit sieben«, rief Palmyrin Rosette, »ergibt nahezu zehn Kilo. Da die Dichtigkeit der Erde etwa gleich fünf ist, so erreicht die der Gallia die doppelte Ziffer. Ohne diesen

Umstand, dieses hohe spezifische Gewicht, würde die Schwerkraft auf meinem Kometen statt des siebten Teiles der Anziehungskraft auf der Erde nur den fünfzehnten Teil derselben betragen.«

Man bemerkte leicht, daß der Professor diese Worte mit einem gewissen Stolze aussprach. Wenn die Erde seinen Kometen an Umfang übertraf, so übertraf dieser jene an Dichtigkeit, und er wäre auf einen Tausch zwischen beiden Weltkörpern sicher nicht eingegangen.

Nachdem jetzt also der Durchmesser, der Umfang, die Oberfläche, das Volumen, die Dichtigkeit der Gallia und die Intensität der Schwerkraft an ihrer Oberfläche festgestellt waren, blieb nur noch die Berechnung ihrer Masse, mit anderen Worten ihres eigentlichen Gewichtes, auszuführen übrig.

Diese Rechnung war bald vollendet. Da ein Kubik-Dezimeter des Gallia-Materiales bei der Wägung auf der Erde zehn Kilogramm gewogen hätte, so mußte das Gesamtgewicht der Gallia zehnmal soviel Kilogramm erreichen, als sie Kubik-Dezimeter Masse enthielt. Da dieses Volumen, wie wir wissen, 211 433 460 Kubik-Kilometer betrug, so drückte sich die Anzahl der Kubik-Dezimeter durch eine Zahl von einundzwanzig Ziffern aus; diese erreichte nämlich (wir schreiben die Zahl der Übersichtlichkeit wegen hier nicht ausschließlich mit Ziffern) 211 Quintillionen, 433 Quatrillionen und 460 Trillionen. Diese Zahl repräsentierte also in irdischen Kilogrammen die Masse oder das Eigengewicht der Gallia.

Es blieb letzteres demnach unter jenem der Erde um 4 Sextillionen 788 Quintillionen 570 Quatrillionen 540 Trillionen Kilogramm zurück.

»Wieviel wiegt denn eigentlich die Erde?« fragte Ben-Zouf, dem diese Milliarden von Millionen den Kopf etwas verdrehten.

»Nun, weißt du denn, was eine Milliarde bedeutet?« fragte ihn Kapitän Servadac.

»So ungefähr, Herr Kapitän.«

»So wisse denn, daß seit der Geburt Jesu Christi bis heute noch nicht eine Milliarde Minuten verstrichen ist,* und hättest du seit jener Zeit eine Milliarde Francs Schulden und in jeder Minute einen Franc davon abgezahlt, so wärst du heute noch nicht mit der Zahlung fertig!«

»Einen Franc jede Minute!« rief Ben-Zouf. »Da hätte mich schon die erste Viertelstunde ruiniert! Aber was wiegt denn eigentlich die Erde?«

»Nun, 5175 Sextillionen Kilogramm«, belehrte ihn Leutnant Prokop, »eine Zahl von fünfundzwanzig Ziffern.«

»Und der Mond?«

»Der Mond wiegt 72 Sextillionen Kilo.«

»Mehr nicht?« antwortete Ben-Zouf. »Aber die Sonne?...«

»Wiegt 2 Nonillionen«, antwortete der Professor, »eine Zahl von einunddreißig Ziffern.«

»Zwei Nonillionen!« rief Ben-Zouf, »wahrscheinlich genau auf das Gramm?«

Palmyrin Rosette sah Ben-Zouf verächtlich über die Achsel an.

»Also wiegt jeder Gegenstand«, fiel Hector Servadac ein, um Unannehmlichkeiten zu vermeiden, »an der Oberfläche der Gallia siebenmal weniger als auf der Erde.«

»Gewiß«, erwiderte der Professor, »unsere Muskelkraft ist hier also versiebenfacht, und wer auf der Erde hundert Kilo zu tragen vermochte, würde es hier auf siebenhundert bringen.«

»Aha, deshalb springen wir hier auch siebenmal höher«, bemerkte Ben-Zouf.

»Ganz richtig«, antwortete Leutnant Prokop, »und wäre die Masse der Gallia noch geringer, Ben-Zouf, so würdet Ihr noch höher in die Luft schnellen.«

»Sogar über den ganzen Montmartre hinweg!« setzte der Professor mit den Augen blinzelnd hinzu, um Ben-Zouf zu ärgern.

*Bis Ende des Jahres 1876 zählt man vom Anfang unserer Zeitrechnung an genau 986 679 360 Minuten; es fehlen demnach noch zirka 13⅓ Millionen Minuten, d. h. die erste Milliarde wird erst bald nach Anfang des nächsten Jahrhunderts erfüllt werden.

»Wie groß ist die Intensität der Schwerkraft aber auf den anderen Himmelskörpern?« fragte Hector Servadac.

»Das haben Sie also glücklich vergessen!« rief der Professor. »Sie waren freilich immer nur ein ziemlich schlechter Schüler.«

»Das muß ich zur eigenen Schande gestehen«, antwortete Kapitän Servadac.

»Nun, so hören Sie. Die Erde gleich 1 gesetzt, so beträgt die Anziehung auf dem Monde 0,16; auf dem Jupiter 2,45; auf dem Mars 0,50; auf dem Merkur 1,15; auf der Venus 0,92, d. i. fast ebenso viel als auf der Erde; auf der Sonne 28; auf letzterer würde 1 irdisches Kilogramm also 28 Kilo schwer sein!«

»Ferner«, bemerkte Leutnant Prokop dazu, »würde ein Mensch mit einem dem unsrigen entsprechenden Körperbaue sich nach einem Falle nur schwer wieder aufrichten können, und eine Kanonenkugel könnte nur einige Dutzend Meter weit fliegen.«

»Da wär' ja für feige Memmen ein herrliches Schlachtfeld«, sagte Ben-Zouf.

»O nein«, versetzte Kapitän Servadac, »denn sie wären dort zu schwer, um ausreißen zu können.«

»Ei«, plauderte Ben-Zouf weiter, »da wir noch stärker wären und noch höher springen könnten, so bedauere ich nur, daß die Gallia einst nicht noch etwas kleiner ausfiel, als sie es wirklich ist. Freilich hätte das seine Schwierigkeiten gehabt ?«

Dieser Wunsch mußte notwendig die Eigenliebe Palmyrin Rosettes, des Eigentümers besagter Gallia, kränken und ihn zu einer tadelnden Gegenbemerkung herausfordern.

»Da hören Sie nur«, rief er, »ist der Kopf dieses Ignoranten nicht so schon leicht genug? Er mag sich nur in acht nehmen, daß er ihm nicht einmal durch einen Windstoß entführt wird.«

»Schon gut, schon gut«, erwiderte Ben-Zouf, »dann halte ich ihn eben mit beiden Händen fest.«

Palmyrin Rosette sah wohl ein, daß er dem zungenfertigen Ben-Zouf gegenüber doch nicht das letzte Wort behalten werde und wollte sich schon entfernen, als ihn Kapitän Servadac durch eine Handbewegung zurückhielt.

»Verzeihung, lieber Professor«, sagte er, »noch eine Frage. Ist Ihnen nicht bekannt, aus welcher Substanz unsere Gallia eigentlich besteht?«

»Vielleicht doch«, antwortete Palmyrin Rosette. »Die Natur dieser Substanz . . . ihre Dichtigkeit von 10 . . . ich möchte fast behaupten . . . Ah, das wäre etwas, den Ben-Zouf gründlich zu beschämen. Er wag' es nur noch einmal, seinen Maulwurfshaufen mit meinem Kometen vergleichen zu wollen!

»Was würden Sie zu behaupten wagen?« fragte Kapitän Servadac.

»Daß diese Substanz nichts anderes ist«, fuhr der Professor unter scharfer Betonung jeder Silbe fort, »als eine Verbindung von Tellur . . .«

»Puh, von Tellur . . .« rief Ben-Zouf.

»Von Tellur und Gold, ein Körper, der sich (z. B. im Schrifterz) auf der Erde nicht allzu selten findet, und da in dieser Verbindung siebzig Prozent Tellur enthalten sind, so schätze ich ihren Goldgehalt auf dreißig Prozent.«

»Dreißig Prozent!« wiederholte Hector Servadac verwundert.

»Es ergäbe das, wenn man die spezifischen Gewichte beider Körper, welche im Mittel zusammen dann zehn ausmachen, genau die Zahl, welche die Dichtigkeit der Gallia repräsentiert.«

»Ein Komet von Gold!« rief Kapitän Servadac.

»Der berühmte Maupertuis hielt das für leicht möglich, und die Gallia bestätigt seine Annahme.«

»Wenn die Gallia aber«, mischte sich Graf Timascheff in das Gespräch, »einst auf die Erde zurückfällt, so wird sie alle bestehenden Münzverhältnisse plötzlich umstoßen, indem tatsächlich nur neunundzwanzig Milliarden und vierhundert Millionen (Francs) Gold in Umlauf sind.«

»Gewiß«, antwortete Palmyrin Rosette, »und da der Block von Tellurgold, welcher uns trägt, nach irdischem Gewichte 211 Quintillionen 433 Quatrillionen 460 Trillionen Kilogramm wiegt, so bringt er etwa 72 Quintillionen Kilogramm Gold nach der Erde. Da ferner ein Kilogramm Gold dreitausendfünfhundert Francs ergibt, so entspricht das Ganze einer Summe von 246 Sextillionen Francs – eine Zahl von vierundzwanzig Ziffern.«

»Sobald das aber eintritt«, setzte Hector Servadac hinzu, »wird der Preis des Goldes auf Null sinken, und es wird jenes mehr als jemals die Bezeichnung eines ›nutzlosen Metalles‹ verdienen.«

Die letzten Worte hatte der Professor nicht mehr gehört. Majestätisch verließ er nach seiner letzten Antwort den Wohnraum und begab sich nach seinem Observatorium.

»Zu was in aller Welt aber«, fragte Ben-Zouf, »nützen nur solche Berechnungen, die der gelehrte Bärenbeißer wie Taschenspieler-Kunststückchen zum Besten gibt?«

»Häufig zu gar nichts«, antwortete Kapitän Servadac, »aber gerade das verleiht ihnen einen besonderen Reiz!«

Neuntes Kapitel

In dem einzig und allein vom Jupiter, dem großen Störenfried der Kometen, die Rede ist.

Palmyrin Rosette bemühte sich in der Tat nur im Interesse des abstrakten Wissens. Er kannte die Ephemeriden seines Kometen, seine Bahn durch den interplanetarischen Weltraum, wie die Dauer seines Umlaufs um die Sonne. Das Übrige, wie Masse, Dichtigkeit, Anziehungskraft und selbst der Metallwert der Gallia, konnte nur ihn allein interessieren, nicht aber seine Gefährten, welche nur den Wunsch hegten, der Erde an der bezeichneten Stelle ihrer Bahn und zur berechneten Zeit wieder zu begegnen.

Man überließ also den Professor seinen rein wissenschaftlichen Arbeiten.

Der folgende Tag war der 1. August oder, um uns der Ausdrucksweise Palmyrin Rosettes zu bedienen, der 63. Gallia-April. Während dieses Monats mußte sich der Komet, indem er 9900000 Meilen in seiner Bahn zurücklegte, bis auf 118200000 Meilen von der Sonne entfernen. Er mußte noch 48600000 Meilen zurücklegen, um am 15. Januar sein Aphel zu erreichen. Von diesem Punkte aus begann er sich der Sonne wieder zu nähern.

Dabei eilte die Gallia aber durch eine Welt von Wundern, die noch kein menschliches Auge so in der Nähe geschaut hatte.

Gewiß, der Professor tat recht daran, sein Observatorium so gut wie gar nicht zu verlassen. Noch niemals ergötzte einen Astronomen – und ein Astronom ist mehr als ein Mensch, denn er lebt außerhalb der Erdenwelt – eine solche Augenweide. Wie schön waren diese Gallia-Nächte! Kein Windhauch, keine Wolke trübte deren Heiterkeit. Offen lag das große Buch des Firmamentes und leicht war seine Flammenschrift zu lesen.

Die glanzvolle Welt, der die Gallia zustrebte, war die Welt des Jupiter, des größten Planeten, den die Sonne im Kreise ihrer Anziehung gefesselt hält. Sieben Monate verflossen schon seit dem Zusammenstoße der Erde mit dem Kometen, und dieser eilte schnellen Laufes auf den prächtigen Planeten zu, der vor ihm schwebte. Heute am 1. August trennte die beiden Weltkörper nur eine Entfernung von 36½ Millionen Meilen, und bis zum 1. November mußten sie sich einander noch immer mehr nähern.

Lag in diesem Umstande wohl eine drohende Gefahr? Riskierte die Gallia nicht allzuviel, wenn sie so nahe dem Jupiter schwebte? Konnte die mächtige Anziehungskraft des Planeten, dessen Masse die ihrige so ungeheuer übertraf, nicht einen verderblichen Einfluß auf den schwachen Weltkörper äußern? Bei der Berechnung der Umlaufszeit der Gallia hatte der Professor sicherlich nicht nur die von dem Jupiter, sondern auch alle vom

Saturn und Mars zu erwartenden Störungen in Betracht gezogen. Wenn er sich aber über die Größe derselben täuschte, wenn sein Komet eine stärkere Verzögerung erlitt, als er voraussetzte, was dann? Wenn etwa gar der shreckliche Jupiter, der ewige Verführer der Kometen ...

Kurz, wenn sich die Berechnungen des Astronomen nicht bewahrheiteten, so drohte der Gallia, nach Leutnant Prokops Auseinandersetzung, eine vierfache Gefahr:

1. Entweder stürzte die vom Jupiter unwiderstehlich angezogene Gallia auf diesen Planeten und ging dabei zugrunde.

2. Oder sie würde nur in dessen Attraktionskreise festgebannt und dadurch zum Satelliten, vielleicht gar zu einem solchen zweiter Ordnung.

3. Oder sie schlug infolge der Ableitung von ihrer bisherigen Bahn einen neuen Weg ein, um nie wieder zur Ekliptik zurückzukehren.

4. Oder endlich, sie traf, selbst wenn ihr Lauf nur um ein wenig verzögert ward, zu spät bei der Ekliptik ein, nachdem die Erde jenen Punkt schon passiert hatte.

Es ist einleuchtend, daß die Gallia-Bewohner bei dem Eintritt einer jeden dieser Möglichkeiten alle Aussichten verloren, jemals die Erdkugel wieder zu betreten.

Wir bemerken hier auch, daß Palmyrin Rosette freilich von jenen vier Eventualitäten für sich nur zwei fürchtete. Ihm, dem abenteuerlustigen Astronomen, konnte es nicht genehm sein, wenn die Gallia etwa in das Verhältnis eines Mondes oder gar eines Nebenmondes der Jupiterwelt übertrat; wenn sie dagegen das Zusammentreffen mit der Erde verfehlte und selbständig um die Sonne weiter gravitierte oder selbst durch den leeren Weltraum etwa auf die Nebelmassen der Milchstraße, zu deren System vielleicht alle sichtbaren Fixsterne gehören, zueilte, das wäre so nach seinem Geschmack gewesen.

Seine Begleiter mochte wohl der unwiderstehliche Wunsch beseelen, zurückzugelangen nach der schönen

Erde, wo sie Angehörige und Freunde hinterlassen hatten; das war ja erklärlich; Palmyrin Rosette dagegen besaß keine Familie mehr und auch keine Freunde, da es ihm stets an Zeit mangelte, sich solche zu erwerben. Wie hätte ihm das auch bei dem Charakter, den wir an ihm kennen, je gelingen können? Da er sich nun einmal in der ganz ausnahmsweisen Lage befand, auf einem neuen Gestirn durch den Himmelsraum zu fliegen, so hätte er auch alles darum gegeben, jenes nie wieder zu verlassen.

So verfloß denn ein Monat auf der einen Seite unter den Befürchtungen der Gallia-Bewohner, auf der anderen unter den Hoffnungen Palmyrin Rosettes. Am 1. September betrug die Entfernung zwischen der Gallia und dem Jupiter nur noch 22¾ Millionen Meilen, war also etwa gleich groß wie die zwischen Erde und Sonne. Am 15. schrumpfte sie schon auf 15½ Millionen Meilen zusammen. Der Planet nahm dabei sichtlich an Größe zu und die Gallia schien nach demselben hin angezogen zu werden, so als hätte sich ihre elliptische Bahn unter dem Einflusse des Jupiter in eine geradlinige verwandelt.

In der Tat, es ist ein ungeheurer Planet, der hier den Lauf der Gallia zu stören drohte. Ein wirklich gefährlicher Stein des Anstoßes! Man weiß seit Newton, daß die gegenseitige Anziehung der Körper im geraden Verhältnisse ihrer Massen und im umgekehrten des Quadrates der Entfernung steht. Die Masse des Jupiter aber ist eine sehr große, und die Entfernung, in welcher die Gallia an ihm vorüberkommen sollte, eine ziemlich kleine.

Der Durchmesser dieses Riesen beträgt nämlich 21474Meilen, d. h. elfmal mehr als der der Erde, sein Umfang aber mißt 67464 Meilen. Sein Volumen übertrifft das der Erde 1414mal, d. h. es wären 1414 Erdkugeln nötig, um ihn an Größe zu erreichen. Seine Masse ist 338mal beträchtlicher als die unseres Planeten; mit anderen Worten, er wiegt 338mal soviel wie die Erde, d. i. ziemlich zwei Oktillionen Kilogramm – eine Zahl, welche mit Ziffern geschrieben achtundzwanzig Stellen hat. Wenn die aus seiner Masse und seinem Volumen berechnete Dichtigkeit desselben nur den vierten Teil von der der Erde erreicht und die des Wassers nur um ein Drittel übersteigt – woraus man sich zu folgern berechtig glaubte, daß der ungeheure Planet vielleicht ganz, mindestens an seiner Oberfläche flüssig sei – so blieb seine Masse eben für die Gallia noch bedrohlich genug.

Zur Vervollständigung dieser physikalischen Notizen über den Jupiter diene hierbei, daß er seine Kreisbahn um die Sonne, nach Erdenzeit ausgedrückt, in elf Jahren, zehn Monaten, siebzehn Tagen, acht Stunden und zweiundvierzig Minuten durchläuft, bei einer Schnelligkeit von dreizehn Kilometer in der Sekunde und einer Bahnlänge von nahe 728 Millionen Meilen; daß sich die Rotation um seine Achse in neun Stunden fünfundfünfzig Minuten vollzieht, die Dauer der Tage gegenüber den unserigen also eine wesentlich kürzere ist; daß sich demnach jeder Punkt des Äquators siebenundzwanzigmal schneller fortbewegt als ein Äquatorpunkt der Erde, wodurch jeder seiner Pole eine Abplattung von 465 Meilen erlitt; daß die Achse des Planeten fast rechtwinkelig auf seiner Bahnebene steht, woraus wiederum folgt, daß Tage und Nächte fortwährend annähernd gleich lang sind und von einem Wechsel der Jahreszeiten kaum die Rede sein kann, da die Sonne stets nahezu in der Ebene des Äquators bleibt; endlich, daß die Intensität des Lichtes und der Wärme, welche der Planet empfängt, nur den fünfundzwanzigsten Teil des Lichtes und der Wärme an der Erdoberfläche ausmacht, denn der Jupiter beschreibt eine Bahn, welche ihn im Minimum 113, im Maximum gar 124 Millionen Meilen von der Sonne entfernt hält.

Es erübrigt noch von den vier Monden zu reden, welche bald über einem Horizont vereinigt, bald getrennt, die Jupiternächte gewiß prachtvoll beleuchten.

Von diesen vier Satelliten umkreist der eine den Jupiter etwa in derselben Entfernung wie der Mond die Erde. Ein zweiter ist ein wenig kleiner als unser Gestirn der Nacht. Alle vollenden ihre Revolution aber weit schneller als unser Mond; der erste binnen einem Tage, achtzehn Stunden und achtundzwanzig Minuten; der zweite binnen drei Tagen, dreizehn Stunden und vierzehn Minuten; der dritte braucht dazu sieben Tage, drei Stunden und dreiundvierzig Minuten; der vierte endlich sechzehn Tage, sechzehn Stunden und zweiunddreißig Minuten. Der letzte kreist in einer Entfernung von 279 000 Meilen von der Oberfläche um den Hauptplaneten.

Bekanntlich gelang es zuerst durch die Beobachtung dieser Satelliten, deren Bewegung ganz zuverlässig bekannt war, die Geschwindigkeit des Lichtes zu bestimmen. Jene eignen sich gleichzeitig zur Bestimmung eines gesuchten Längengrades auf der Erde.

»Man kann sich demnach den Jupiter«, sagte Leutnant Prokop eines Tages, »als eine ungeheure Uhr vorstellen, dessen Satelliten die Zeiger bilden, und welche die Zeit mit größter Genauigkeit mißt.«

»Für meine Tasche wäre das Ührchen freilich etwas zu groß«, bemerkte Ben-Zouf.

»Wenn unsere Uhren«, setzte Leutnant Prokop hinzu, »höchstens drei Zeiger zu haben pflegen, so hat diese hier deren vier . . .«

»Und wir wollen achtgeben, daß sie nicht bald gar einen fünften erhält!« sagte Kapitän Servadac, anspielend auf die der Gallia drohende Gefahr, unter das Satellitensystem des Jupiter gezogen zu werden.

Wie man leicht begreifen wird, bildete diese sich tagtäglich vergrößernde besondere Planetenwelt jetzt fast das einzige Thema der Unterhaltung zwischen Kapitän Servadac und seinen Gefährten. Sie vermochten ihre Augen nicht mehr von diesem Ziele abzuwenden, ihre Gedanken nicht mehr auf ein anderes Objekt zu richten.

Eines Tages führte das Gespräch auf die Frage nach dem Alter der verschiedenen, um die Sonne kreisenden Planeten, welche Frage Leutnant Prokop gar nicht besser beantworten konnte als durch Vorlesung einer einschlagenden Stelle aus Flammarions »Berichten aus der Unendlichkeit«, von denen er eine russische Übersetzung besaß.

»Die entferntesten (dieser Gestirne)«, lautete jene Quelle, »sind die ehrwürdigsten und die in ihrer Entwicklung am meisten fortgeschrittenen. Neptun, 690 Millionen Meilen entfernt, hat sich zuerst aus der Nebelmasse der Sonne und sicher schon vor Milliarden von Jahrhunderten losgelöst. Jupiter, dieser Koloß von 114 Millionen Meilen von der Sonne, mag etwa siebzig Millionen Jahrhunderte alt sein. Uranus, der in einer mittleren Entfernung von 420 Millionen Meilen vom Attraktionszentrum der Planetenwelt gravitiert, ist gewiß mehrere hundert Millionen Jahrhunderte alt. Mars wird etwa 1000 Millionen Jahre alt sein; sein Abstand von der Sonne beträg 33.6 Millionen Meilen. Die Erde, in einer Entfernung von etwas über 20 Millionen Meilen von der Sonne, ist deren glühendem Schoße wahrscheinlich vor 100 Millionen Jahren entsprossen. Seit etwa 50 Millionen Jahren mag sich die Venus losgerungen haben; der Halbmesser ihrer Bahn beträgt 15½ Millionen Meilen. Der Merkur endlich wird nur 10 Millionen Jahre alt sein (Entfernung 8½ Millionen Meilen) und entstammt derselben Mutter, während unser Mond seinen Ursprung unzweifelhaft von der Erde abzuleiten hat.«

Das war die neue Planetentheorie, welche Kapitän Servadac zu der Bemerkung veranlaßte, »es möchte alles in allem doch wohl vorzuziehen sein, vom Merkur gefangen zu werden, statt vom Jupiter. In jenem Falle diente man mindestens einem noch jüngeren Herrn, der gewiß leichter zu befriedigen sein werde«.

Während der zweiten Hälfte des September näherten sich die Gallia und der Jupiter einander immer mehr. Am 1. dieses Monates hatte der Komet die Bahn des Planeten gekreuzt und am 1. des folgenden mußten die Gestirne in kürzester Distanz voneinander stehen. Ein direkter Stoß war zwar nicht zu fürchten, da die Ebenen der Jupiter- und Gallia-Bahnen nicht zusammenfielen, dennoch standen sie eine zur anderen nur schwach geneigt. Die Ebene, in welcher der Jupiter sich bewegt, steht in der Tat nur in einem Winkel von 1° 19′ zur

Ekliptik, und der Leser hat wohl nicht vergessen, daß die Ekliptik und die Bahn des Kometen seit dem Zusammenstoße mit der Erde nahezu in eine Ebene fielen.

Im Laufe dieses halben Monates wäre der Jupiter, seitens eines minder interessierten Beobachters, als der Bewohner der Gallia, der höchsten Bewunderung sicher gewesen. Seine von den Sonnenstrahlen erleuchtete Scheibe warf ihr Licht mit einer gewissen Intensität auf die Gallia zurück. Alle Gegenstände erschienen in früher fast unbekannten Farbentönen. Wenn sich Nerina in Opposition zum Jupiter, also in Konjunktion mit der Sonne befand, war sie in der Nacht kaum zu bemerken. Ununterbrochen in sein Observatorium festgebannt, das Fernrohr unverrückt nach dem prächtigen Gestirne gerichtet, schien Palmyrin Rosette bis in die letzten Geheimnisse der Jupiterwelt eindringen zu wollen. Dieser Planet, den ein Astronom auf der Erde noch niemals näher als 90 Millionen Meilen vor Augen hatte, trat hier bis auf 7.8 Millionen Meilen an den enthusiastischen Professor heran.

Die Sonne dagegen erschien, bei der großen Entfernung, in welcher die Gallia jetzt dahinschwebte, nur noch als eine Scheibe von 5° 46″ Durchmesser.

Einige Tage vor Erreichung des geringsten Zwischenraumes zwischen Jupiter und Gallia wurden die Satelliten des Planeten für das unbewaffnete Auge sichtbar. Wie bekannt, ist es ohne Fernrohr so gut wie unmöglich, von der Erde aus die Jupitermonde wahrzunehmen. Nichtsdestoweniger ist es konstatiert, daß einige, mit ausnahmsweise scharfem Sehvermögen ausgestattete Personen diese Satelliten ohne Hilfe jedes optischen Instrumentes zu sehen vermochten. Die Annalen der Wissenschaften erwähnen als solche z. B. Möstlin, den Lehrer Keplers; einen sibirischen Jäger Namens Wrangel, und nach Boguslawski, dem Direktor der Sternwarte zu Breslau, noch einen Schneidermeister aus dieser Stadt. Die durchdringende Schärfe des Gesichts dieser wenigen Sterblichen zugegeben, so hätten sie zahlreiche Rivalen erhalten, wenn sie jetzt Warm-Land und die Zellen des Nina-Baues bewohnt hätten. Die beträchtlichen Nebenplaneten waren hier eben für jedermanns Auge sichtbar. Man konnte sogar erkennen, daß der erste in mehr oder weniger lebhafter weißer Farbe, der zweite in blassem Blau, der dritte in gleichmäßigem Weiß und der vierte bald mehr orange, bald mehr rötlich erglänzte. Es sei hierbei auch bemerkt, daß dem Jupiter, in dieser Nähe gesehen, das bekannte Flimmern ganz abzugehen schien.

Wenn Palmyrin Rosette den Planeten mit keinem anderen Interesse als dem des Astronomen betrachtete, so fürchteten seine Gefährten dagegen mindestens eine Verzögerung, wenn nicht gar eine so mächtige Anziehung, daß sie einen Sturz der Gallia veranlaßte. Die nächsten Tage verliefen indessen, ohne letzteren Verdacht zu rechtfertigen. Sollte der große Störenfried wirklich keine anderen, als die in der Berechnung schon vorausgesehenen Wirkungen auf den winzigen Kometen äußern? Wenn man ein direktes Niederstürzen infolge der dem Haarstern erteilten Anfangsrichtung ausschließen durfte, würde dieser erste Impuls hinreichen, ihn innerhalb der Grenzen derjenigen Störungen zu erhalten, die ihm, der Rechnung nach, gestatten sollten, seine Revolution um die Sonne binnen zwei Jahren zu vollenden?

Auf dieses Ziel richteten sich offenbar Palmyrin Rosettes Beobachtungen; gewiß aber wäre gar nicht daran zu denken gewesen, ihm seine eigenen Geheimnisse zu entlocken.

Dann und wann sprachen Hector Servadac und seine Freunde über dieses Thema.

»Ei, was da«, sagte dann Hector Servadac, »wenn die Dauer des Gallia-Umlaufes sich veränderte, wenn unser Komet unvorhergesehene Störungen erlitte, so würde mein Ex-Lehrer seine Befriedigung darüber nicht zu unterdrücken vermögen. Er fühlte sich gewiß zu glücklich dabei, uns auszulachen, und deshalb werden wir auch ohne direkte Anfrage stets wissen, woran wir sind.«

»Gott gebe«, fügte Graf Timascheff ein, »daß er bei

seinen ersten Berechnungen keinerlei Fehler gemacht hat.«

»Er, Palmyrin Rosette, und einen Rechenfehler machen!« erwiderte Hector Servadac, »daran glaube ich nimmermehr. Den Ruhm eines verdienstvollen Beobachters kann man ihm nicht abstreiten. Ich vertraue der Verläßlichkeit seiner ersten Berechnungen bezüglich der Gallia, wie ich für die Sicherheit der zweiten einstehen würde, wenn er uns erklärte, daß wir auf jede Hoffnung, einst zur Erde zurückzukehren, verzichten müßten.«

»Ganz schön, Herr Kapitän«, meldete sich da Ben-Zouf, »aber wollen Sie mir erlauben auszusprechen, was mich recht quält?«

»So sag uns, was dich peinigt, Ben-Zouf.«

»Ihr Gelehrter verbringt die ganze Zeit in seinem Observatorium, nicht wahr?« begann Ben-Zouf mit dem Tone eines Mannes, der seine Rede reiflich überlegt hat.

»Ganz gewiß«, antwortete Hector Servadac.

»Und Tag und Nacht«, fuhr Ben-Zouf fort, »ist sein verwünschtes Fernrohr auf den Herrn Jupiter gerichtet, der uns verschlingen will.«

»Nun, was weiter?«

»Sind Sie sich dessen sicher, Herr Kapitän, daß Ihr alter Lehrer jenen mit seinem Teufelsrohre nicht gar allmählich herbeilockt?«

»Oh, darüber bin ich ruhig!« antwortete Kapitän Servadac laut auflachend.

»Schon gut, Herr Kapitän, schon gut!« sagte Ben-Zouf kopfschüttelnd, als glaube er nicht recht daran. »Mir erscheint das gar nicht so ausgemacht wie Ihnen, und ich muß sehr an mich halten, um nicht . . .«

»Was denn?« fragte Hector Servadac.

»Um sein Unglücksinstrument nicht zu demolieren.«

»Wie? Du wolltest sein Fernrohr zertrümmern, Ben-Zouf?«

»In tausend Granatstückchen!«

»Versuch es nur, ich lasse dich hängen!«

»Oho, gleich hängen!«

»Bin ich nicht Generalgouverneur der Gallia?«

»Jawohl, Herr Kapitän!« antwortete der brave Ben-Zouf.

Und sicherlich, wäre er verurteilt worden, er hätte sich gewiß selbst den Strick um den Hals befestigt, statt einen Augenblick lang »Seiner Exzellenz Recht über Leben und Tod« in Zweifel zu ziehen.

Am 1. Oktober betrug die Entfernung zwischen Jupiter und Gallia nur noch 10.8 Millionen Meilen. Der Planet stand von dem Kometen also etwa noch hundertachtzigmal so weit ab als die Erde von dem Monde bei dessen größter Entfernung. In gleicher Distanz wie der Mond von der Erde würde die Jupiterscheibe den Mond im Durchmesser dreiundvierzigmal, an Oberflächenausdehnung gegen zwölfhundertmal übertreffen. Den Beobachtern der Gallia stellte er sich also auch jetzt schon in sehr ansehnlicher Größe dar.

Man unterschied z. B. sehr deutlich die verschiedenen, seinem Äquator parallel verlaufenden Streifen von grauer Farbe im Norden und im Süden, welche nahe den Polen abwechselnd hell und dunkel erschienen, die Ränder des Gestirnes selbst aber in hellerem Lichte erscheinen lassen. Sehr erkennbare und ihrer Größe und Form nach wechselnde Flecken unterbrachen da und dort die Gleichmäßigkeit jener Streifungen.

Sollten beide Erscheinungen wohl auf Störungen in der Jupiter-Atmosphäre zurückzuführen sein? Erklärte sich ihr Vorhandensein, ihre Natur, ihre Ortsveränderung vielleicht durch Anhäufungen von Dunstmassen, durch Bildung von Wolken, welche Luftströmungen, ähnlich unseren Passatwinden, dahinführten und in umgekehrter Richtung zur Drehung des Planeten um seine Achse verbreiteten? Hierüber wußte Palmyrin Rosette ebensowenig zu sagen wie seine Kollegen von der Erde, und wenn er einst nach der letzteren zurückkehrte, hatte er nicht einmal den schönen Trost, den Schleier eines der interessantesten Geheimnisse der Jupiterwelt gelüftet zu haben.

In der zweiten Oktoberwoche wurden die Befürchtungen lebhafter als je. Mit großer Geschwindigkeit näherte sich die Gallia dem gefährlichen Punkte. Graf Timascheff und Hector Servadac, welche sich sonst etwas reserviert, um nicht zu sagen kühl verhielten, brachte die gemeinschaftliche Gefahr einander näher, so daß sie fast unablässig ihre Gedanken austauschten. Wenn sie die Partie manchmal für verloren, die Rückkehr nach der Erde für unmöglich hielten, so verbreiteten sie sich im Gespräch über die Zukunft, die ihrer in der Sonnen-, vielleicht gar in der Fixsternenwelt harren möchte. Sie ergaben sich von vornherein in dieses Schicksal. Sie sahen sich versetzt in eine neue Menschheit und tranken aus dem Borne einer weiterblickenden Philosophie, welche die beschränkte Auffassung einer allein für den Menschen geschaffenen Welt verwirft und dagegen die ganze Ausdehnung eines bewohnten Universums umfaßt.

Wenn sie dabei aber ehrlich in ihr eigenes Innere blickten, fühlten sie dennoch, daß darin ein Fünkchen Hoffnung weiter glimmte und daß sie es noch keineswegs aufgaben, die Erde wiederzusehen, wenn sie einst am Horizonte der Gallia inmitten der unzähligen Tausende von Sternen erschiene. Entging sie nur den aus der Nachbarschaft des Jupiter entspringenden Gefahren, so hatte die Gallia, wie Leutnant Prokop wiederholt versicherte, nichts weiter zu fürchten, weder vom Saturn, der in zu großer Entfernung blieb, noch vom Mars, dessen Bahn sie bei der Rückkehr nach der Sonne schneiden mußte. Welche Eile hatten sie nun alle, gleich Wilhelm Tell, »den Todesweg hinter sich zu haben«.

Am 15. Oktober standen die beiden Weltkörper in der kürzesten Entfernung voneinander, welche sie erreichen sollten, im Falle keine besonderen Störungen eintraten. Die Entfernung betrug nur 7.8 Millionen Meilen. Jetzt mußte der Einfluß des Jupiter die Gallia an sich ziehen oder diese ihrer Bahn ohne weitere Verzögerungen, als die im voraus berechneten, folgen . . .

Die Gallia ging vorüber.

Man sah das schon folgenden Tages an Palmyrin Rosettes entsetzlich schlechter Laune. Seinen Triumph als

Rechner erkaufte er mit einer Niederlage als Abenteuerjäger. Er, der der Beglückteste aller Astronomen hätte sein sollen, er war der Unglücklichste aller Gallia-Bewohner.

Die Gallia selbst gravitierte auf ungestörter Bahn ruhig weiter um die Sonne und zuletzt folglich wieder nach der Erde zu.

Zehntes Kapitel

In welchem es sich klar und deutlich zeigt, daß es besser ist, auf der Erde als auf der Gallia zu reisen.

»Hallo! Ich glaube, wir sind ihm glücklich entwischt!« rief Kapitän Servadac, als das enttäuschte Gesicht des Professors ihm verriet, daß jede Gefahr vorüber sei.

Dann wendete er sich an seine Gefährten, die über diese Tatsache nicht weniger befriedigt schienen als er selbst.

»Was werden wir dann am Ende Großes geleistet haben? Eine einfache, zwei Jahre dauernde Reise durch die Sonnenwelt! Da unternimmt man ja auf der Erde längere Reisen! Bis hierher haben wir uns nicht besonders zu beklagen, und wenn in Zukunft alles ebenso glatt verläuft, werden wir uns binnen fünfzehn Monaten auf dem gewohnten Sphäroid wieder eingenistet ...«

»Und auch den Montmartre wieder gesehen haben!« fiel Ben-Zouf ein.

Es war in der Tat ein Glück zu nennen, daß die Gallia-Bewohner diesen »Enterversuch abgeschlagen« hatten, wie ein Seemann sich ausdrücken würde. Selbst angenommen, daß die Gallia unter dem Einflusse des Jupiter eine Verzögerung von nur einer einzigen Stunde erlitt, so würde sie die Erde schon nahe sechzigtausend Meilen von dem Punkte entfernt gefunden haben, an dem sie letztere antreffen sollte. Welch langen Zeitraumes hätte es aber bedurft, ehe die gleich günstigen Stellungsverhältnisse wiederkehrten? Wären nicht Jahrhunderte, Jahrtausende vergangen, bevor ein zweites Zusammentreffen möglich wurde? Ohne Zweifel. Wenn der Jupiter überdies die Gallia in der Weise störte, daß sie entweder die Ebene oder die Form ihrer Bahn änderte, so hätte sie wahrscheinlich in Ewigkeit durch die Sonnen- oder gar durch die Sternenwelt umherirren müssen.

Am 1. November maß die Entfernung zwischen Jupiter und Gallia 14⅕ Millionen Meilen. In zwei und einem halben Monat sollte der Komet sein Aphel, d. h. seinen beträchtlichen Abstand von der Sonne erreichen und sich letzterer von diesem Punkte aus wieder nähern.

Die Licht- und Wärme-Intensität des Tagesgestirnes erschien jetzt sehr bedeutend vermindert, so daß die Gegenstände auf der Oberfläche des Kometen nur wie in der Dämmerung sichtbar waren. Es gelangte jetzt hierher freilich auch nur der fünfundzwanzigste Teil der Licht- und Wärmemenge, welche die Sonne der Erde spendet. Dennoch war jenes Gestirn, in welchem der Mittelpunkt aller Anziehung im Planetensysteme liegt, noch vorhanden und die Gallia noch immer seinem mächtigen Einflusse unterworfen. Bald sollte man sich ihm wieder nähern, bald sollte das Leben wieder neu erblühen, wenn man nach dem flammenden Zentrum hin zurückkehrte, dessen Temperatur nicht geringer als zu fünf Millionen Grad abgeschätzt wird. Diese lockende Aussicht hätte den Bewohnern der Gallia gewiß ihre moralischen und physischen Kräfte wiedergegeben, wenn das solchen Männern gegenüber überhaupt nötig gewesen wäre.

Und Isaak Hakhabut? Hatte der egoistische Jude auch etwas empfunden von den Befürchtungen, die den Kapitän Servadac und seine Gefährten während der zwei letzten Monate quälten?«

Nein, ganz und gar nicht. Seitdem er das für ihn so günstige Anlehensgeschäft abschloß, hatte Isaak Hakhabut die Tartane nicht wieder verlassen. Schon am Tage nach Beendigung der Untersuchungen des Professors beeilte sich Ben-Zouf, ihm die Schnellwaage nebst den

Silbermünzen zurückzustellen. Der Mietzins und die Interessen befanden sich ja vorher in seinen Händen. Er brauchte nur die ihm als Pfand überlassenen Papierrubel wieder herauszugeben, und damit hatten seine Beziehungen zu den Insassen des Nina-Baues ihr Ende erreicht.

Bei diesem Zusammentreffen teilte ihm Ben-Zouf gleichzeitig mit, daß der ganze Grund und Boden der Gallia aus gutem Golde bestand, daß freilich weder hier einen Wert besaß, noch nach der Rückkehr zur Erde seiner übergroßen Menge wegen einen solchen erhalten konnte.

Der Jude glaubte natürlich nur, daß Ben-Zouf sich über ihn lustig machen wolle. Er schenkte seinen Geschichtchen jetzt wie früher keinen Glauben, sondern trachtete mehr als je danach, allen Münzvorrat der Kolonie an sich zu bringen.

Dem Nina-Bau widerfuhr also niemals die Ehre eines Besuches seitens des Juden Hakhabut.

»Es ist doch erstaunlich«, bemerkte Ben-Zouf wiederholt, »wie leicht man sich daran gewöhnt, ihn niemals zu sehen!«

Gerade jetzt dachte aber Isaak Hakhabut daran, mit den übrigen Bewohnern der Gallia einige Verbindungen anzuknüpfen. Einerseits begannen verschiedene seiner Warenvorräte zu verderben, andererseits lag ihm natürlich daran, sein ganzes Lager vor der Rückkehr nach der Erde in Geld umzusetzen. Auf der alten Erdkugel erzielten seine Waren im günstigsten Falle höchsten den üblichen Marktpreis, auf der Gallia dagegen mußten sie, im Hinblick auf ihre Seltenheit und den dringenden Bedarf, eine sehr hohe Verwertung finden, da – der Jude wußte das sehr gut – sich doch jeder nur an ihn wenden konnte.

Zu derselben Zeit begannen auch einige vor allem notwendige Artikel, wie Öl, Kaffee, Zucker, Tabak u. dgl. im Hauptmagazine zur Neige zu gehen. Ben-Zouf hatte seinem Kapitän davon Meldung gemacht. Dieser beschloß, getreu seinem Isaak Hakhabut gegenüber bisher eingehaltenen Benehmen, die Waren der Hansa gegen Barzahlung einzutauschen.

Diese Übereinstimmung der Gedanken zwischen dem Verkäufer und den Käufern mußte es dem Juden erleichtern, frühere Beziehungen zu den Bewohnern von Warm-Land wieder aufzunehmen, resp. neue anzuknüpfen. Infolge des unausbleiblichen Steigens der Preise hoffte Isaak Hakhabut, binnen kurzem alles Gold und Silber der Kolonie zusammengerafft zu haben.

»Leider«, sagte er, wenn er in seiner engen Kabine so für sich hin spekulierte, »übertrifft der Wert meiner Ladung weitaus den des Geldes, über welches die Leutchen da verfügen können. Wenn ich nun alles im Kasten habe, womit sollen sie mir abkaufen den Rest meiner Waren?«

Diese Aussicht beunruhigte den Wucherer nicht wenig. Zum Glück erinnerte er sich noch rechtzeitig, daß er ja nicht allein Warenhändler, sondern auch Gelddarleiher, oder richtiger Halsabschneider sei. Konnte er dieses einträgliche Geschäftchen, das auf der Erde in so hoher Blüte stand, nicht auch auf der Gallia fortsetzen? Seine letzte Operation dieser Art war doch dazu angetan, ihn zu weiteren zu reizen.

Isaak Hakhabut – ein logischer Kopf – gelangte nun nach und nach zu folgenden Erwägungen:

»Wenn die Leute kein Geld mehr haben, besitze ich immer noch Waren, da diese gewiß ihren hohen Preis behalten. Wer hindert mich dann, ihnen Geld zu leihen, natürlich nur denen, deren Unterschrift mir ›gut‹ scheint? Ei, wenn die Schuldscheine auch auf der Gallia ausgefertigt wurden, werden sie doch haben auf der Erde dieselbe Gültigkeit. Werden sie dann zur Verfallzeit nicht eingelöst, laß' ich protestieren die Wechselchen, und die Gerichtsdiener werden besorgen das Übrige. Der Ewige im Himmel verbietet ja den Menschen nicht, zu wuchern mit ihrem Pfunde. Im Gegenteil. Da ist nun ein Kapitän Servadac und vorzüglich ein Graf Timascheff, die mir zahlungsfähig aussehen und nicht geizen mit ein paar Prozent Interessen. Oh, du Herrgott Israels, werd ich doch nicht böse sein zu verleihen einiges

Geld, das in der wirklichen Welt zurückzuzahlen ist!«

Ohne es zu wissen dachte hier Isaak Hakhabut ganz ähnlich zu verfahren, wie ehemals die alten Gallier. Diese liehen Geld aus auf in der anderen Welt zahlbare Schuldscheine. Für sie war diese andere Welt in der Tat die Ewigkeit. Für den Juden war es die Erdenwelt, nach welcher sie die wahrscheinliche, für ihn günstige, für seine Schuldner ungünstige Aussicht hatten, zurückversetzt zu werden.

Es erscheint nach dem Obengesagten als natürliche Folge, daß, ebenso wie Gallia und Erdkugel unverwandt aufeinander zueilten, Isaak Hakhabut einen Schritt tat gegen Kapitän Servadac, der wiederum ihm, dem Eigentümer der Tartane, auf halbem Wege entgegenkam.

Die hierdurch notwendig werdende Begegnung fand am 15. November in der Kabine der Hansa statt. Der pfiffige Jude hatte sich wohl gehütet, mit Anerbietungen hervorzutreten, da er recht gut wußte, daß man sich werde an ihn wenden müssen.

»Meister Isaak«, sagte Kapitän Servadac, der auf sein Ziel ohne Umstände oder Winkelzüge loszugehen pflegte, »wir brauchen Kaffee, Tabak, Öl und andere Artikel, welche die Hansa führt. Morgen werd ich mit Ben-Zouf kommen, um zu kaufen, was wir nötig haben.«

»Erbarmen! Erbarmen!« schrie der Jude, dem dieser Ausruf mit oder ohne Ursache stets entfuhr.

»Ich sagte«, wiederholte Kapitän Servadac, »wir kommen dann nur, um zu kaufen, versteht Ihr? Kaufen heißt meiner Ansicht nach, eine Lieferung gegen einen bedungenen Preis beanspruchen. Ihr habt folglich nicht den geringsten Grund zu Euren beliebten Klageliedern.«

»Ach, Herr Gouverneur«, antwortete der Jude, dessen Stimme zitterte wie die eines armen Teufels, der sich ein Almosen erbettelt, »ich verstehe schon. Ich weiß, Sie werden einen armen Handelsmann, dessen ganzes Vermögen bedroht und infrage gestellt ist, nicht berauben lassen.«

»Nichts ist bedroht, Isaak, und ich wiederhole, daß man Euch nichts nehmen wird, ohne dafür zu zahlen.«

»Ohne zu zahlen . . . und bar?«

»Nur gegen bar.«

»Sie sehen ein, Herr Gouverneur«, fuhr Isaak Hakhabut fort, »daß es mir unmöglich wäre, Kredit zu geben . . .«

Kapitän Servadac ließ seiner Gewohnheit nach und um ihn von allen Seiten gründlich kennenzulernen, den Juden reden. Dieser fühlte sich sicher und schwatzte weiter.

»Ich glaube . . . nein . . . ich denke . . . es gibt auf Warm-Land sehr ehrenwerte Leute . . . ich meine, sehr zahlungsfähige . . . den Grafen Timascheff . . . den Herrn Generalgouverneur selbst . . .«

Hector Servadac spürte einige Lust, ihm mit einem Fußtritte beizustimmen.

»Sie sehen aber ein . . .« fuhr Isaak Hakhabut in süßlichstem Tone fort, »wenn ich dem einen Kredit gäbe, käme ich sehr in Verlegenheit, ihn einem anderen zu verweigern. Das müßte zu ärgerlichen Auftritten führen . . . und deshalb, mein' ich . . . ist es geratener . . . gar niemandem zu kreditieren.«

»Das ist ganz meine Ansicht«, bekräftigte ihn Hector Servadac.

»Oh«, faselte der Jude weiter, »ich bin so erfreut und gerührt, zu sehen, daß der Herr Gouverneur billigt meine Gedanken. Das nenn' ich verstehen zu handeln, wie es geschehen soll. Darf ich mich unterstehen, zu fragen den Herrn Gouverneur nach der Münzsorte, mit der Sie zahlen werden?«

»Mit Gold, Silber und Kupfer, und wenn dieses Geld erschöpft ist, mit Bankbilletts . . .«

»Mit Papier! O weh!« jammerte Isaak Hakhabut, »das hab' ich eben gefürchtet!«

»Ihr habt kein Vertrauen zu den Staatsbanken von Frankreich, England oder Rußland?«

»Oh, Herr Gouverneur! . . . Es gibt nur zweierlei gutes Metall, Gold und Silber, was einen reellen Wert hat.«

»Ich hab' Euch auch gesagt, Meister Isaak«, antwortete Kapitän Servadac mit unveränderter Liebenswürdigkeit, »daß Ihr zunächst mit kursfähigem Gold und Silber bezahlt werden sollt.«

»Mit Gold! . . . Mit Gold! . . .« rief der Jude. »Das ist und bleibt doch das Hauptgeld auf Erden!«

»Vor allem anderen mit Gold, Meister Isaak, denn gerade Gold, russisches, englisches und französisches Gold gibt's auf der Gallia am meisten.«

»Gott der Gerechte, die schönen Golde!« murmelte der Jude, den seine Habgier jenes in der ganzen Welt so geschätzte Hauptwort gleich »in der Mehrzahl« zu gebrauchen trieb.

Kapitän Servadac wollte sich verabschieden.

»Also abgemacht, Meister Isaak«, sagte er, »auf morgen!«

Da kam Isaak Hakhabut nochmals auf ihn zu.

»Wird mir der Herr Generalgouverneur gestatten, noch eine Frage zu stellen?«

»So beeilt Euch.«

»Es wird mir freistehen, nicht wahr . . . für meine Waren einen Preis zu stellen . . . wie er mir paßt?«

»Meister Hakhabut«, erwiderte Kapitän Servadac sehr ruhig, »ich hätte eigentlich das Recht, Euch einen Maximalpreis vorzuschreiben, doch will ich auf solche außergewöhnliche Maßnahmen verzichten. Ihr werdet Eure Waren selbst mit den gewöhnlichen europäischen Marktpreisen auszeichnen, nicht mit anderen!«

»Erbarmen, Herr Gouverneur!« rief der Jude an der empfindlichsten Stelle getroffen, »damit berauben Sie mich eines ganz rechtmäßigen Vorteils! . . . Das streitet gegen alle Gewohnheit des Handelns. Mir steht es zu, den Marktpreis zu bestimmen, denn alle Waren sind in meiner Hand. Wenn Sie gerecht sein wollen, können Sie sich dem nicht widersetzen, Herr Gouverneur! . . . Das hieße, mir mein Hab' und Gut rauben!«

»Ich erwarte europäische Preise«, entgegnete einfach Kapitän Servadac.

»Herrgott Israels! Was! Hier wäre eine Konjunktur

auszubeuten . . .«

»Eben daran wollte ich Euch hindern.«

»Eine solche Gelegenheit kommt niemals wieder . . .«

»Euren Mitmenschen das Fell über die Ohren zu ziehen, Meister Isaak. Ja, ja, es tut mir leid um Euch . . . Vergeßt mir aber nicht, daß ich das Recht habe, zum Besten der Allgemeinheit über Eure Warenvorräte zu verfügen und . . .«

»Über das zu verfügen, was mir eigen angehört vor den Augen des ewigen Gottes!«

»Gewiß, Meister Isaak«, antwortete der Kapitän: »ich mag nur meine Zeit nicht verschwenden, Euch diese einfache Wahrheit begreiflich zu machen. Fügt Euch also darein, mir einfach zu gehorchen, und seid damit zufrieden, zu jedem Preise zu verkaufen, wo Ihr gezwungen werden könntet, ohne Entschädigung das Nötige zu liefern.«

Isaak Hakhabut wollte seine Wehklagen noch einmal anfangen, Kapitän Servadac aber schnitt sie ab, indem er im Fortgehen nur die Worte wiederholte:

»Europäische Marktpreise, Meister Isaak, merkt's Euch!«

Die übrige Zeit dieses Tages hatte der Jude nichts anderes zu tun, als auf den Gouverneur und die ganze Gallia-Kolonie weidlich zu schimpfen, daß man ihm »Maximalpreise« vorschreiben wollte, wie in den schlimmsten Zeiten der Französischen Revolution. Er schien sich erst einigermaßen zu beruhigen, als er zu folgendem Gedanken kam, der für ihn eine ganz besondere Bedeutung haben mußte:

»Nur zu, nur zu, Ihr schlechten Menschen! Ihr sollt die Marktpreise Europas haben. Ich verdiene dabei doch mehr, als Ihr glaubt!«

Am nächsten Tage, dem 16. November, begab sich Kapitän Servadac, der die Ausführung seiner Befehle überwachen wollte, mit Ben-Zouf und zwei russischen Matrosen schon frühzeitig nach der Tartane.

»Nun, Eleazar«, begrüßte Ben-Zouf deren Eigentümer, »wie geht's, alter Spitzbube!«

»Sie sind zu gütig, Herr Ben-Zouf«, antwortete der Jude.

»Wir wollen mit dir also in aller Freundschaft ein kleines ›Geschäftchen‹ machen.«

»Ja ... in aller Freundschaft ... aber gegen Bezahlung ...«

»Nach europäischen Marktpreisen«, begnügte sich Kapitän Servadac hinzuzufügen.

»Gut, gut«, fuhr Ben-Zouf fort, »wenn du deine Rechnung gemacht, wirst du auf Bezahlung nicht lange zu warten haben.«

»Was brauchen denn die Herren?«

»Für heute«, zählte Ben-Zouf auf, »Kaffee, Tabak und Zucker, von jedem etwa zehn Kilo. Bediene uns aber zur Zufriedenheit, sonst – hüte deine Knochen! Ich verstehe mich auf das Geschäft, denn heute bin ich Feldwebel!«

»Ich glaubte, Adjutant des Herrn Generalgouverneurs?« sagte der Jude.

l»Gewiß, Kaiphas, bei jeder feierlichen Gelegenheit, aber Feldwebel immer dann, wenn's zum Einkaufen geht. Doch verlieren wir nicht unsere Zeit!«

»Sie sagten, Herr Ben-Zouf, zehn Kilo Kaffee, zehn Kilo Zucker und zehn Kilo Tabak?«

Nach erlangter Überzeugung von der Richtigkeit dieser Bestellung verschwand der Jude aus der Kabine und stieg nach dem Raume der Hansa hinunter, von wo er sehr bald zehn Pakete, alle mit dem Stempel des Staates verschlossen und jedes im Gewichte eines Kilogrammes, heraufbrachte.

»Hier sind zehn Kilo Tabak«, sagte er. »Das Kilogramm zu 12 Francs macht 120 Francs.«

Ben-Zouf wollte schon den gewöhnlichen Regie-Preis zahlen, als Kapitän Servadac ihn daran verhinderte.

»Halt einmal, Ben-Zouf. Wir müssen uns auch überzeugen, ob das Gewicht richtig ist.«

»Sie haben recht, Herr Kapitän.«

»Wozu ist das nötig?« versetzte Isaak Hakhabut. »Sie sehen ja, daß die Verpackung jedes Kilos unverletzt ist und daß das Gewicht darauf bemerkt ist.«

»Tut nichts, Meister Isaak«, erwiderte Kapitän Servadac in einem Tone, der jede Einrede abschnitt.

»Vorwärts, Alter, hol deine Schnellwaage!« trieb Ben-Zouf.

Der Jude besorgte die Waage und hing ein Kilogrammpaket Tabak an den Haken.

»Gott der Gerechte!« rief er plötzlich.

Er hatte in der Tat alle Ursache zu diesem Ausrufe der Verwunderung.

Infolge der verminderten Schwerkraft auf der Gallia markierte der Zeiger des Instrumentes nur 132 Gramm für ein Paket von 1 Erden-Kilogramm.

»Wie denn nun, Meister Isaak«, begann der Kapitän unverändert ernsthaft, »Ihr seht, wie recht ich hatte, uns jedes Paket vorwiegen zu lassen.«

»Aber, Herr Gouverneur . . .«

»Legt nur soviel zu, bis ein Kilogramm voll ist.«

»Aber, ich bitte Sie, Herr Gouverneur . . .«

»Keine Umstände! Zulegen!« verlangte Ben-Zouf.

»Aber, Herr Ben-Zouf . . .«

Der unglückliche Jude saß in der Schlinge. Ihm war jene Erscheinung der verminderten Anziehung recht wohl bekannt. Er sah, daß »diese Ungläubigen« darauf ausgingen, sich für den Preis, den sie zahlen mußten, durch das Gewicht der Ware schadlos zu halten. Oh, hätte er nur gewöhnliche Waagen besessen, so hätte das – wie ja bei anderer Gelegenheit schon erläutert wurde – nicht vorkommen können. Leider mangelten ihm aber solche.

Er versuchte noch einmal zu reklamieren und Kapitän Servadac zu erweichen, doch dieser schien unbeugsam bleiben zu wollen. Die Sache war ja weder sein Fehler, noch der seiner Begleiter; er bestand einfach auf dem Verlangen, daß der Waagenzeiger ein Kilogramm markieren sollte, wo er ein Kilogramm bezahlte.

Isaak Hakhabut mußte sich wohl oder übel fügen, mischte aber seine Seufzer schluchzend unter das helle Lachen Ben-Zoufs und der russischen Matrosen, denen die Geschichte gar zu lustig vorkam. Zum Schluß blieb ihm nichts anderes übrig, als für jedes Kilo Tabak deren sieben zu geben, und bei dem Zucker und Kaffee nicht minder.

»Ziere dich doch nicht, Pontius Pilatus!« wiederholte Ben-Zouf immer, »wär' es dir vielleicht lieber, wir nähmen unseren Bedarf ohne Bezahlung?«

Das leidige Geschäft war beendigt. Isaak Hakhabut hatte zwar siebzig Kilo Tabek und ebensoviel Kaffee und Zucker geliefert, Bezahlung aber nur für je zehn Kilo empfangen.

»Übrigens ging das«, wie Ben Zouf sagte, »einzig und allein der Gallia an. Weshalb war Isaak Hakhabut hierher gekommen, um zu schachern?«

Ganz zuletzt sorgte Kapitän Servadac, der sich mit dem Juden nur belustigen wollte, getrieben durch das Gefühl von Gerechtigkeit, das er auch ihm gegenüber stets bewahrte, für eine richtige Ausgleichung zwischen Preis und Gewicht, so daß Isaak Hakhabut für gelieferte siebzig Kilo auch die entsprechende Bezahlung erhielt.

Man wird übrigens zugeben, daß die außergewöhnlichen Verhältnisse der Schwerkraft Kapitän Servadac und seine Gefährten wegen dieser etwas sonderbaren Art und Weise, ein Geschäft abzuschließen, wohl hätten entschuldigen können.

So wie bei anderen Gelegenheiten hielt Hector Servadac auch hierbei an dem Glauben fest, daß der Jude stets mehr jammerte, als er Ursache hatte. Seine Seufzer, seine Einwendungen hatten immer einen etwas zweideutigen Charakter.

Alle verließen also die Hansa, und lange konnte Isaak Hakhabut noch Ben-Zoufs lustiges Soldatenliedchen hören:

»Ich freu' mich beim Tone
Der Klarinette,
Der Trommel, Trompete,
Doch voll ist die Freud'
Erst beim Schall der Kanone!«

Elftes Kapitel

In welchem die gelehrte Welt der Gallia in Gedanken durch das grenzenlose Weltall schweift.

Ein weiterer Monat verstrich. Die Gallia eilte durch den Planetenraum dahin und führte ihre kleine Welt mit sich. Gewiß, eine kleine Welt, in der aber die menschlichen Leidenschaften bisher nur wenig Eingang fanden. Die Habgier, die Selbstsucht waren allein durch jenen Juden, ein abschreckendes Muster der Menschenrasse, vertreten. Er bildete den einzigen Schandfleck, welcher diesen von der übrigen Menschheit abgesonderten Mikroskosmus verunzierte.

Alles in allem mußten sich die Bewohner der Gallia doch nur als Passagiere auf einer Rundreise durch die Sonnenwelt betrachten, weshalb sie sich »an Bord ihres Gestirnes« zwar so bequem als möglich, doch immer nur vorübergehend einzurichten suchten. Nach Vollendung dieser Reise um die Welt sollte ihr Fahrzeug wieder an der alten Erdkugel landen und, wenn sich des Professors Berechnungen als völlig richtig erwiesen – freilich war das unumgänglich nötig – gedachten sie dann ihren Kometen zu verlassen und die irdischen Kontinente wieder zu betreten.

Freilich konnte das Anlegen des Schiffes Gallia an »seinem Bestimmungshafen« voraussichtlich nur mit größter Schwierigkeit und unter den ernsthaftesten Gefahren vor sich gehen. Doch um diese Frage handelte es sich vorläufig noch nicht, ihre Lösung verschob man also auf spätere Zeit.

Graf Timascheff, Kapitän Servadac und Leutnant Prokop hielten sich stets überzeugt, ihresgleichen in verhältnismäßig kurzer Zeit wieder zu begrüßen. Ebenso glaubten sie sich der Verpflichtung überhoben, Vorräte für die Zukunft aufzuspeichern, die fruchtbaren Landstriche der Insel Gourbi auszunützen und die verschiedenen Arten von Säugetieren und Vögeln zu erhalten, welche sie anfänglich zu Stammeltern des Tierreiches auf der Gallia ausgewählt hatten.

Manchmal plauderten sie jedoch davon, was sie wohl unternommen hätten, die Gallia auf die Dauer bewohnbar zu machen, wenn es ihnen versagt gewesen wäre, sie jemals wieder zu verlassen. Wie viele Projekte tauchten da vor ihren Augen auf, wie viele Arbeiten waren zu bewältigen, die Existenz dieser nicht einmal zahlreichen Gesellschaft sicherzustellen, welche ein zwanzigmonatiger Winter so ernsthaft bedrohte.

Am kommenden 15. Januar sollte der Komet den Endpunkt seiner großen Achse, also sein Aphel erreichen, von diesem Zeitpunkte an aber mit wachsender Geschwindigkeit auf seiner Bahn der Sonne wieder zueilen. Neun bis zehn Monate konnten wohl noch darüber hingehen, bis die Sonnenwärme das Meer vom Eis befreite und das Land wieder fruchtbar machte. Hiermit wäre die Zeit gekommen, wo die Dobryna und die Hansa Menschen und Tiere wieder nach der Insel Gourbi zurückführen sollten. Das Ackerland hätte man sodann für den so kurzen, aber heißen Gallia-Sommer eilends bearbeitet. Bei rechtzeitiger Einsaat lieferte der fruchtbare Boden voraussichtlich schon nach wenigen Monaten Getreide und Futterstoffe zur Ernährung aller. Heu- und Kornernte hätte man vor der Rückkehr des Winters beendigt und auf der Insel ein freies, gesundheitsförderndes Jäger- und Bauernleben geführt. Mit dem Winter wäre man endlich zu jener Troglodyten-Existenz in den Hohlräumen des feuerspeienden Berges zurückgekehrt. Die Bienen hätten dann aufs neue die Zellen des Nina-Baues bevölkert, um darin die harte und lange kalte Jahreszeit zu verbringen.

Gewiß, nach ihrer warmen Wohnung wären die Kolonisten wohl heimgekehrt. Aber hätten sie denn niemals einen weiteren Ausflug unternommen, um vielleicht geeignetes Brennmaterial, etwa ein leicht auszubeutendes Kohlenlager, zu entdecken? Sollten sie nicht versucht haben, sich auf der Insel Gourbi selbst eine Wohnstätte zu errichten, welche, für die Bewohner bequemer, den Bedürfnissen der Kolonie und den klimatischen Verhältnissen der Gallia entsprechender wäre?

Ohne Zweifel hätten sie das alles getan, wenigstens es versucht, um dieser langen Einsperrung in den Höhlen von Warm-Land zu entgehen – einer Einsperrung, welche in geistiger Hinsicht noch beklagenswerter erschien als in körperlicher.

Es bedurfte eben eines Palmyrin Rosette, eines in seinen Zahlenreihen völlig aufgehenden Originales, um diese traurigen Folgen nicht zu spüren und unter den gegebenen Umständen auf der Gallia ad infinitum ausharren zu wollen.

Daneben bedrohte die Insassen von Warm-Land täglich noch eine andere entsetzliche Möglichkeit. Wer konnte vorhersagen, ob sie sich in Zukunft nicht erfüllen werde? Wer wenigstens versichern, daß ihr Eintritt nicht eher erfolge, als bis der Komet wieder von der Sonne die für seine Bewohnbarkeit unumgänglich nötige Wärmemenge erhielt? Hier lag eine sehr ernste Frage vor, welche die Bewohner der Gallia mit Rücksicht auf die nächste Zeit wiederholt behandelten, während sie dabei von der Zukunft in der Hoffnung absahen, dieser durch ihre Rückkehr zur Erde überhaupt zu entgehen.

Wir haben hier die Möglichkeit im Auge, daß der ganz Warm-Land gleichsam heizende Vulkan doch vielleicht verlöschen konnte. Sollte das innere Feuer der Gallia wirklich unerschöpflich sein? Was wurde aber aus den Bewohnern des Nina-Baues nach dem Aufhören dieses Feuers? Sollten sie sich weiter bis in das Innerste des Kometen hinab verkriechen, um daselbst eine erträgliche Temperatur zu suchen? Würde es ihnen endlich auch dort nicht unmöglich werden, der Kälte des freien Weltraumes zu trotzen?

Offenbar stand der Gallia in näherer oder fernerer Zukunft dasselbe Schicksal bevor wie allen übrigen Einzelkörpern unserer Sonnenwelt. Ihr inneres Feuer mußte einmal verlöschen; sie selbst zum toten Gestirn werden, wie es der Mond jetzt schon ist und die Erde einst sein wird. Diese Aussicht hatte für die Bewohner der Gallia indes nichts Beunruhigendes, da sie darauf rechneten, ihren Kometen weit eher verlassen zu haben, als er unbewohnbar würde.

Jedenfalls konnte die Eruption des Vulkanes von einem Augenblicke zum anderen, ebenso wie es bei den Vulkanen der Erde vorkommt, aufhören, noch ehe der Komet sich der Sonne hinreichend genähert hatte. Woher sollte man in diesem Falle aber jene Lava nehmen, welche die so notwendige und wohltuende Wärme bis in die Tiefe der Bergmasse verbreitete? Welches Heizmaterial würde dann ihrer Wohnstätte jene mittlere Temperatur erteilen, welche sie brauchten, um bei einer Kälte von sechzig Graden unter Null fortzuleben?

Gewiß eine ernste Frage. Glücklicherweise zeigte die Ausströmung der Auswurfsmassen bisher noch keinerlei bedrohliche Veränderung. Der Vulkan funktionierte mit einer Regelmäßigkeit und, wie früher erwähnt, mit einer Ruhe von bester Vorbedeutung. In dieser Hinsicht brauchten sie sich also weder wegen der Zukunft, noch wegen der Gegenwart besondere Sorgen zu machen. Mindestens war das die Ansicht des stets vertrauungsvollen Kapitän Servadac.

Am 15. Dezember schwebte die Gallia 129.6 Millionen Meilen von der Sonne entfernt, d. h. fast am Ende der großen Achse ihrer Bahn. Sie bewegte sich jetzt nur mit einer monatlichen Geschwindigkeit von 6 bis 7 Millionen Meilen vorwärts.

Vor den Augen der Gallia-Bewohner, vorzüglich freilich vor denen Palmyrin Rosettes, tat sich eine ganz neue Welt auf. Nachdem er den Jupiter aus größerer Nähe, als es jemals einem Sterblichen vergönnt gewesen, beobachtet, beschäftigte sich der Professor jetzt mit Betrachtung des Saturn.

Leider bot dieser nicht jene ausnehmend günstigen Verhältnisse der Entfernung. Nur 7.8 Millionen Meilen hatten zwischen dem Kometen und der Jupiterwelt gelegen, wogegen ihn 103.8 Millionen Meilen von dem anderen merkwürdigen Planeten trennten. Von seiten des letzteren waren also Verzögerungen, außer den schon in Rechnung gezogenen, und überhaupt ernstere Störungen gewiß nicht zu fürchten.

Auf jeden Fall befand sich Palmyrin Rosette in der günstigen Lage, den Saturn etwa so beobachten zu können, als hätte sich dieser einem Astronomen der Ere um den halben Durchmesser seiner Bahn genähert.

Es wäre ganz überflüssig gewesen, ihn mit Anfragen über Einzelheiten des Saturns zu behelligen. Der Ex-Professor fühlte kein Bedürfnis, sein Licht leuchten zu lassen. Man hätte ihn wohl kaum dazu vermocht, sein Observatorium zu verlassen, und es schien fast, als sei das Okular seines Fernrohres Tag und Nacht direkt an sein Auge geschraubt.

Als Ersatz zählte die Bibliothek der Dobryna mehrere Werke über elementare Kosmographie, so daß alle Kolonisten, welche sich für derartige astronomische Fragen interessierten, dank dem Leutnant Prokop, von der Saturnwelt hören konnten, was sie verlangten.

Ben-Zouf schien vorzüglich befriedigt, als man ihm mitteilte, daß die Erde, wenn die Gallia in derselben Distanz von der Sonne gravitierte wie der Saturn, mit bloßem Auge nicht mehr sichtbar sein würde. Bekanntlich hielt die Ordonnanz vor allem daran fest, daß die Erdkugel wenigstens immer für seine Augen erkennbar bleibe.

»Solange man die Erde sieht, ist noch nichts verloren«, wiederholte er immer.

Wirklich wäre die Erde in der Entfernung, welche den Saturn von der Sonne trennt, auch für die besten Augen unsichtbar geworden.

Saturn schwebte zu dieser Zeit noch 105 Millionen Meilen von der Gallia, also 218.6 Millionen Meilen weit von der Sonne. In dieser Stellung erhielt er nur den hundersten Teil des Lichtes und der Wärme, welche die Erde von dem Zentralkörper empfängt.

Mit dem Buche in der Hand erfuhr man, daß der Saturn seinen Kreislauf um die Sonne binnen 29 Jahren, 167 Tagen vollendet, wobei er mit einer Geschwindigkeit von nahezu 5315 Meilen in der Stunde eine Bahn von 1,378½ Millionen Meilen durchmißt – »die Centimes immer weggelassen«, wie Ben-Zouf sagte. Der Umfang dieses Planeten beträgt am Äquator 54,108 Millionen Meilen. Seine Oberfläche 24 Milliarden Quadrat-Kilometer, sein Inhalt 399.6 Milliarden Kubik-Kilometer. In Summa ist der Saturn 735mal so groß als die Erde, folglich kleiner als der Jupiter. Die Masse des Planeten freilich erreicht nur das Hundertfache der Erdmasse, weshalb ihm auch nur eine geringere Dichtigkeit als die des Wassers zugeschrieben wird. Er dreht sich in 10 Stunden 29 Minuten um seine Achse, wonach sein Jahr aus 24600 Tagen bestehen muß und seine Jahreszeiten, mit Rücksicht auf die sehr starke Neigung seiner Achse zur Ebene der Bahn, jede sieben volle Erdenjahre andauern.

Was den Satur-Bewohnern aber vorzüglich herrliche Nächte verschaffen muß, das sind die acht Monde, welche ihren Planeten begleiten. Sie führen die sehr mythologischen Namen Midas, Enceladus, Thetys, Dione, Rhea, Titan, Hyperion und Japet. Wenn die Revolution des Midas nur zweiundzwanzig und eine halbe Stunde dauert, so währt die des Japet dagegen neunundsiebzig Tage. Während die mittlere Entfernung des Japet von der Oberfläche des Saturns 546000 Meilen beträgt, umkreist der Midas diesen nur in einer Distanz von 20400 Meilen, also fast dreimal so nahe als der Mond der Erde. Oh, sie müssen prachtvoll sein, diese Nächte, wenn das von der Sonne bis dorthin gesendete Licht auch nur von schwacher Intensität sein kann.

Einen weiteren Reiz verleiht den Nächten auf diesem Planeten ohne Zweifel noch der dreifache Ring, der ihn umschließt. Der Saturn erscheint wie umrahmt von einer leuchtenden Fassung. Ein genau unter diesem Ringe stehender Beobachter, über dessen Kopf jener also im Zenit, übrigens in einer Höhe von 3099 Meilen, sich dahinzöge, würde nichts als einen schwachen Streifen wahrnehmen, dessen Breite Herschel auf kaum 66 Meilen abschätzte. Er muß demnach wie ein leuchtender, durch den Weltraum gespannter Faden erscheinen. Verändert der Beobachter aber seine Stellung nach der einen oder der anderen Seite, so sieht er drei konzentrische Ringe sich nach und nach voneinander ablösen, deren nächster, dunkel, aber durchscheinend, eine Breite von 1875 Meilen hat, der mittlere 4433 Meilen Breite und leuchtender als der Komet selbst ist, und der äußerste endlich 2207 Meilen mißt und dem Auge in mehr grauer Färbung erscheint.

Das ist das Wissenswerteste über diesen ringförmigen Begleiter, der sich in seiner Ebene binnen zwei Stunden zweiundreißig Minuten herumdreht. Aus welchem Stoffe besteht nun dieser Ring und wie widersteht er dem Zerfalle? Niemand weiß es; da er ihn dem Saturn als Begleiter gab, wollte der Schöpfer den Menschen vielleicht zeigen, auf welche Art und Weise sich die Himmelskörper bilden. Dieser Appendix ist nämlich ohne Zweifel der Rest der Nebelmasse, aus welcher durch allmähliche Konzentration der Saturn dereinst entstanden ist. Aus unbekannten Gründen konsolidierte er sich damals abgesondert, und wenn er jetzt zertrümmert würde, stürzte er entweder in Stücken auf den Saturn oder seine Bruchstücke bildeten ebenfalls neue Satelliten.

Wie dem auch sei, jedenfalls muß dieser dreifache Ring für die Bewohner des Saturns zwischen dessen Äquator und dem fünfundvierzigsten Grade der Breite Veranlassung zu den merkwürdigsten Erscheinungen geben. Bald glänzt er nämlich am Horizonte gleich einem ungeheuren Bogen, der am Scheitel seines Gewölbes durch den eigenen Schatten des Saturns unterbrochen wird; bald erscheint er nirgends verdunkelt als halbe Strahlenkrone. Sehr häufig verdunkelt er jedoch die Sonne, welche gewiß zur größten Genugtuung der Saturn-Astronomen zu fest bestimmter Zeit verschwindet und wieder erscheint. Rechne man hierzu noch den Aufgang und Untergang der acht Monde, deren einer sich vielleicht voll, der zweite im ersten oder letzten Viertel, die anderen als zu- oder abnehmende Sicheln zeigen, so muß der Saturnhimmel in der Nacht ein wahrhaft unvergleichliches Schauspiel bieten.

Die Gallia-Bewohner waren freilich nicht in der Lage,

all die Herrlichkeit dieser abgeschlossenen Welt zu bewundern. Daran hinderte sie die viel zu große Entfernung. Die Astronomen der Erde bringen sich diesen großen Planeten mittels ihrer mächtigen Fernrohre mehr als tausendmal näher, und die Bücher der Dobryna lehrten den Kapitän Servadac und seine Gefährten hier mehr als ihre eigenen Augen. Sie beklagten sich darüber indessen nicht – die Nachbarschaft dieser großen Gestirne barg für ihren winzigen Kometen gar zu viele Gefahren!

Auch in die entferntere Welt des Uranus vermochten sie nicht weiter einzudringen; doch wurde der Hauptplanet dieser Einzelwelt, welcher die Erde zweiundachtzigmal an Größe übertrifft, wie schon erwähnt, für das bloße Auge sehr deutlich sichtbar, während er von der Erde aus auch bei seinem nächsten Stande von derselben nur einen Stern sechster Größe darstellt. Man sah nichts von den acht Satelliten, welche auch ihn begleiten auf seiner Bahn, die er binnen achtzig Jahren durchfliegt, wobei er von der Sonne im Mittel 437.5 Millionen Meilen absteht.

Was nun den letzten Planeten des Sonnensystems betrifft – den letzten bis zu dem Augenblick, da ein Leverrier der Zukunft vielleicht einen noch entfernteren Wanderer entdeckt –, so konnten die Gallia-Bewohner denselben nicht wahrnehmen. Palmyrin Rosette sah ihn gewiß im Gesichtsfelde seines Fernrohres, er empfing aber niemals Gesellschaft in seinem Observatorium, und mußte man sich somit begnügen, den Neptun . . . in den kosmographischen Werken zu studieren.

Der mittlere Abstand dieses Planeten von der Sonne beträgt 684 Millionen Meilen und die Dauer seiner Umlaufszeit 165 Jahre. Neptun durcheilt seine ungeheuere Bahn von 4302 Millionen Meilen mit einer Schnelligkeit von 20000 Kilometern in der Stunde, und besitzt die Form eines die Erde an Größe um das Hundertfache übertreffenden Sphäroides, welches ein Satellit in der Entfernung von 66000 Meilen begleitet.

Der Abstand von fast 700 Millionen Meilen, wie ihn der Neptun aufweist, scheint die Grenze unseres Sonnensystems zu bezeichnen. Wie groß der Durchmesser dieser Welt auch sein mag, so verschwindet er doch völlig, wenn man ihn mit demjenigen der Fixsterngruppe vergleicht, zu welcher unsere Sonne wieder als Einzelglied gehört.

Die Sonne scheint in der Tat einen Bestandteil jenes großen Sternennebels zu bilden, den wir die Milchstraße nennen, innerhalb dessen sie vielleicht wie ein bescheidener Stern vierter Größe erglänzt. Wohin wäre also die Gallia wohl geraten, wenn sie der Anziehung der Sonne entwich? Welchem neuen Zentrum hätte sie sich auf ihrem Wege durch die Sternenwelt angeschlossen? Wahrscheinlich einem der nächsten Sterne der Milchstraße.

Dieser Stern ist übrigens das Alpha im Sternbilde des Centauren, und das Licht, welches 46 000 Meilen in der Sekunde zurücklegt, braucht doch nicht weniger als dreiundeinhalb Jahr, um von der Sonne bis zu ihm zu gelangen. Wie groß ist denn diese Entfernung? Sie ist so groß, daß die Astronomen, um sie bequem zu bezeichnen, die Milliarde als Einheit setzen und sagen, daß der Stern Alpha von uns 4800 »Milliarden« Meilen absteht.

Kennt man wohl eine größere Anzahl solcher Sterndistanzen? Höchstens acht derselben sind gemessen worden und kennt man unter den hervorragendsten, bezüglich derer das möglich war, die Vega, in 30 000 Milliarden, den Sirius in 32 320 Milliarden, den Polarstern in 69 560 und die Capella in 102 240 Milliarden Meilen Entfernung.

Um eine Vorstellung von solchen Verhältnissen zu geben, kann man unter Zugrundelegung der Geschwindigkeit des Lichtes nach dem Vorgang einiger geistreicher Gelehrten sich etwa folgendermaßen ausdrücken:

»Nehmen wir zunächst einen Beobachter an, der mit unbegrenztem Gesichtssinne ausgestattet wäre, und denken ihn uns beispielsweise auf der Capella. Wenn derselbe nach der Erde blickte, so würde er Zeuge der Vorgänge sein, welche sich vor 72 Jahren ereigneten. Nach einem zehnmal weiteren Stern versetzt, müßte er die Ereignisse vor 720 Jahren vor Augen haben. Noch weiter, bis zu einer Entfernung, welche zu durchlaufen das Licht 1800 Jahre brauchte, würde er Augenzeuge der Kreuzigung Christi sein. Immer noch entfernter, da, bis woher der Lichtstrahl 6000 Jahre braucht, könnte er heute die Zerstörungen der Sündflut betrachten. Endlich noch weiter draußen – der Weltraum ist ja unendlich – würde er nach der Tradition der Bibel Gott selbst sehen, wie er die Welt aus dem Nichts erschuf. Alle Ereignisse sind sozusagen im Weltraume stereotypiert, und nichts kann spurlos verschwinden, was überhaupt einmal im Universum geschehen ist.«

Vielleicht hatte er recht, der abenteuerlustige Palmyrin Rosette, durch die Sternenwelt zu schweifen, wo so viele Wunder seine Augen entzückten. Wenn sein Komet nacheinander aus der Sphäre eines Fixsternes in die eines anderen übergetreten wäre, wie viel verschiedene Sternen- oder Sonnensysteme hätte er da beobachten können! Die Gallia hätte ihren Ort verändert gleichzeitig mit jenen Gestirnen, deren Unbeweglichkeit nur eine scheinbare ist, und die sich dennoch fortbewegen, wie z. B. der Arktur mit einer Schnelligkeit von 13.2 Meilen in der Sekunde. Auch unsere Sonne hat eine Jahresbewegung von 37.2 Millionen Meilen in der Richtung nach dem Sternbilde des Hercules hin. Die Entfernung dieser Sterne ist aber so groß, daß ihre betreffenden Stellungen trotz dieser so geschwinden Fortbewegung für die Beobachter der Erde noch nicht im geringsten verändert erscheinen.

Immerhin müssen diese Jahrhunderte andauernden Ortsveränderungen einmal notwendig die Gestalt der Sternbilder modifizieren, da jeder Stern mit verschiedener Schnelligkeit fortrückt oder doch fortzurücken scheint. Die Astronomen sind imstande gewesen, die neue Stellung zu bestimmen, welche die Fixsterne nach Verlauf sehr vieler Jahre gegeneinander einnehmen werden. Man hat sogar Zeichnungen der Sternbilder, wie sie sich in 50000 Jahren darstellen werden, graphisch vervielfältigt. Sie zeigen z. B. anstelle des unregelmäßigen Viereckes des großen Bären ein langgezogenes Kreuz, und statt des Fünfeckes im Sternbilde des Orion ein einfaches Viereck. Doch weder die jetzigen Bewohner der Gallia, noch die der Erde, wären imstande gewesen, diese nach und nach eintretenden Dislokationen wahrzunehmen. Das war es auch sicherlich nicht, was Palmyrin Rosette in der Sternenwelt zu ergründen suchte. Doch wenn irgendein Umstand den Kometen dem Zentrum seiner Attraktion entrissen hätte, um denselben irgendwelchem anderen Gestirne zuzuführen, so wären seine Augen gewiß entzückt gewesen bei Betrachtung der Wunder, von welchen unser Sonnensystem keine Vorstellung geben kann.

Die Planetengruppen des Weltraumes werden nämlich keineswegs von einer einzigen Sonne regiert. Das monarchische System scheint nur auf einige Punkte des Himmels beschränkt. Es gravitieren hier eine, dort zwei, da sechs Sonnen, welche voneinander abhängen, unter ihrem gegenseitigen Einflusse. Da gibt es verschieden gefärbte Sterne, rote, gelbe, grüne, organge- und indigofarbene. Wie wunderbar mögen die Lichtkontraste sich ausnehmen, welche sie auf die Oberfläche ihrer Planeten werfen. Und wer weiß, ob die Gallia beim Tagesanbruch nicht nach und nach Licht von allen Farben des Regenbogens an ihrem Horizonte zu sehen bekommen hätte. Doch, es sollte ihr nicht beschieden sein, unter der Anziehung eines anderen Zentrums ihren Weg fortzusetzen, noch sich unter jenen Sternhaufen zu mischen, welchen die mächtigen Teleskope noch aufzulösen vermögen, noch sich nach jenen Nebelsternen hin zu verlieren, die bis jetzt nur zum Teile aufgelöst sind, oder gar nach jenen Nebelmassen, welche selbst den größten Reflektoren widerstehen, Nebelmassen, deren die Astronomen im Himmelsraume über 5000 kennen.

Nein, die Gallia sollte die Sonnenwelt niemals verlassen, noch die Erde aus dem Gesichte verlieren. Nachdem sie aber eine Bahn von 378 Millionen Meilen beschrieben, hatte sie doch nur eine verschwindend kleine Reise durch das Universum vollbracht, dessen Ausdehnung ja keine Grenzen kennt.

Zwölftes Kapitel

Wie man den 1. Januar auf der Gallia feierte und auf welche Weise dieser Festtag endete.

Mit der zunehmenden Entfernung der Gallia wuchs nun auch die Kälte sehr merkbar. Schon war die Temperatur auf zweiundvierzig Grad unter Null herabgegangen. Unter diesen Verhältnissen hätten die Quecksilber-Thermometer nicht benutzt werden können, da das Quecksilber bei zweiundvierzig Grad gefriert. Es wurde also das Alkohol-Thermometer der Dobryna in Gebrauch genommen, und dessen Säule fiel dann auf dreiundfünfzig Grad unter den Eispunkt.

Jetzt zeigte sich auch die von Leutnant Prokop vorausgesehene Wirkung der Kälte an den Rändern der Bucht, welche den beiden Fahrzeugen als Überwinterungshafen diente. Die Eisschichten unter dem Rumpfe der Hansa und der Dobryna hatten sich in langsamem, aber unwiderstehlichem Fortschreiten verdickt. Nahe dem felsigen Vorlande, das sie deckte, sah man die Goelette und die Tartane hoch auf ihrer kristallenen Schale erhoben, so daß sie schon fünfzig Fuß über das Niveau des Meeres emporragten. Die etwas leichtere Dobryna stand noch etwas höher als die Tartane. Keine menschliche Kraft aber war imstande, dieses langsame Empordrängen aufzuhalten

Leutnant Prokop beunruhigte das der Goelette bevorstehende Schicksal natürlich nicht wenig. Alles Wertvolle war aus dem Innern zwar herausgeschafft und nur der Rumpf, die Bemastung und die Maschine übriggeblieben; aber gerade dieser Schiffsrumpf konnte ja noch bestimmt sein, im Falle der Not der ganzen kleinen Kolonie eine letzte Zufluchtsstätte zu bieten. Wenn derselbe nun mit Eintritt des Tauwetters infolge des gar nicht abzuwendenden Sturzes in tausend Stücke zerbrach und die Bewohner der Gallia vielleicht gezwungen wären, Warm-Land zu verlassen, welches andere Schiff hätte ihnen es dann ersetzen können?

Die Tartane gewiß nicht, denn diese war ja ebenso bedroht und ihr stand ohne Zweifel dasselbe Schicksal bevor. Die Hansa schien sogar weniger gut vom Eise unterstützt zu sein, denn sie neigte sich schon in einem sehr beunruhigenden Winkel zur Seite. Es wurde gefährlich, sie noch länger zu bewohnen. Der Jude verstand sich trotz allem nicht dazu, seine Ladung zu verlassen, die er Tag und Nacht bewachen zu müssen glaubte. Er fühlte es recht wohl, daß sein Leben bedroht sei, sein Hab und Gut aber noch weit mehr, und er entblödete sich nicht, denselben »Ewigen«, den er bei jedem dritten Worte anrief, für alle die Prüfungen, die er auf ihn häufte, regelrecht zu verwünschen.

Unter diesen Umständen sah sich Kapitän Servadac zu einem Entschlusse genötigt, dem der Jude sich unterwerfen mußte. Wenn Isaak Hakhabuts Leben auch für die anderen Mitglieder der Kolonie nicht gerade unentbehrlich schien, so hatten doch seine Warenvorräte einen unschätzbaren Wert. Jedenfalls mußten diese zunächst dem nahen Verderben entrissen werden. Kapitän Servadac versuchte auch zuerst, dem Juden Angst wegen seiner eigenen Person einzuflößen, erreichte damit aber so gut wie nichts. Der Jude wollte eben nicht ausziehen.

»Das steht Euch zuletzt frei«, hatte ihm Kapitän Servadac auf seine Weigerung geantwortet, »Eure Waren werden aber in eines der Magazine von Warm-Land geschafft werden.«

Die Klagelieder, welche Isaak Hakhabut darum hören ließ, rührten trotz ihres jämmerlichen Tones noch niemanden, und die angesagte Ausräumung fand im Laufe des 20. Dezembers wirklich statt.

Dem Juden war es ja erlaubt, sich im Nina-Baue häuslich einzurichten und ganz wie vorher seine Waren zu bewachen, zu verkaufen und zu handeln nach bestimmtem Preise und Gewichte. Es wurde ihm nicht das geringste in den Weg gelegt. Wahrlich, wenn sich Ben-Zouf überhaupt erlaubt hätte, seinen Kapitän zu tadeln, so wäre es darüber gewesen, daß man diesem erbärmlichen Kinde Israels gegenüber soviel Schonung beobachtete.

Im Grunde stimmte Isaak Hakhabut dem Beschlusse des Generalgouverneurs eigentlich vollkommen zu. Er wahrte ja sein Interesse und brachte ihn selbst und seine Reichtümer in Sicherheit, und dazu hatte er für die Entladung der Tartane »nichts zu zahlen«, da sie gegen seinen Willen ausgeführt worden war.

Mehrere Tage lang beschäftigte diese Arbeit die Russen und die Spanier. Warm gekleidet und den Kopf dicht verhüllt, widerstanden sie der niedrigen Temperatur ohne Beschwerden. Nur mußten sie sich hüten, metallene Gegenstände, welche sie transportierten, mit bloßen Händen anzufassen. Die Haut der Finger wäre unzweifelhaft ebenso daran hängengeblieben, als wären sie in rotglühendem Zustande gewesen – denn die Wirkung sehr heftiger Kälte gleicht derjenigen höherer Hitzegrade vollkommen. Die Arbeit verlief ohne Zwischenfall, und die Ladung der Hansa wurde endlich in einer der weiten Galerien des Nina-Baues untergebracht.

Leutnant Prokop beruhigte sich nicht eher, als bis alles in Ordnung war.

Jetzt entschloß sich nun Isaak Hakhabut, da ihm jede Ursache fehlte, noch länger in der Tartane zu wohnen, auch die Galerie, welche seine Waren barg, selbst zu beziehen; wir gestehen gern, daß er dadurch nur wenig belästigte. Man sah ihn sehr selten. Er schlief neben seinen Waren und ernährte sich von ihnen. Eine Spirituslampe genügte seinen mehr als bescheidenen Küchenbedürfnissen. Die Bewohner des Nina-Baues unterhielten niemals besondere Beziehungen zu ihm, außer wenn es sich für sie darum handelte, zu kaufen und für ihn zu verkaufen. Eines aber war sicher: daß das ganze Gold und Silber der kleinen Kolonie nach und nach in einen dreifach verschlossenen Schrank zusammenfloß, dessen Schlüssel Isaak Hakhabut niemals verließ.

Der erste Januar des Erdenjahres nahte heran. Nach wenig Tagen war ein Jahr verflossen seit dem Zusammenstoße der Erde mit dem Kometen, seit dem Ereignis, welches sechsunddreißig menschliche Wesen urplötzlich von ihresgleichen getrennt hatte. Bis jetzt fehlte von diesen noch keiner. Bei den neuen klimatischen Verhältnissen hielt sich ihre Gesundheit auffallend gut. Diese stets abnehmende Temperatur, welche aber keinen jähen Umschlag zeigte und von fast gar keiner Luftbewegung begleitet war,hatte ihnen nicht einmal einen Schnupfen verursacht. Konnte es ein gesünderes Klima geben als das des Kometen? Alles ließ demnach voraussetzen, daß, wenn nur die Berechnungen des Professors richtig waren und die Gallia wirklich zur Erde zurückkehrte, die Bewohner derselben auch in unverminderter Anzahl mit anlangen würden. Obwohl dieser erste Tag des Jahres nicht auch der erste des Gallia-Jahres war und mit ihm nur die zweite Hälfte des Umlaufes um die Sonne begann, so wünschte Kapitän Servadac doch, und zwar mit gutem Grunde, daß man ihn mit einer gewissen Feierlichkeit begehe.

»Es scheint mir nicht gut«, äußerte er zu Graf Timascheff und Leutnant Prokop, »daß unsere Gefährten sich der Angelegenheiten der Erde gänzlich entwöhnen. Sie sollen ja einst nach der Erdkugel zurückkehren, doch selbst, wenn dieser Fall nicht einträte, bleibt es immerhin geraten, ihre Verbindung mit der alten Welt, und wenn auch nur der Erinnerung wegen, nicht ganz verlorengehen zu lassen. Da unten wird man Neujahr feiern, also feiern wir es auch auf dem Kometen. Diese Übereinstimmung der Empfindung hat ihre guten Seiten. Wir dürfen nicht vergessen, daß man sich auf der Erde mit uns beschäftigen wird. Von verschiedenen Punkten aus sieht man dort die Gallia durch den Weltraum irren, wenn auch, ihrer geringen Größe wegen, nicht mit bloßen Augen, so doch mit Hilfe der Fernrohre und Teleskope. Eine Art wissenschaftliches Band verknüpft uns stets mit der Erde und die Gallia bildet ja zu jeder Zeit einen Teil der Sonnenwelt.«

»Ich stimme Ihnen bei, Kapitän«, antwortete Graf Timascheff. »Es unterliegt keinem Zweifel, daß die Sternwarten mit der Beobachtung des neuen Kometen beschäftigt sein müssen. Ich glaube gern, daß in Paris, Petersburg, Greenwich, Cambridge, am Kap, wie in Melbourne die mächtigen Himmelsfernrohre häufig genug nach unserem Asteroiden gerichtet sind«.

Es muß jetzt da unten sehr in der Mode sein«, meinte Kapitän Servadac, »und es sollte mich sehr wundern, wenn die Revuen, die Journale, das große Publikum über alles, was mit und an der Gallia geschieht, nicht auf dem laufenden erhielten. Gedenken wir also derer, welche am 1. Januar gewiß unser gedenken, und feiern wir den Tag mit denselben Gefühlen wie sie.«

»Sie glauben«, mischte sich da Leutnant Prokop ein, »daß man sich auf der Erde mit dem Kometen, der einmal an sie stieß, beschäftigt? Ich glaube das zwar auch, aber ich halte dafür, daß man dort von ganz anderen Motiven dazu geführt wird als dem wissenschaftlichen Interesse oder gar der bloßen Neugier. Die Beobachtungen, mit welchen unser Astronom sich beschäftigt, sind auf der Erde sicher auch und mit nicht minderer Genauigkeit angestellt worden. Die Ephemeriden der Gallia mögen wohl schon lange zweifellos ermittelt sein. Man kennt die Elemente des neuen Kometen. Man weiß, welche Bahn er im Weltraume durchläuft, und hat jedenfalls doch auch bestimmt, wo und wie er die Erde wieder treffen wird. An welchem Punkte der Ekliptik, zu welcher Sekunde, an welchem geographischen Orte er an die Erdkugel stoßen wird, das alles ist gewiß mit mathematischer Genauigkeit berechnet. Die Gewißheit dieses erneuten Zusammenstoßes aber dürfte die Gemüter wohl nicht weniger beunruhigen. Ja, ich gehe noch weiter und behaupte, daß man auf Erden allerlei Vorbereitungen treffen wird, um die entsetzlichen Wirkungen des zweiten Stoßes zu mildern – wenn das überhaupt auf irgendeine Weise möglich ist!«

Mit diesen Worten mochte Leutnant Prokop wohl die Wahrheit ziemlich treffen; die Logik mindestens konnte man ihnen nicht absprechen. Die nach allen Seiten durch Rechnungen bestimmte Wiederkehr der Gallia genügte gewiß, auf der Erde jedes andere Interesse zu unterdrücken. Man mußte wohl an die Gallia denken, doch nur mit dem Wunsche, daß sie niemals zurückkehren möchte. Auch die Bewohner des Kometen konnten sich, trotzdem sie jenes Wiederzusammentreffen lebhaft herbeiwünschten, einer gewissen Beunruhigung nicht entschlagen. Wenn auf der Erde, wie Leutnant Prokop meinte, Vorkehrungen getroffen wurden, um die drohenden fürchterlichen Folgen zu mildern, sollte es da nicht am Platze sein, auf der Gallia an etwas Ähnliches zu denken? Diese Frage verdiente wohl später in Betracht gezogen zu werden.

Wie dem nun auch sein mochte, man blieb bei dem Beschlusse, den 1. Januar gebührend zu feiern. Auch die Russen sollten sich dabei den Franzosen und Spaniern anschließen, obgleich deren Kalender den Jahresanfang nicht für den nämlichen Tag angibt.*

Weihnachten kam heran. Der Jahrestag der Geburt Christi wurde kirchlich, wenn man hier so sagen darf, gefeiert.

Der Jude allein schien sich an diesem Tage noch tiefer in seine dunkle Ecke zu verkriechen.

Während der letzten Woche des Jahres war Ben-Zouf außerordentlich beschäftigt, um ein anziehendes Programm aufzustellen. Von sehr verschiedenen Vergnügungen konnte auf der Gallia ja von vornherein nicht die Rede sein. Man kam also dahin überein, den Tag mit einem tüchtigen, auserlesenen Frühstück zu beginnen und mit einem Ausfluge auf dem Eise nach der Seite der Insel Gourbi zu beschließen. Die Rückkehr sollte unter festlicher Beleuchtung erfolgen, d. h. mittels Fackeln, welche man aus den nötigen, auf der Hansa sich vorfindenden Ingredienzien selbst verfertigte.

»Wenn das Frühstück ausnehmend gut ausfällt«, philosophierte Ben-Zouf, »so wird der Ausflug nicht minder lustig werden, und weiter braucht es ja nichts!«

Die Zusammenstellung des Speisezettels gestaltete sich also zu einer sehr wichtigen Angelegenheit. Die Or-

*Zwischen dem russischen Kalender und dem der anderen christlichen Staaten ist bekanntlich ein Unterschied von zwölf Tagen, so daß Neujahr nach dem ersteren auf unseren 13. Januar fällt.

donnanz des Kapitän Servadac hatte darum wiederholt Besprechungen mit dem Koch der Dobryna, deren Endresultat in einer glückverheißenden Verbindung der russischen und französischen Küche gipfelte.

Am 31. Dezember abends war alles bereit. Die kalten Gerichte, wie Fleischkonserven, Wildpastete, Galantine und andere, welche man zu gutem Preise von dem Juden Isaak Hakhabut erworben hatte, figurierten schon auf der Tafel des Hauptsaales, die warmen Speisen sollten erst am nächsten Morgen in dem Lavaofen zubereitet werden.

An diesem Abend berührte man noch eine Frage bezüglich Palmyrin Rosettes. Sollte man den Professor einladen, an der Festtafel teilzunehmen? Gewiß erforderte das die Höflichkeit. Würde er die Einladung auch annehmen? Das erschien mehr als zweifelhaft.

Nichtsdestoweniger erging diese Einladung. Kapitän Servadac hatte sie persönlich nach dem Observatorium überbringen wollen; Palmyrin Rosette empfing aber alle ungeladenen Gäste so barsch, daß man es vorzog, ihm ein Briefchen zu senden.

Der junge Pablo erbot sich, dasselbe zu überbringen, und kam bald darauf mit einer in folgende Worte gefaßten Antwort zurück:

»Palmyrin Rosette hat nichts anderes zu sagen, als das: Heute ist der 125. Juni und morgen wird der 1. Juli sein, da man auf der Gallia doch wohl Veranlassung hat, nach dem hier gültigen Kalender zu rechnen.«

Das war zwar ein wissenschaftlich abgefaßter Absagebrief, doch eine Absage blieb es immer.

Am 1. Januar, eine Stunde nach Sonnenaufgang, fanden sich Franzosen, Russen, Spanier und die kleine Nina, welche Italien repräsentierte, zu einem Frühstück vereinigt, wie ein solches die Gallia noch niemals gesehen hatte.

Bezüglich des solideren Teiles desselben hatten Ben-Zouf und der Küchenmeister der Dobryna sich tatsächlich selbst übertroffen. Eine Schüssel mit Rebhuhn und Kohl, welch letzterer hier durch »Carry« ersetzt und so zart war, daß er die Papillen der Zungen und die Schleimhaut des Magens fast gelöst hätte, bildete den Glanzpunkt der Speisekarte. Die aus den Vorräten der Dobryna entnommenen Weine lobten sich selbst. Da trank man denn französische und spanische Weine zur Ehre ihres Vaterlandes, und selbst Rußland fand durch einige Flaschen Branntwein gebührende Vertretung. Es war wirklich, wie Ben-Zouf gehofft, sehr schön und sehr heiter.

Zum Schluß rief ein Toast auf das gemeinsame Vaterland, die alte Erdkugel und auf die Rückkehr nach derselben einen solchen Beifallsturm hervor, daß Palmyrin Rosette ihn gewiß in der sillen Höhe seines Observatoriums vernehmen mußte.

Nach Beendigung des Frühstückes hatte man noch drei volle Stunden Tag vor sich. Eben passierte die Sonne den Zenit – eine Sonne, welche niemals die Reben von Bordeaux oder Burgund, deren Blut man eben getrunken, gezeitigt hätte, denn sie erleuchtete alles nur schwach und erwärmte gar nicht.

Alle Tafelgenossen kleideten sich von Kopf bis zu den Füßen warm an, um einen Ausflug zu unternehmen, der bis zum Eintritt der Nacht ausgedehnt werden sollte. Sie setzten sich dabei freilich einer sehr rauhen Temperatur aus, konnten das aber bei der ruhigen Luft ungestraft wagen.

Alle verließen, die einen plaudernd, die anderen singend, den Nina-Bau. Am Strande legten alle die Schlittschuhe an und tummelten sich lustig, entweder allein oder in einzelnen Gruppen. Graf Timascheff, Kapitän Servadac und Leutnant Prokop hielten sich gern zueinander. Negrete und die Spanier schweiften in launischen Bogen auf der ungeheuren Fläche umher und verschwanden bald mit wunderbarer Schnelligkeit unter den Grenzen des Horizontes. Jetzt, wo sie das Schlittschuhlaufen sicher erlernt, entwickelten sie mit Vorliebe dabei auch die ihnen angeborene Grazie.

Die Matrosen der Dobryna bildeten, nach einer in den nördlichen Ländern beliebten Gewohnheit, eine lange Reihe. Eine unter dem rechten Arme gehaltene Stange hielt sie dabei in einer Linie, und so flogen sie hinaus bis über Sehweite, wie ein Eisenbahnzug, der in seinen Schienen nur Bogen von großem Radius beschreiben kann.

Pablo und Nina vergnügten sich vor Freude aufjauchzend Arm in Arm – zwei flatternde Vögel, denen man die Freiheit geschenkt – und näherten sich jetzt der Gruppe des Kapitän Servadac, um ihr sofort wieder im losen Spiel zu entfliehen. Diese jungen Wesen vereinigten in sich, man möchte sagen alle Freude auf der Gallia und vielleicht auch fast alle Hoffnung.

Hierbei ist jedoch Ben-Zouf nicht zu übergehen, der in fröhlicher Laune von dem einen zum anderen eilte, sich ganz der schönen Gegenwart hingab und sich um die Zukunft wenigstens nicht absorgte.

Die Schlittschuhläufer-Gesellschaft, welche mit fröhlichem Mute über diese prachtvolle, ebene Fläche dahinflog, wagte sich weit, weit hinaus – weiter als die Kreislinie, welche den Horizont von Warm-Land umschloß. Ihren Augen verschwanden zuerst die Felsen des Ufers, dann der weiße Kamm der höheren Stufen und endlich auch der Gipfel des Vulkans mit seiner Wolkenhaube. Manchmal hielten die Läufer an, um Atem zu schöpfen, doch nur für einen Augenblick, um sich der Kälte nicht zu sehr auszusetzen. Dann ging es sausend wieder vorwärts nach der Küste der Insel Gourbi zu, ohne daß sie jemand zu erreichen gesucht hätte, denn schon sank die Nacht herab und mahnte zur schleunigen Rückkehr.

Die Sonne senkte sich im Osten oder vielmehr – eine Erscheinung, welche die Gallia-Bewohner schon hinlänglich gewöhnt waren – sie schien rasch niederzustürzen. Der Untergang des Tagesgestirns ging an diesem begrenzten Horizonte eben unter eigentümlichen Umständen vor sich. Hier erglühten keine Dünste in den prächtigen Farbentönen, welche die letzten Strahlen sonst hervorzuzaubern pflegen. Über dem gefrorenen Meer sah das Auge nicht einmal jenen letzten grünlichen

Lichtschimmer, der sonst über die flüssige Oberfläche zittert. Hier zeigte die durch eine bekannte optische Täuschung größer erscheinende Sonne bis zuletzt ihre reine, unveränderte Scheibe. Dann glaubte man, es habe sich plötzlich ein Schlund in dem Eise geöffnet, in dem sie verschwand und der dunklen Nacht ohne Übergang Platz machte.

Bevor der Tag zur Neige ging, sammelte Kapitän Servadac seine kleine Welt um sich. Während man in Schützenschwärmen hinausgezogen war, sollte der Rückweg in geschlossenem Gliede angetreten werden, denn der Mond (die Nerina) stand jetzt in Konjunktion zur Sonne, und auch sein schwaches Licht fehlte der kurzen Nacht.

Jetzt hüllte diese schon die ganze Umgebung in ihren schwarzen Mantel. Die Sterne gossen über die Gallia nur ein »fahles Licht«, wie Corneille sich ausdrückt. Die Fackeln wurden also angezündet, und während deren Träger rasch voranglitten, loderten die Flammen, welche die geschwinde Bewegung noch belebte, leuchtend rückwärts.

Eine Stunde später hob sich das steile Ufer von Warm-Land unbestimmt wie eine schwarze Wolke vom Horizonte ab. Eine Täuschung war unmöglich. Hoch darüber strebte der Vulkan empor und warf einen intensiven Lichtschein durch die herrschende Finsternis. Die auf dem glitzernden Eise sich widerspiegelnden Lavamassen leuchteten bis zu den Schlittschuhläufern und zeichneten in deren Rücken lange Schatten ab.

So verging etwa ein und eine halbe Stunde. Rasch näherte man sich dem Ufer, als plötzlich ein Aufschrei durch die Luft drang, der von Ben-Zouf herrührte.

Alle hielten ein, indem sie die Eisen tief ins Eis einschneiden ließen.

Da, beim Scheine der Fackeln, welche schon nahe am Verlöschen waren, sah man, daß Ben-Zouf die Arme gegen das Ufer ausstreckte.

Von den Lippen aller ertönte ein Schrei, der dem Ben-Zoufs zu antworten schien.

Der Vulkan war urplötzlich erloschen. Kein Lavastrom wälzte sich mehr von dem obersten Gipfel herab. Es schien, als habe ein mächtiger Windstoß die Flamme des Kraters erstickt.

Alle begriffen, daß die Quelle des Feuers versiegt sein müsse. War die Auswurfsmasse zu Ende gegangen? Sollte Warm-Land von nun an für immer die belebende Wärme fehlen und sich keine Möglichkeit bieten, der Strenge des Gallia-Winters zu entgehen?

Drohte ihnen nun der Tod, der entsetzliche Tod des Erfrierens?

»Vorwärts!« rief Kapitän Servadac mit befehlender Stimme.

Eben verloschen die Fackeln. Alle stürmten durch die tiefe Dunkelheit und erreichten bald das Ufer, dessen übereiste Felsen sie nicht ohne große Mühe erklommen. Sie eilten nach der großen Galerie, drangen in den Hauptsaal . . .

Tiefe Dunkelheit rings, die Temperatur schon merkbar verändert. Der Feuervorhang, der sonst vor der großen Öffnung herabrollte, schloß diese nicht mehr, und Leutnant Prokop konnte sogar sehen, daß die durch das Einströmen der Lava bisher flüssige Lagune schon durch die Kälte erstarrt war.

So endete auf der Gallia der Neujahrstag der Erde, den man so festlich und freudig erregt begonnen hatte.

Dreizehntes Kapitel

In welchem Kapitän Servadac und seine Gefährten das einzige tun, was ihnen zu tun übrigbleibt.

Die Bewohner der Gallia verbrachten die Nacht, d. h. die wenigen Stunden bis Sonnenaufgang, in ganz unaussprechlicher Besorgnis. Auch Palmyrin Rosette hatte die bittere Kälte aus seinem Observatorium nach den inneren Galerien des Nina-Baues vertrieben. Jetzt oder nie bot sich vielleicht die Gelegenheit, ihn zu fragen, ob er immer noch bei der Ansicht verharre, auf seinem unbewohnbaren Kometen die Sonnenwelt zu durchstreifen, worauf er indessen jedenfalls bejahend geantwortet hätte. Ob er übergeschnappt sei und das bis zu welchem Grade, hätte niemand entscheiden können.

Gleichzeitig mit ihm hatten auch Kapitän Servadac und die anderen alle eine Zuflucht in den tieferen Galerien der Bergmasse aufsuchen müssen. Der nach außen so weit offene Hauptsaal war jetzt nicht mehr zu benutzen. Schon traten glitzernde Kristalle an seinen sonst nur feuchten Wänden auf, und selbst wenn es gelungen wäre, dessen große offene Seite, welche früher der Lavavorhang bedeckte, irgendwie anders zu verschließen, so mußte die Temperatur dieses Raumes doch bis zur Unerträglichkeit herabsinken.

Das Innere der dunklen Gänge bot immer noch eine mittelmäßige Wärme. Zwischen der Luft draußen und drinnen hatte sich – wenn das auch nicht mehr lange dauern durfte – das Gleichgewicht jetzt noch nicht hergestellt. Man fühlte es fast, wie die Wärme sich gleichsam zurückzog. Der Berg glich etwa einem Leichnam, dessen Extremitäten zuerst erkalten, während das Herz der Todeskälte noch widersteht.

»Nun gut«, rief Kapitän Servadac, »so werden wir im Herzen selbst unsere Wohnung aufschlagen.«

Am nächsten Tage versammelte er seine Genossen um sich.

»Liebe Freunde«, redete er sie an, »was ist's denn, das uns bedroht? Die Kälte, zugegeben, aber auch weiter nichts, als die Kälte. Wir besitzen Lebensmittel, welche unsere Fahrt auf der Gallia überdauern werden, Konserven in solchem Überflusse, daß wir eines Brennmateriales gewiß nicht bedürfen. Was brauchten wir denn übrigens, um die paar Monate Winter hinzubringen? Nur ein wenig von der Wärme, welche die Natur uns bisher umsonst lieferte. Nun, es ist ja mehr als wahrscheinlich, daß diese Wärme in den Eingeweiden der Gallia noch vorhanden ist, also werden wir sie dort aufsuchen!«

Diese vertrauungsvollen Worte belebten die guten Leute wieder, deren einige schon den Mut sinken ließen. Graf Timascheff, Leutnant Prokop und Ben-Zouf drückten dem Kapitän die dargebotene Hand; sie waren ja am meisten davon entfernt, das Spiel verlorenzugeben.

»Zum Kuckuck, aber du, Nina«, sagte Hector Servadac, da ihm das kleine Mädchen vor die Augen kam, »fürchtest du dich denn nicht davor, in den Vulkan mit hinabzusteigen?«

»O nein, Herr Kapitän«, erwiderte Nina entschlossen, »vor allem, wenn Pablo mit uns geht.«

»Natürlich geht auch Pablo mit. Das ist ein wackerer Bursche, er fürchtet sich vor nichts. – Nicht wahr, Pablo!«

»Ich folge Ihnen überall, wohin Sie gehen, Herr Gouverneur!« antwortete der Knabe.

Alle waren unterrichtet und bereit, ihren Vorsatz auszuführen.

Man durfte hierbei natürlich nicht etwa daran denken, durch die obere Öffnung des Kraters einzudringen. Bei so niedriger Temperatur konnten die Abhänge des Berges unmöglich gangbar sein. Auf den schiefen, schlüpfrigen Flächen hätte der Fuß wohl niemals einen Stützpunkt gefunden. Man sah sich demnach darauf angewiesen, nach dem Zentralkamin direkt durch die Bergwand vorzudringen, und das auch schnell zu vollbringen, denn die grausige Kälte begann sich schon in den gedecktesten Winkeln des Nina-Baues fühlbar zu machen.

Da Leutnant Prokop die Anordnung der inneren Galerien und ihren Verlauf in der Bergmasse früher schon untersucht hatte, konnte er angeben, daß einer der engen Seitengänge sehr nahe dem Zentralkamin sein Ende haben mußte.

An dieser Stelle schien es, wenn die Lava durch den Druck der Dämpfe höher hinaufbrodelte, als ob die Wärme sozusagen durch die Wand »schwitzte«. Offenbar war die mineralische Substanz, jener Tellurit, aus dem der Bergkegel bestand, ein guter Wärmeleiter.

Durchbrach man also diese Galerie in einer Länge von höchstens sieben bis acht Metern, so mußte man auf den alten Weg der Lava stoßen, und hier durfte man hoffen, hinabklettern zu können.

Die Arbeit ward ohne Verzug begonnen. Bei dieser Gelegenheit zeigten die russischen Matrosen unter der Anleitung ihres Leutnants eine erstaunliche Gewandtheit. Spitzhaue und Axt genügten freilich nicht, die außerordentlich harte Masse zu bezwingen. Man konnte nur Sprenglöcher herstellen und den Felsen mittels Pulvers entfernen. Die Arbeit schritt eben dadurch wesentlich schneller vorwärts und wurde binnen zwei Tagen nach Wunsch zu Ende geführt.

Während dieses kurzen Zeitraumes hatten die Kolonisten von der Kälte furchtbar zu leiden.

»Bleibt uns der Eintritt in das Innere des Vulkans verwehrt«, hatte Graf Timascheff geäußert, so wird das keiner von uns überdauern können und das Ende der Gallia-Kolonie nahe sein!«

»Graf Timascheff«, entgegnete Kapitän Servadac, »haben Sie noch Vertrauen zu dem, der alles vermag?«

»Gewiß, Kapitän; doch er kann heute etwas anderes wollen als gestern. Es kommt uns nicht zu, über seine Beschlüsse zu richten. Bis jetzt war seine Hand für uns offen . . . nun scheint sie sich zu schließen . . .«

»Nur zur Hälfte«, fiel Kapitän Servadac ein. »Er stellt unseren Mut neu auf die Probe. Ein gewisses Etwas sagt es mir, wie unwahrscheinlich es sei, daß die Eruption des Vulkans infolge des wirklichen Verlöschens des inneren Gallia-Feuers aufgehört habe. Es scheint vielmehr, als sei diese Unterbrechung des Abflusses der Laven nach außen nur eine vorübergehende.«

Leutnant Prokop schloß sich der Ansicht des Kapitän Servadac allseitig an. Vielleicht hatte sich an einer anderen Stelle des Kometen eine neue Krateröffnung gebildet, und es war ja möglich, daß sich die Auswurfsmassen jetzt durch diesen Weg hinausdrängten. Vielerlei Ursachen konnten in die Verhältnisse, welche die bisherige

Eruption bedingten, verändernd eingegriffen haben, ohne daß die mineralischen Substanzen im Innern der Gallia ihren Verbindungsprozeß mit dem Sauerstoffe der Luft eingestellt haben mußten. Leider erwies es sich unmöglich, vorher zu bestimmen, ob man im Stande sein werde, bis zu einem Punkte einzudringen, der es gestattete, der ungeheuren Kälte der Außenwelt zu trotzen.

Während jener beiden Tage beteiligte sich Palmyrin Rosette weder an derlei Gesprächen noch an den Arbeiten. Er ging und kam wie eine Seele im Fegefeuer, der noch alle Resignation fehlt. Er hatte entgegen jeder Abmachung sein Fernrohr in dem Hauptsaale aufgestellt. Von hier aus betrachtete er manchmal, am Tage wie in der Nacht, den weiten Himmel, bis er buchstäblich gefroren dasaß. Dann zog er sich murrend zurück, verwünschte das ganze Warm-Land und verschwor sich, daß sein Felsen auf Formentera ihm günstigere Verhältnisse geboten hätte!

Der letzte Axthieb erfolgte am 4. Januar. Man hörte die Steintrümmer in das Innere des Zentralkamines hinabrollen. Leutnant Prokop beobachtete mit Sicherheit, daß sie nicht lotrecht hinunterstürzten, sondern mehr längs der Wände zu gleiten schienen, wobei sie da und dort gegen vorstehende Steine anstießen. Der Zentralkamin mußte also geneigte Umfassungswände haben und folglich auch leichter gangbar sein.

Diese Schlußfolgerung bewahrheitete sich.

Nach Erweiterung der gewonnenen Öffnung bis zu dem Durchmesser, daß sich ein Mensch hindurchzwängen konnte, begaben sich Leutnant Prokop und Kapitän Servadac, ihnen voraus Ben-Zouf mit einer brennenden Fackel, in den Zentralkamin. Dieser folgte nur einem Neigungswinkel von höchstens fünfundfünfzig Grad, einer schief verlaufenden Linie. Man vermochte in demselben also, ohne einen unglücklichen Fall zu befürchten, langsam hinabzusteigen. Überdies zeigten die Wände zahlreiche Risse, kleine Vertiefungen und Vorsprünge, so daß die Füße unter der weichen Decke von Asche stets einen sicheren Stützpunkt fanden. Es rührte das von der nur kurzen Dauer der Eruption her, welche unzweifelhaft erst seit dem Zusammenstoße der Gallia mit der Erde bestand, wobei jene einen Teil der Erdatmosphäre mit sich riß, so daß die Wände also durch die Lavamassen noch nicht abgeschliffen waren.

»Schön«, rief Ben-Zouf, »hier ist also die Treppe! Entschuldigen Sie, daß sie noch nicht ganz fertig wurde!«

Kapitän Servadac und seine Gefährten begannen vorsichtig hinabzuklimmen. Es fehlten allerdings, um mit Ben-Zouf zu reden, so manche Stufen, und sie brauchten fast eine halbe Stunde Zeit, um in der Richtung nach Süden zu eine Tiefe von fünfhundert Fuß zu erreichen. Die Wände des Zentralkamines zeigten da und dort wohl gewisse Ausbuchtungen; keine derselben setzte sich aber in Form einer Galerie weiter fort.

Ben-Zouf erleuchtete alle mit seiner Fackel, so daß man den Hintergrund dieser Höhlen sehen und sich überzeugen konnte, daß keine derselben, ähnlich den oberen Etagen des Nina-Baues, sich weiter in die Bergmasse hinein verzweigte.

Freilich blieb den Gallia-Bewohnern keine Wahl. Sie mußten in ihrer Lage die Hilfe annehmen, wie sie sich ihnen darbot.

Kapitän Servadacs Hoffnung schien sich übrigens zu bestätigen. Mit jedem weiteren Eindringen in die tieferen Bergschichten nahm die Temperatur merkbar und in steigendem Maße zu. Man hatte es auch nicht mit einer einfachen Steigerung der Wärmegrade, wie in den Bergwerken der Erde, zu tun. Eine örtliche Ursache veranlaßte hier vielmehr eine schnellere Temperaturzunahme. Im tiefen Grunde verriet sich schon die Quelle dieser Wärme. Es war ja keine Kohlengrube, sondern ein Vulkan, den sie hier untersuchten.

In der Tiefe dieses Vulkanes, der nicht erloschen war, wie man hätte befürchten können, brodelten noch die Lavamassen. Wenn sie jetzt auch aus unbekannten Gründen nicht bis zu ihrer Kratermündung aufstiegen, um nach außen abzufließen, so durchdrang ihre Wärme doch alle Grundmauern des Bergkegels. Ein Quecksilber-Thermometer, das Leutnant Prokop mitgenommen, und ein Aneroid-Barometer, welches Kapitän Servadac bei sich hatte, zeigten beide, letzteres die Tiefenlage ihres Standortes unter der Meeresfläche, jenes die progressive Zunahme der Temperatur. Sechshundert Fuß unter der Oberfläche des Kometen zeigte die Quecksilbersäule sechs Grad über Null.

»Sechs Grad«, sagte Kapitän Servadac, »ist noch etwas zu wenig Wärme für Leute, welche den Winter über mehrere Monate lang eingesperrt bleiben sollen. Versuchen wir, noch tiefer zu gehen, da ja überall ein hinreichender Luftwechsel stattzufinden scheint.«

Durch den geräumigen Krater des Berges und die weite Öffnung an seiner Seite zog die Luft wirklich in vollen Strömen. Es hatte den Anschein, als würde sie von diesen Tiefen angesaugt, und gleichzeitig eignete sie sich hier besser zum Atmen. Man durfte also ungestraft wagen, so weit hinabzugehen, bis man eine zusagende Temperatur antraf.

Die Wanderer gelangten noch vierhundert Fuß unter das Niveau des Nina-Baues und erreichten damit eine Tiefe von zweihundertfünfzig Metern unter dem Gallia-Meere. Hier zeigte das Thermometer zwölf Grad Celsius über Null, also eine hinreichende Temperatur, solange sie keine Veränderung erlitt.

Die drei Männer hätten auf dem schrägen Lavawege leicht noch weiter vordringen können. Doch, wozu sollte das dienen. Bei aufmerksamerem Lauschen vernahmen sie auch schon ein dumpfes Getöse – ein Beweis, daß sie von dem Feuerherde des Innern nicht weit entfernt waren.

»Bleiben wir hier«, sagte Ben-Zouf, »wer zu frostig ist unter unseren Kolonisten, der mag noch tiefer hinunterkriechen, wenn es ihm Spaß macht! Aber alle Wetter, ich für meinen Teil finde, daß es schon hier gehörig warm ist.«

Es handelte sich nun darum, zu wissen, ob es tunlich wäre, sich in diesem Teile des Berges wohl oder übel häuslich einzurichten.

Hector Servadac und seine Begleiter saßen eben auf einem etwas vorspringenden Felsen, von welchem Platze aus sie die Stelle, an der sie weilten, beim Scheine der Fackel genau mustern konnten.

Um wahr zu sein, mußte man freilich gestehen, daß sie nicht besonders einladend aussah. Der Zentralkamin bildete hier durch eine lokale Ausweitung nur eine Art tiefer Höhle, welche allerdings geräumig genug war, die ganze Kolonie aufzunehmen. Eine den gewohnten Bedürfnissen entsprechende Einrichtung mochte hier nur schwer durchzuführen sein. Über und unter der Hauptausbuchtung fanden sich zwar kleinere Höhlen von genügendem Umfange, um die Nahrungsmittel und andere Vorräte darin unterzubringen, auf besondere Zimmer für Kapitän Servadac und Graf Timascheff mußte man aber jedenfalls verzichten. Einen kleinen, etwa für Nina zu bestimmenden Schlupfwinkel fand man noch in der Nähe. Im übrigen mußte man sich auf ein völlig gemeinschaftliches Leben einrichten. Die Haupthöhle bildete dabei den Speisesaal, das Wohnzimmer und den Schlafraum. Nachdem sie eine lange Zeit hingebracht, wie Kaninchen in ihrem Baue, sollten die Kolonisten sich nun in die Erde verkriechen wie Maulwürfe und so wie diese vegetieren – ohne sich der Wohltaten des langen Winterschlafes dieser Tiere zu erfreuen.

Es konnte jedoch nicht schwer werden, diese Höhle mittels Lampen und Laternen zu erleuchten. An Öl fehlte es nicht, da das Hauptmagazin noch mehrere Fässer desselben enthielt, ebenso wie eine gewisse Menge Weingeist, welcher zur Bereitung einiger warmer Speisen diente.

Von einer gänzlichen ununterbrochenen Einsperrung während des ganzen Gallia-Winters konnte ja nicht die Rede sein. Voraussichtlich würden die Kolonisten doch in möglichst warmer Kleidung entweder den Nina-Bau oder auch die Uferfelsen besuchen. Außerdem trat an sie die Notwendigkeit heran, sich mit Eis zu versorgen, das durch Einschmelzung den ganzen Wasserbedarf der

Gesellschaft zu decken bestimmt war. Einer nach dem anderen sollte sich dieser beschwerlichen Aufgabe unterziehen, bei der es sich darum handelte, neunhundert Fuß hoch emporzuklettern und mit einer schweren Belastung ebenso tief zurückzukehren.

Nach sorgsamster Besichtigung entschied man sich dafür, daß die kleine Kolonie in diese dunkle Höhle übersiedeln und sich daselbst wohl oder übel häuslich einrichten solle. Die einzige Aushöhlung sollte allen als Wohnstätte dienen. Alles in allem waren Kapitän Servadac und seine Gefährten damit ja nicht schlechter gestellt als die Schiffer, welche in arktischen Gegenden überwintern. Man benutzt in solchen Fällen nämlich, am Bord der Walfischfahrer ebenso wie in den Faktoreien Nordamerikas, niemals eine Mehrzahl von Zimmern oder Kabinen, sondern begnügt sich mit einem einzigen geräumigen Saale, in welchen die Feuchtigkeit weniger leicht Zugang findet, und richtet dann seine Aufmerksamkeit vorzüglich auf die Ecken, an welchen die Kondensation der Wasserdünste am leichtesten stattfindet. Dazu ist ein großes, hohes Zimmer leichter zu lüften und zu erwärmen, und folglich auch der Gesundheit zuträglicher. In den Forts des hohen Nordens richtet man gewöhnlich eine ganze Etage, in den Schiffen das ganze Zwischendeck in dieser Weise ein.

Leutnant Prokop, der mit den Gebräuchen und Lebensgewohnheiten in den Polarmeeren aus Erfahrung vertraut war, erklärte Obiges mit kurzen Worten, und seine Gefährten entschlossen sich, in dieser Weise zu überwintern, da sie zu einer Überwinterung gezwungen waren.

Alle drei stiegen wieder nach dem Nina-Bau hinauf. Die Kolonisten wurden mit den letzten Beschlüssen bekannt gemacht und stimmten ihnen ohne Widerrede bei. Nun ging es unverzüglich an die Arbeit, die erwählte Höhle von den noch warmen Aschenresten gründlich zu säubern und das Notwendigste von dem Materiale aus dem Nina-Baue schleunigst überzuführen.

Hier war keine Stunde zu verlieren. Man fror, selbst in

den tiefsten Galerien der alten Wohnung, fast buchstäblich zu Eis. Der Eifer aller Beteiligten wurde also ganz natürlicherweise wachgehalten, und niemals mag wohl ein Umzug und das Ausräumen einer Wohnung, beziehungsweise der Möbel, Lagerstätten derselben, verschiedener Werkzeuge, mancher Vorräte aus der Goelette und vieler Waren der Tartane, hurtiger ausgeführt worden sein. Freilich kommt hierbei in Betracht, daß man alles nur bergab zu schaffen hatte und daß das wesentlich verminderte Gewicht der Collis deren Handhabung nicht wenig erleichterte.

Selbst Palmyrin Rosette mußte, sosehr er auch dagegen eiferte, in das Innere der Gallia hinabflüchten; er gab jedoch um keinen Preis zu, daß man sein Fernrohr mit wegschaffte. Freilich war es für jene dunkle Höhle von vornherein nicht geschaffen und blieb also ruhig auf seinem Dreifuß im Hauptsaal des Nina-Baues zurück.

Es ist wohl unnütz, die kaum wiederzugebenden Klagen Isaak Hakhabuts hier aufzuführen. Da gab es im ganzen Weltall keinen so geprüften Handelsmann wie ihn. Mitten unter den Neckereien der anderen, die ihm niemals erspart blieben, bewachte er scharf den Transport seiner Waren. Auf Kapitän Servadacs Befehl ward alles, was ihm gehörte, auf einer Seite zusammengestellt, wo er selbst hausen sollte. So konnte er seine Güter übersehen und seinen Handel nach Belieben fortsetzen.

Binnen wenigen Tagen war die neue Einrichtung vollendet. Einige Schiffslaternen beleuchteten spärlich den schiefen Hauptgang nach dem Nina-Bau, was einen ganz romantischen Anblick bot und in »Tausendundeiner Nacht« gewiß reizend gewesen wäre. Die große Höhle, der allgemeine Wohnraum, wurde durch die Lampen der Dobryna erhellt. Am 10. Januar war jedermann in der Tiefe des Kraters wohnlich eingerichtet und wohl verwahrt, mindestens gegen die Kälte, welche im Freien sechzig Grad unter Null erreichte.

»Va bene! wie unsere kleine Nina sagt«, rief der leicht befriedigte Ben-Zouf. »Statt in der ersten Etage zu wohnen, kampieren wir einfach im Keller, das ist alles!«

Und doch konnten sich Graf Timascheff, Kapitän Servadac und Prokop, wenn sie ihre Empfindungen auch möglichst verbargen, einer gewissen Unruhe wegen der Zukunft nicht erwehren. Wenn die vulkanische Wärme einmal aufhörte, wenn irgendeine unerwartete Störung den Umlauf der Gallia um die Sonne verzögerte, wenn man in die Lage käme, unter den nämlichen Verhältnissen noch einmal zu überwintern, würde man dann das notwendige Brennmaterial im Kerne des Kometen finden? Steinkohlen, diese Überbleibsel vorsündflutlicher Wälder, welche in grauer Vorzeit vergraben und im Laufe vieler Jahrtausende mineralisiert wurden, konnten im Innern der Gallia nicht vorhanden sein. Sollte man darauf angewiesen sein, die Eruptivmassen zu verwenden, welche das Innere des Vulkanes auch nach seinem völligen Erlöschen noch bergen mußte?

»Laßt nur die Zukunft herankommen, liebe Freunde«, sagte Kapitän Servadac. »Wir haben noch lange Monate hindurch Zeit, zu überlegen, zu plaudern und zu besprechen. Mordio, das müßte ja mit dem Teufel zugehen, wenn uns bis dahin kein gescheiter Gedanke käme!«

»Gewiß«, antwortete Graf Timascheff, »wenn sich Schwierigkeiten erheben, leistet das Gehirn mehr als sonst. Übrigens ist es kaum wahrscheinlich, daß die Wärme des Inneren uns vor Eintritt des Gallia-Sommers fehlen sollte.»

»Ich glaub' es kaum«, meinte Leutnant Prokop, »denn noch immer hört man das Sieden und Zischen im Kratergrunde. Die Entzündung dieser vulkanischen Substanzen datiert erst aus jüngster Zeit. Als der Komet durch den Weltraum irrte, besaß er bis zu seinem Zusammentreffen mit der Erde keine Atmosphäre, und folglich kann der Sauerstoff erst nach jenem Ereignis in sein Inneres Zutritt gefunden haben. Nun bildete sich eine chemische Verbindung, deren Resultat die Eruption war. Eben deshalb darf man meiner Ansicht nach voraussetzen, daß die plutonische Tätigkeit auf der Gallia noch im ersten Anfange steht.«

»Ich stimme dir so sehr bei, Prokop«, bemerkte Graf Timascheff, »daß ich, weit entfernt, an ein Verlöschen des Zentralfeuers zu glauben, vielmehr eine andere, für uns nicht minder entsetzliche Möglichkeit befürchte.«

»Und diese wäre?« fragte Kapitän Servadac.

»Ich denke hierbei daran, Kapitän, daß ein plötzlicher Wiederausbruch erfolgen könnte und uns mitten auf dem gewohnten Wege der Lava überraschte.«

»Mordio!« rief Kapitän Servadac, »das wär' eine schöne Bescherung!«

»Wir werden wachen«, versprach Leutnant Prokop, »und zwar mit solcher Aufmerksamkeit, um uns nicht überraschen zu lassen!«

Fünf Tage später, am 15. Januar, ging die Gallia durch ihr Aphel, am Ende der großen Achse ihrer Bahn, und gravitierte an diesem Punkte 132 Millionen Meilen entfernt von der Sonne.

Vierzehntes Kapitel

Welches den Beweis liefert, daß menschliche Wesen nicht geschaffen sind, hundertundzweiunddreißig Millionen Meilen von der Sonne entfernt umherzuschweifen.

Von diesem Tage ab kehrte die Gallia also auf ihrer elliptischen Bahn um und mit zunehmender Schnelligkeit zurück. Alle lebenden Wesen derselben hatten in der Tiefe der vulkanischen Bergmassen eine Zuflucht gefunden.

Wie hatten nun jene Engländer, welche freiwillig auf ihrem Eilande zurückblieben, die erste Hälfte des Gallia-Winters überstanden? Gewiß besser – wenigstens war das die allgemeine Meinung – als die Bewohner von Warm-Land. Jedenfalls hatten sie es nicht nötig gehabt, aus einem Vulkan die Hitze der Lava zu entnehmen, um ihre gewöhnlichen Bedürfnisse zu befriedigen. Ihr Vorrat an Kohle und Lebensmitteln überhob sie dieser

Mühe, denn an beiden konnten sie keinen Mangel gelitten haben. Ihre aus soliden Kasematten bestehende, mit dicken Steinmauern umgebene Wohnung mußte sie wohl auch gegen eine sehr weitgehende Erniedrigung der Temperatur schützen. Reichliche Heizung bewahrte sie vor der Kälte, kräftige Nahrung vor dem Hunger – höchstens hätte ihre Kleidung zu enge geworden sein können. Brigadier Murphy und Major Oliphant mußten gewiß Gelegenheit gefunden haben, gegeneinander die geistreichsten Angriffe auf dem geschlossenen Schlachtfelde des Schachbrettes auszuführen. Niemand zweifelte daran, daß das Leben in Gibraltar ein ganz gutes und bequemes gewesen sei. Jedenfalls konnte England den beiden Offizieren und elf Soldaten, welche auf ihrem Posten so treu ausgehalten hatten, seine Anerkennung nicht vorenthalten.

Wären Kapitän Servadac und seine Gefährten bedroht gewesen, durch die Kälte umzukommen, so hätten sie gewiß eine Zuflucht auf dem Eilande von Gibraltar suchen können. Der Gedanke daran war wohl auch einmal aufgetaucht. Sie wären dort sicherlich gastfreundlich aufgenommen worden, wenn der erste Empfang von früher auch manches zu wünschen übrigließ. Engländer sind nicht die Leute dazu, ihresgleichen zu verlassen, ohne Hilfe zu gewähren. Im Falle der unbedingten Notwendigkeit würden sie auch nicht gezögert haben, nach Gibraltar auszuwandern. Ohne Schutz und ohne Feuer wäre das freilich eine lange und gefährliche Reise über das grenzenlose Eisfeld gewesen, bei welcher wahrscheinlich nicht alle an das Ziel gelangt wären. Dieses Projekt sollte bestimmt auch nur unter den dringendsten Umständen ausgeführt werden, während alle darin übereinstimmten, Warm-Land nicht zu verlassen, solange der Vulkan hinreichende Wärme lieferte.

Wir erwähnten schon oben, daß alle lebenden Wesen der Gallia-Kolonie ohne Ausnahme in den Höhlen des Zentralkamines Zuflucht gefunden hatten. Auch eine ziemliche Anzahl der Tiere war gezwungen gewesen, die Galerien des Nina-Baues zu verlassen, wo sie vor Kälte zugrunde gegangen wären. Kapitän Servadacs und Ben-Zoufs beide Pferde ließen sich freilich nur mit Mühe in diese Tiefen schaffen. Dem Kapitän und seiner Ordonnanz lag aber vorzüglich daran, Zephir und Galette zu erhalten und lebend nach der Erde mitzubringen. Sie liebten die beiden Tiere, welche für diese neuen klimatischen Verhältnisse allerdings nicht geschaffen schienen, viel zu sehr. Eine geräumige zum Stall umgeschaffene Nebenhöhle ward für sie eingerichtet, und Futter besaß man für beide ja zum Glück genug.

Die anderen Haustiere mußten freilich zum Teil geopfert werden, da es unmöglich war, sie in den unteren Höhlenräumen der Bergmasse unterzubringen. Ließ man sie aber in den oberen Galerien, so verdammte man sie damit nur zu einem grausamen Tode. Man fand keinen anderen Ausweg als den, sie zu töten. Da sich das Fleisch dieser Tiere in den alten Magazinen, worin es der strengen Kälte ausgesetzt war, unbegrenzt lange halten mußte, so erreichte man damit gleichzeitig einen sehr schätzenswerten Zuwachs an Vorräten.

Zur Vervollständigung des Verzeichnisses der lebenden Wesen, welche in das Innere des Berges geflüchtet waren, erwähnen wir hier auch die Vögel, deren Nahrung aus den Brocken und Abfällen bestand, die man ihnen täglich zukommen ließ. Die Kälte hatte auch sie getrieben, die Höhen des Nina-Baues mit den dunklen Klüften des Berginnern zu vertauschen. Ihre Anzahl war leider zu groß und ihre Gegenwart zu unbequem, so daß man sich genötigt sah, auf sie Jagd zu machen und einen großen Teil derselben zu vernichten.

Alles das nahm den Januar bis zum Ende in Anspruch, denn erst zu dieser Zeit konnte man die neue Einrichtung als vollendet betrachten. Nun aber begann für die Mitglieder der Gallia-Kolonie ein Leben von wahrhaft verzweifelter Eintönigkeit.

Würden sie wohl imstande sein, der ertötenden Langeweile zu trotzen, welche ihre Einschließung mit sich brachte? Ihre Chefs suchten dieses Resultat zu erzielen durch ein enges Aneinanderschließen aller, durch Unterhaltungen, an welchen teilzunehmen jeder aufgefordert wurde, und durch lautes Vorlesen einzelner, besonders interessanter Teile aus den Reisewerken und wissenschaftlichen Büchern der Bibliothek. Dann saßen alle rund um den großen Tisch, die Russen wie die Spanier hörten zu und lernten dabei, und wenn sie wirklich einmal zur Erde zurückkehrten, so kamen sie sicher mit mehr Kenntnissen wieder, als sie durch Verbleiben in ihrem Vaterlande je hätten erreichen können.

Was machte aber Isaak Hakhabut während dieser Zeit? Beteiligte er sich an den Gesprächen oder an der Lektüre? Nicht im geringsten. Welchen Vorteil hätte er davon gehabt? Er verbrachte die langen Stunden mit Rechnen und wieder Rechnen, mit Zählen und wieder Zählen des Geldes, welches in seine Hände zusammenströmte. Das, was er hier verdient hatte, betrug mit dem, was er schon vorher besaß, mindestens einhundertfünfzigtausend Francs, davon die Hälfte in gutem, europäischem Golde. Er hoffte sicher darauf, daß dieses klingende vollwichtige Metall auf der Erde seinen wahren Wert schon wieder erhalten werde, und wenn er die Zahl der verflossenen Tage ausrechnete, so geschah das nur aus Bedauern über die verlorenen Zinsen. Er hatte noch nicht Gelegenheit gefunden, soviel als er hoffte, auf gute Papiere und natürlich unter sicherster Garantie, auszuleihen.

Unter allen Kolonisten war es Palmyrin Rosette, der sich am schnellsten eine ausreichende Beschäftigung zu schaffen wußte. Mit seinen Ziffern fühlte er sich niemals allein, und das unausgesetzt betriebene Rechnen verkürzte ihm die langen Tage des Winters.

Über die Gallia kannte er zwar alles, was man nur von einem Himmelskörper zu wissen wünschen kann, nicht so aber von der Nerina, ihrem Satelliten. Die Eigentumsrechte, welche er über seinen Kometen beanspruchte, erstreckten sich auch auf dessen Mond. Er erschien ihm demnach als das wenigste, daß er die neuen Elemente desselben bestimmte, seitdem er der Zone der teleskopischen Planeten entrissen worden war.

Er beschloß also, die nötigen Rechnungen vorzunehmen. Hierzu waren ihm noch einige Aufnahmen der Nerina in verschiedenen Stellungen notwendig. Nachdem das geschehen, gedachte er, da ihm durch direkte Messungen die Masse der Gallia bekannt war, auch die Nerina von seinem dunklen Kabinette aus zu wiegen.

Leider besaß er nur jenen dunklen Winkel, dem er den Namen eines »Kabinetts« beilegte, da es in der Tat unmöglich war, jenes vielleicht gar ein Observatorium zu nennen. In den ersten Tagen des Februar sprach er sich auch Kapitän Servadac gegenüber in dieser Richtung aus.

»Sie brauchen ein besonderes Kabinett, lieber Professor?« antwortete dieser.

»Ja, Kapitän, aber ein solches, in welchem ich arbeiten kann, ohne jeden Augenblick irgendeinen Störenfried fürchten zu müssen.«

»Wir werden ein solches ganz nach Ihrem Wunsche schon finden«, tröstete ihn Hector Servadac. »Sollte es dann auch nicht so komfortabel sein, wie ich es selbst gern wünschte, so wird es Ihnen doch die nötige Abgeschiedenheit und Ruhe gewähren.«

»Mehr beanspruche ich nicht.«

»So sind wir also einig.«

Da der Kapitän bemerkte, daß Palmyrin Rosette gerade in ziemlich guter Laune war, so beeilte er sich, jenem eine ihm auf dem Herzen liegende Frage bezüglich der früheren Berechnungen zu unterbreiten, eine Frage, auf welche er ein ganz besonderes Gewicht legte.

»Lieber Professor«, begann er, als dieser sich eben zurückziehen wollte, »ich hätte wohl noch eine Frage an Sie.«

»Ich höre.«

»Die Berechnungen, auf deren Grund Sie die Dauer des Umlaufes der Gallia bestimmt haben, sind gewiß sehr genau«, sagte Hector Servadac. »Wenn ich mich indes nicht täusche, genügt eine halbe Minute Verzögerung oder Beschleunigung, und der Komet trifft nicht mehr in der Ekliptik mit der Erde zusammen!...«

»Nun, was weiter.«

»Nun, lieber Professor, erscheint es da nicht ratsam, jene Rechnungen auf ihre Genauigkeit zu prüfen.«

»Das ist unnötig.«

»Leutnant Prokop wäre gewiß erbötig, Ihnen bei dieser umfangreichen Arbeit zu helfen.«

»Ich brauche niemand«, erwiderte Palmyrin Rosette etwas pikiert.

»Wenn nun aber . . .«

»»Ich täusche mich niemals, Kapitän Servadac, und Ihr Drängen ist sehr am unrechten Platze.«

»Alle Wetter, lieber Professor, Sie sind gegen Ihre Gefährten gerade nicht zu gefällig, und . . .«

Er behielt bei sich, was er noch auf dem Herzen hatte, da Palmyrin Rosette zu den Leuten gehörte, welche mit Schonung behandelt sein wollen.

»Kapitän Servadac«, erklärte trocken der Professor, »ich wiederhole meine Rechnungen nicht, weil dieselben unbedingt verläßlich sind; doch teile ich Ihnen hierdurch mit, daß ich das, was ich in bezug auf die Gallia getan habe, nun auch bezüglich der Nerina, ihren Satelliten, vorzunehmen gedenke.«

»Gewiß eine ganz zeitgemäße Beschäftigung«, sagte Kapitän Servadac ernsthaft. »Ich glaubte bisher freilich, Nerina gehöre zu den teleskopischen Planeten und ihre Elemente seien den Astronomen der Erde schon längst bekannt.«

Der Professor warf dem Kapitän Servadac einen wütenden Blick zu, als sei die Nützlichkeit einer seiner Arbeiten bezweifelt worden. Dann fuhr er erregt fort:

»Kapitän Servadac, wenn die Astronomen der Erde Nerina beoachtet haben, wenn sie schon die mittlere Dauer ihrer täglichen Umdrehung, die Dauer ihres siderischen Umlaufes, ihre mittlere Entfernung von der Sonne, ihre Exzentrizität, die Länge ihres Perihels, die mittlere Länge der Epoche, die Länge ihres aufsteigenden Knotens, die Neigung ihrer Bahn und noch sonst etwas kennen, so muß die Ergründung dieser Verhältnisse doch ganz von vorne angefangen werden, da die Nerina nicht mehr der Zone der teleskopischen Planeten angehört, seitdem sie ein Satellit der Gallia geworden ist. Da sie jetzt einen Mond darstellt, muß sie als Mond frisch beobachtet werden, und ich sehe nicht ein, warum die Bewohner der Gallia nicht berechtigt wären, das von ihrem Mond zu kennen, was die ›Erdenwürmer‹ von dem ihrigen wissen!«

Man mußte Palmyrin Rosette dieses Wort »Erdenwürmer« selbst aussprechen hören! Mit welch wegwerfendem Tone sprach er jetzt von allem, was auf die Erde Bezug hatte!

»Ich schließe dieses Gespräch, Kapitän Servadac«, sagte er dann, »ebenso wie ich es begonnen habe, indem ich Sie bitte, mir ein Kabinett zur Verfügung stellen zu lassen . . .«

»Wir werden es uns bestens angelegen sein lassen, lieber Professor . . .«

»Oh, ich bin nicht so pressiert«, antwortete Palmyrin Rosette, »wenn ich es nur in einer Stunde bekomme . . .«

Es vergingen freilich drei Stunden, nachher aber konnte Palmyrin Rosette in einer Art Höhle untergebracht werden, in der ein Tisch und ein Stuhl eben Platz fanden. Im Laufe der nachfolgenden Tage stieg er trotz der heftigen Kälte noch immer viel nach seinem Observatorium, um die Nerina in verschiedenen Positionen zu beobachten. Dann aber schloß er sich in sein Kabinett ein, und vorläufig sah ihn niemand wieder.

Die Bewohner der Gallia, welche jetzt achthundert Fuß unter der Oberfläche vergraben lebten, bedurften wahrlich einer außergewöhnlichen moralischen Energie, um in dieser Lage, welche kein anregender Zwischenfall unterbrach, auszuharren. So mancher Tag verstrich, ohne daß nur einer von ihnen nach der Oberfläche emporstieg, und hätte sie nicht die Not gezwungen, von dort her Süßwasser in Form von Eis zu holen, so hätten sie wohl so gut wie niemals die dunklen Tiefen des Vulkanes verlassen.

Dagegen stattete man den allertiefsten Teilen des Zentralkamines wiederholt Besuche ab. Kapitän Servadac,

Graf Timascheff, Leutnant Prokop und Ben-Zouf wollten den in dem Kern der Gallia ausgehöhlten Abgrund so weit als möglich kennenlernen. Die Untersuchung der aus dreißig Hundertteilen Gold bestehenden Bergmasse ließ sie sehr gleichgültig. Übrigens würde ja diese hier auf der Gallia ganz wertlose Substanz, auch wenn sie auf die Erde fiele, ihrer großen Menge wegen keinen besonderen Wert erlangen, und so schenkten sie diesem Tellurit nicht mehr Aufmerksamkeit als etwa einem Granitfelsen.

Eines lernten sie aber doch durch diese Nachforschungen kennen: daß das Zentralfeuer noch immer in Tätigkeit war, und sie schlossen daraus, daß, wenn die Eruption nicht mehr durch ihren Vulkan vor sich ging, andere feuerspeiende Öffnungen auf der Oberfläche der Gallia entstanden sein müßten.

So verstrichen der Februar, März, April und Mai, sozusagen in einer Art moralischer Erschlaffung, von der sich die Gefangenen kaum klare Rechenschaft gaben. Die meisten derselben vegetierten mehr in einer nachgerade beunruhigenden Erstarrung. Die früher mit so großem Interesse angehörten Vorlesungen vereinigten jetzt keine lauschenden Zuhörer mehr um den großen Tisch. Die Unterhaltung beschränkte sich auf zwei bis drei Personen und wurde nur mit halber Stimme geführt. Die Spanier schienen vorzüglich niedergeschlagen und verließen ihre Lager so gut wie gar nicht mehr. Kaum rührten sie sich noch, um ein wenig Nahrung zu nehmen. Die Russen widerstanden besser und betrieben die wenigen Arbeiten mit noch mehr Eifer. In dem Mangel an Tätigkeit lag die größte Gefahr dieser langdauernden Einschließung. Kapitän Servadac, Graf Timascheff und Leutnant Prokop bemerkten recht wohl die Fortschritte dieses Zustandes, doch was vermochten sie dagegen zu tun? Sie selbst fühlten sich ziemlich angegriffen von der tötenden Langeweile und widerstanden dieser Prüfung nicht immer. Bald zeigten sich die Folgen durch eine ungewöhnlich lange Dauer des Schlafes, bald durch einen unbesieglichen Widerwillen gegen jede Nahrung, welcher Art sie auch war. Man hätte fast sagen können, daß diese tief im Boden vergrabenen Gefangenen den Schildkröten im Winter glichen und auch wie diese bis zum Eintritt wärmerer Jahreszeit schliefen und fasteten.

Von der ganzen Gallia-Kolonie hielt sich die kleine Nina noch am besten. Sie ging und kam und munterte Pablo auf, den die allgemeine Erstarrung ebenfalls ergriffen hatte. Sie sprach bald zu dem einen, bald zu einem anderen, und ihre frische Stimme schallte durch die dunklen Tiefen wie das lustige Lied eines Vögleins. Hier veranlaßte sie zu trinken, dort zu essen. Sie war mit einem Worte die Seele dieser kleinen Welt und belebte sie durch ihr munteres Wesen. Sie trällerte stets hübsche italienische Liedchen, wenn in diesem dunklen Grabe ein bedrückendes Schweigen herrschte. Sie summte wie eine kleine Fliege, die sich jedoch nützlicher und wohltuender erwies als die Fliege des Fabeldichters. In diesem kleinen Wesen pulsierte ein so übersprudelndes Leben, daß sie sozusagen jedem einen Teil desselben einflößte. Diese Wechselwirkung vollzog sich zwar gewiß, ohne daß die Betreffenden davon besonders wußten, war aber nichtsdestoweniger vorhanden, und zweifelsohne diente die Anwesenheit Ninas den in ihrer Wintergrube halb entschlafenen Gallia-Bewohnern nur zum Heile.

Indes, die Monate vergingen. Wie? das hätten weder Kapitän Servadac noch seine Genossen sagen können.

Mit Anfang Juni schien die allgemeine Erstarrung sich nach und nach zu lösen. Dankte man das dem Einfluß des Strahlengestirns, dem man sich langsam näherte? Vielleicht, und doch stand die Sonne noch so unendlich fern. Leutnant Prokop hatte während der ersten Hälfte der Gallia-Revolution ihre Stellung nebst den von dem Professor dazu angegebenen Ziffern genau notiert. Er gewann dadurch graphisch hergestellte Ephemeriden und konnte nun auf einer gezeichneten Bahn dem Lauf des Kometen mit mehr oder weniger Genauigkeit folgen.

Nach Überschreitung des Aphels war es ihm leicht, die Position der Gallia während ihrer Rückkehr zu verzeichnen und seine Gefährten auf dem laufenden zu halten, ohne Palmyrin Rosette über jeden einzelnen Punkt zu befragen.

Dabei sah er denn auch, daß die Gallia nach nochmaliger Durchschreitung der Jupiterbahn noch in der enormen Entfernung von 114 Millionen Meilen von der Sonne schwebte. Entsprechend dem einen Keplerschen Gesetze nahm die Schnelligkeit ihrer Bewegung aber fortwährend zu, und vier Monate später trat sie der Rechnung nach in die Zone der teleskopischen Planeten, bei 75 Millionen Meilen Entfernung von der Sonne, wieder ein.

Zu dieser Zeit – in der zweiten Hälfte des Juni – hatten Kapitän Servadac und seine Gefährten ihre physischen und moralischen Fähigkeiten vollkommen wiedererlangt. Auch Ben-Zouf reckte und dehnte sich wie ein Mensch, der aus langem, tiefem Schlafe erwacht.

Jetzt häuften sich die Besuche in den verlassenen Räumen des Nina-Baues. Kapitän Servadac, Graf Timascheff und Lieutenant Prokop stiegen sogar wieder bis zum Strande des Meeres hinab. Zwar herrschte noch immer eine ungeheure Kälte, doch hatte auch die Atmosphäre nichts von ihrer gewohnten Ruhe verloren. Keine Dunstmasse zeigte sich, weder am Horizonte noch im Zenit, kein Windhauch zitterte durch die klare Luft.

Die letzten Fußspuren auf dem Strande sah man noch immer so rein wie am ersten Tage.

Nur an einer Stelle war das Bild des Ufers verändert, und zwar nahe dem felsigen Vorgebirge, welches die Hafenbucht deckte. Dort hatte die aufsteigende Bewegung der Eisschichten weitere Fortschritte gemacht. Sie erhoben sich jetzt daselbst bis auf hundertfünfzig Fuß. In derselben Höhe schwebten auch die Goelette und die Tartane, zu welchen jeder Zugang abgeschnitten war. Ihr Sturz bei eintretendem Tauwetter schien gewiß, ihr Untergang unausweichlich, denn es gab kein Mittel, sie zu retten.

Glücklicherweise begleitete Isaak Hakhabut, der seinen Kramladen in der Tiefe des Berges niemals verließ, en Kapitän Servadac nicht bei dieser Promenade.

»Wenn er jetzt hier wäre«, meinte Ben-Zouf, »welches Pfauengeschrei hätte der alte Spitzbube erhoben! Wie ein Pfau zu schreien und dessen Schweif nicht zu haben, das paßt aber nicht zusammen!«

Die zwei nächsten Monate, Juli und August, näherten die Gallia der Sonne bis auf 98.4 Millionen Meilen. Während der kurzen Nächte blieb die Kälte noch außerordentlich heftig; während des Tage aber strahlte die Sonne, da sie durch den Äquator der Gallia ging, eine merkbare Wärme aus und hob die Temperatur wohl um zwanzig Grad. Die Bewohner der Gallia kamen dann herbei, um sich an den belebenden Strahlen zu erfreuen, und machten es dabei ganz wie die Vögel, welche ebenfalls in der freien Luft herumflatterten, um erst mit dem sinkenden Tage wieder zu verschwinden.

Diese Art Frühling – doch darf man sich hier des Wortes bedienen? – übte einen sehr heilsamen Einfluß auf die Bewohner der Gallia aus. Die Hoffnung, das Vertrauen kehrten allmählich zurück. Während des Tages zeigte sich die Sonnenscheibe am Horizonte schon vergrößert; während der Nacht schien die Erde mitten unter den tausend Sternen zu wachsen. Man sah jetzt das Ziel vor sich – noch war es zwar entfernt – doch, man sah es ja, wenn es im Weltraume auch nur gleich einem Punkte erschien.

Eines Tages veranlaßte diese Beobachtung Ben-Zouf zu folgender Bemerkung gegenüber Kapitän Servadac und Graf Timascheff:

»Wahrhaftig«, sagte er, »es wird mich niemand glauben machen, daß mein Montmartre auch da unten liegen soll!«

»Und doch«, antwortete Kapitän Servadac, »ich hoffe mit Sicherheit darauf, daß wir ihn daselbst noch wiederfinden!«

»Ich auch, Herr Kapitän! Aber sagen Sie mir, ohne Ihnen Vorschriften machen zu wollen, wenn nun Herrn Rosettes Komet nicht so freundlich gewesen wäre, nach der Erde zurückzukehren, gäbe es dann gar kein Mittel, ihn dazu zu zwingen?«

»Nein, mein Freund«, erwiderte Graf Timascheff. »Keine menschliche Macht wäre imstande, die Stellung der Himmelskörper zu verändern. Welche Verwirrung müßte es geben, wenn jeder den Gang seines Planeten nach Belieben bestimmen könnte! Aber Gott hat das nicht gewollt, und ich glaube, er tat weise daran!«

Fünfzehntes Kapitel

Worin der ersten und letzten Beziehung zwischen Palmyrin Rosette und Isaak Hakhabut Erwähnung geschieht.

Der Monate September kam heran. Noch immer war es unmöglich gewesen, die dunklen, aber doch warmen Zufluchtsstätten im Untergrunde der Gallia zu verlassen, um die Wohnung im Nina-Bau wieder zu beziehen. Die Bienen wären ohne Zweifel in ihren alten Zellen erfroren.

Glücklicher- oder unglücklicherweise drohte der Vulkan nicht wieder in Tätigkeit zu treten.

Glücklicherweise, denn eine plötzliche Eruption hätte die Bewohner der Gallia in dem Zentralkamine, dem einzigen Abfluß für die Lava, überraschen können.

Unglücklicherweise, weil jedermann das verhältnismäßig geordnete und fast komfortable Leben in dem höher gelegenen Nina-Bau gern wiederaufgenommen hätte.

»Da haben wir nun sieben abscheuliche Monate hier unten zugebracht, Herr Kapitän«, begann eines Tages Ben-Zouf. »Haben Sie unsere Nina während dieser Zeit beobachtet?

»Gewiß, Ben-Zouf«, antwortete Kapitän Servadac, »das ist ein durchweg wunderbares kleines Wesen. Man möchte sagen, das ganze Leben der Gallia konzentriere sich in ihrem Herzen.«

»Ganz recht, mein Kapitän, aber später? . . .«

»Was willst du damit sagen?«

»Ja, ich meine, wenn wir nach der Erde zurückgekehrt sind, können wir das Kind doch nicht verlassen!«

»Bewahre Gott, Ben-Zouf, wir werden es adoptieren!«

»Brav, mein Kapitän! Sie werden dessen Vater und ich werde, mit Ihrer Erlaubnis, seine Mutter sein.«

»Nun, dann wären wir beide ja so gut wie verheiratet, Ben-Zouf.«

»Oh, mein Kapitän«, erwiderte der brave Soldat, »das sind wir in der Tat seit langem!«

Von den ersten Tagen des Oktober ab wurde die Temperatur, bei dem Fehlen jeder Bewegung der Atmosphäre, selbst in der Nacht weit erträglicher. Die Entfernung der Gallia von der Sonne erreichte jetzt kaum das Dreifache des Abstandes der Erde von dem Zentrum ihrer Attraktion. Die Temperatur hielt sich im Mittel auf dreißig bis fünfunddreißig Grad unter Null. Dem Nina-Bau sowohl als auch der Außenwelt wurden schon häufige Besuche abgestattet. Die Kolonisten wagten sich ungestraft hinaus auf den Strand. Bei der prächtig glatten, einladenden Eisfläche des Meeres ergötzte man sich auch wieder am Schlittschuhlaufen. Oh, welche Freude war es für die Gefangenen, ihren Kerker einmal verlassen zu können! Tag für Tag traten auch Graf Timascheff, Kapitän Servadac und Leutnant Prokop zusammen, um sich über ie Lage der Dinge zu unterrichten und die große Frage der »Landung an der Erde« zu besprechen. Es war ja damit nicht abgemacht, an der Erdkugel anzulangen, sondern es galt auch, den verderblichen Folgen des Stoßes nach Möglichkeit zuvorzukommen.

Einer der fleißigsten Besucher des Nina-Baues war Palmyrin Rosette. Das Fernrohr hatte man wieder nach seinem Observatorium geschafft, und hier beschäftigte er sich, solange es die Kälte irgend erlaubte, mit astronomischen Beobachtungen.

Über das Resultat seiner neueren Beobachtungen stellte man keine Frage an den Professor. Er hätte eine solche wahrscheinlich auch nicht beantwortet. Nach Verlauf einiger Tage glaubten seine Gefährten an ihm zu bemerken, daß er gar nicht mehr zufrieden sei. In dem schiefen Tunnel des Zentralkamines sah man ihn auf- und absteigen, kommen und wieder gehen. Er murmelte vor sich hin, er fluchte sogar manchmal und erschien unzugänglicher als je. Ein- oder zweimal versuchte es Ben-Zouf – wie bekannt, ein unerschrockener Held –, sich dem schrecklichen Professor zu nahen. Die Aufnahme, welche er dabei fand, spottet jeder Beschreibung.

»Ich möchte wetten«, dachte er, »daß es da oben nicht ganz so geht, wie er es wünschte. Alle Wetter, wenn er nur nicht die ganze Himmelsmechanik und uns dabei mit ruiniert!«

Auch Kapitän Servadac, Graf Timascheff und Leutnant Prokop fragten sich wiederholt, was Palmyrin Rosette wohl so sehr erregen möge. Hatte der Professor vielleicht seine Rechnung noch einmal geprüft und gefunden, daß sie mit den neueren Beobachtungen nicht übereinstimmte? Nahm der Komet etwa den ihm in den vorausberechneten Ephemeriden zugewiesenen Ort doch nicht ein und sollte er infolgedessen nicht an der bezeichneten Stelle und in der richtigen Sekunde bei der Erde anlangen?

Diese Fragen gingen jedermann nahe, und da sich alle Hoffnungen nach dieser Seite nur auf Palmyrin Rosettes Versicherungen stützten, so war aller Grund vorhanden, zu fürchten, wenn man jenen so seiner Sache ungewiß sah.

In der Tat ward der arme Professor allmählich der unglücklichste aller Astronomen. Ohne Zweifel entsprachen seine Rechnungen nicht den jetzigen Beobachtungen, und ein Mann wie er mußte darüber das lebhafteste Mißbehagen empfinden. Stets, wenn er nach einer lang fortgesetzten Beobachtung dreiviertel erforen das Okular seines Fernrohres verließ und nach seinem Zimmer herabkam, unterlag er einem wirklichen Wutanfalle.

Hätte ihn einer seiner Gefährten in einem solchen Augenblicke angesprochen, so hätte er hören können, wie jener immer für sich murmelnd wiederholte:

»Alle Teufel, was bedeutet das? Was macht sie da? Sie ist nicht an der Stelle, die meine Berechnungen ihr anweisen! Die Elende! Sie bleibt zurück! Entweder Newton ist ein Narr, oder sie ist toll! Alles das widerspricht den Gesetzen der allgemeinen Gravitation. Was zum Teufel, ich habe mich nicht täuschen können. Meine Beobachtungen sind richtig, meine Rechnungen auch! Alle Wetter, ich werde auf den Grund kommen!«

Und Palmyrin Rosette preßte den Kopf zwischen beide Hände und raufte sich fast die Haare aus, an welchen sein Scheitel doch keinen Überfluß hatte. Und immer und immer erhielt er dasselbe Resultat: eine Differenz zwischen seinen Berechnungen und den nachträglichen Beobachtungen.

»Sollte in der Himmelsmechanik«, sagte er sich, »wirklich eine Störung eingetreten sein? Nein, das ist nicht möglich! Ich, nur ich bin es, der sich irrt! Und doch ... dennoch ...«

Wenn es bei Palmyrin Rosette noch angegangen wäre, weiter abzumagern, jetzt wäre die Gelegenheit dazu gewesen.

Fühlte er sich aber in seiner Erwartung getäuscht, so beunruhigten sich die anderen in seiner Umgebung, was ihm freilich die geringste Sorge machte.

Dieser Zustand der Dinge sollte indes auch ein Ende nehmen.

Eines Tages, es war am 12. Oktober, hörte Ben-Zouf, der sich im Hauptsaale zu schaffen machte, den zufällig eben da anwesenden Professor laut und freudig aufschreien.

Ben-Zouf lief auf ihn zu.

»Ist Ihnen etwas zugestoßen!« fragte er in ziemlich gleichgültigem Tone.

»Heureka, sage ich dir, Heureka!« erwiderte der Professor, der sich fast wie toll gebärdete.

In seiner Antwort trat ebensoviel Befriedigung als Aufregung zutage.

»Heureka?« wiederholte Ben-Zouf verblüfft.

»Ja, Heureka! Weißt du, was das sagen will?«

»Nein.«

»Nun, dann geh zum Teufel!«

»Ei«, dachte die Ordonnanz wegen Mangels einer passenden Antwort, »es ist doch ein Glück, daß Herr Rosette sich immer in höflichen Formen bewegt!«

Er ging davon, und wenn auch nicht zum Teufel, so doch zu Hector Servadac.

»Herr Kapitän«, begann er, »es gibt etwas Neues.«

»Das wäre?«

»Unser gelehrter Herr ... er hat ... ja, er hat ›Heureka‹ ...«

»Er hat es gefunden! ...« rief Kapitän Servadac. »Aber was hat er denn gefunden?«

»Ja, das weiß ich nicht.«

»Eben das müssen wir jedoch vor allem wissen!«

Kapitän Servadac ward unruhiger, als er je vorher gewesen.

Inzwischen verfügte sich Palmyrin Rosette wieder nach seinem Observatorium und murmelte immer für sich.

»Gewiß, so ist es ... Es kann nicht anders sein! ... O, dieser Schurke! Wenn ich recht habe, soll er's teuer zahlen! ... Doch, würde er es zugestehen! Nimmermehr! ... Er müßte ja wieder herausgeben! ... Wohlan, ich werde mich einer List bedienen ... den Erfolg werden wir ja sehen!«

Wenn das alles auch nicht zu verstehen war, so zeigte sich doch offenbar, daß Palmyrin Rosette von diesem Tage ab sein Benehmen gegen den Juden Isaak Hakhabut auffallend veränderte. Bisher hatte er ihn stets vermieden oder wegwerfend behandelt. Jetzt wurde das ganz anders.

Wer erstaunte darüber am meisten? Natürlich Meister Isaak selbst, welcher ein solches Entgegenkommen niemals gewohnt gewesen war. Den Professor sah er nun häufig nach seiner dunklen Klause herunterkommen. Palmyrin Rosette interessierte sich für ihn, für seine Person und seine Angelegenheiten. Er fragte ihn, ob er seine

Waren gut verkauft habe, was er wohl dabei gewonnen, ob er nicht eine Gelegenheit ausgenutzt habe, wie sie vielleicht niemals wiederkehren werde usw. usw., und alles das mit der nur schwierig verhehlten Absicht, jenen in die Enge zu treiben.

Isaak Hakhabut antwortete, mißtrauisch wie ein alter Fuchs, nur ausweichend. Diese Veränderung in dem Benehmen des Professors ihm gegenüber machte ihn stutzig. Er fragte sich, ob Palmyrin Rosette nicht etwa darauf ausgehe, von ihm Geld zu leihen.

Bekanntlich war Isaak Hakhabut im Prinzip gar nicht abgeneigt, solche Geschäfte zu machen, und berechnete dabei nur den bei ihm üblichen Zinsfuß. Er rechnete sogar auf solche Operationen, um sein Geld nie müßig liegenzulassen. Er verlangte dabei aber stets eine sichere, solide Bürgschaft und hier – gestehen wir es nur – sah er nur den Grafen Timascheff, den reichen Russen, mit dem er etwas Ähnliches gewagt hätte. Kapitän Servadac erschien ihm selbstverständlich bettelarm wie ein Gascogner. Den Professor selbst betreffend, wer hätte jemals die Idee gehabt, an einen Professor Geld auszuleihen! Meister Isaak hielt sich also sehr zurück.

Andererseits sollte der Jude in die Lage kommen, von seinem Gelde Gebrauch zu machen, wobei er sich natürlich möglichst beschränkte, worauf er aber doch nicht im mindesten gerechnet haben mochte.

Zu jener Zeit hatte er nämlich an die Gallia-Bewohner fast seine ganze Ladung derjenigen Güter verkauft, welche als Nahrungs- und Genußmittel dienten, und dabei die Vorsicht außer acht gelassen, sich für seinen eigenen Bedarf das Nötige zurückzubehalten. Unter anderem fehlte ihm nun der Kaffee. Und wenn man vom Kaffee auch einen noch so sparsamen Gebrauch macht, »wenn keiner mehr vorhanden ist, dann ist eben keiner mehr da«, wie Ben-Zouf gesagt hatte.

So kam es also, daß Isaak sich plötzlich eines Lieblingsgetränkes beraubt sah, daß er gar nicht entbehren konnte, und daß er dadurch in die Lage kam, es aus den Vorräten des allgemeinen Magazines zu beanspruchen.

Nach langem Zögern und reiflicher Überlegung sagte er sich dann, daß, da jene Vorräte für alle Gallia-Bewohner ohne Unterschied bestimmt waren, auch er dieselben Rechte darauf habe wie jeder andere. Er suchte zuerst Ben-Zouf zu treffen.

»Herr Ben-Zouf«, sagte er im freundlichsten Tone, »ich hätte zu stellen eine kleine Frage an Sie.«

»So rede, Josua«, antwortete Ben-Zouf.

»Ich werde aus dem Vorrate ein Pfund Kaffee zu meinem persönlichen Gebrauch entnehmen müssen.«

»Ein Pfund Kaffee!« rief Ben-Zouf verwundert, »wie! Du verlangst ein Pfund Kaffee?«

»Ja, Herr Ben-Zouf.«

»Oh, oh, das ist eine ernsthafte Sache.«

»Ist vielleicht keiner mehr da?«

»Gewiß, wohl noch hundert Kilo.«

»Nun also?«

»Nun, Alter«, erwiderte Ben-Zouf mit beunruhigendem Kopfschütteln, »ich weiß es nicht, ob ich dir das geben kann.«

»Geben Sie's mir, Herr Ben-Zouf«, sagte Isaak Hakhabut, »geben Sie, ich werde immer sein erkenntlich dafür!«

»Deine Erkenntlichkeit ist mir wahrlich höchst gleichgültig.«

»Sie würden's aber nicht abschlagen, wenn ein anderer als ich . . .«

»Ja, siehst du, du bist aber eben kein anderer.«

»Was werden Sie tun, Herr Ben-Zouf?«

»Na, ich will mit Seiner Exzellenz dem Herrn Generalgouverneur sprechen.«

»Oh, Herr Ben-Zouf, ich zweifle gar nicht, daß er bei seiner Gerechtigkeit . . .«

»Im Gegenteil, Alter, seine Gerechtigkeitsliebe läßt mich für dich fürchten.«

Die Ordonnanz ließ Isaak Hakhabut mit dieser wenig tröstlichen Aussicht stehen.

Palmyrin Rosette, der dem Juden gegenüber immer auf der Lauer stand, kam gerade hinzu, als diese Worte zwischen jenem und Ben-Zouf gewechselt wurden. Die Angelegenheit schien ihm günstig, seine längst vorbereitete Absicht zur Ausführung zu bringen.

»He, Meister Isaak«, sagte er, »Ihr braucht ja wohl Kaffee?«

»Ja, Herr Professor«, antwortete Isaak Hakhabut.

»Ihr habt also Euere ganzen Vorräte verkauft?«

»Gott der Gerechte, ich habe gemacht diesen Fehler.«

»Teufel, ja, der ist Euch notwendig ... ja ... ja, der erwärmt Euch das Blut.«

»So ist es ... und in meinem schwarzen Loche da kann ich ihn gar nicht entbehren.«

»Nun wohlan, Meister Isaak, Ihr werdet eine für Euern Bedarf hinreichende Quantität Kaffee erhalten.«

»Nicht wahr, Herr Professor ... und, wenn ich ihn auch erst verkauft habe, diesen Kaffee, so habe ich doch das Recht, zu meinem Gebrauche davon zu nehmen.«

»Gewiß ... Meister Isaak ... Gewiß! ... Braucht Ihr denn eine große Menge?«

»Ach, nur ein einziges Pfund! ... Ich werde ihn sparen, soviel ich kann! Ein Pfund wird für mich sehr lange reichen.«

»Doch womit soll man den Kaffee abwiegen?« fragte Palmyrin Rosette, der diese Worte wider Willen etwas stark betonte.

»Mit meiner Schnellwaage!« murmelte der Jude.

Palmyrin Rosette glaubte wahrzunehmen, daß sich Meister Isaaks Brust ein leichter Seufzer entrang.

»Jawohl«, versetzte er »... mit der Schnellwaage. – Eine Balkenwaage ist wohl nicht hier?«

»Nein«, erwiderte der Jude, der seinen Seufzer zu bedauern schien.

»Ei, Meister Isaak, ... das wird ein vorteilhafter Handel, für ein Pfund Kaffee werdet Ihr da sieben erhalten.«

»Ja, sieben, nun das ist ja desto besser!«

Der Professor sah sich seinen Mann scharf an. Er wollte ihm eine Frage stellen ... Er wagte es nicht, da er sich sagen mußte, daß jener mit der Wahrheit hinter dem Berge halten werde, und die Wahrheit wollte er auf jeden Fall erfahren.

Schon vermochte er seine Ungeduld kaum noch zu zügeln, als Ben-Zouf wieder zurückkam.

»Nun, wie steht's«, fragte Isaak Hakhabut lebhaft.

»Der Gouverneur will nicht«, antwortete Ben-Zouf.

»Er will nicht, daß man mir Kaffee gibt!...« seufzte Isaak Hakhabut.

»Nein, er will nur, daß man dir solchen verkauft.«

»Mir verkauft, Herrgott Israels!«

»Ja, und das ist nicht mehr als gerecht, da du alles Geld der Kolonie zusammengerafft hast. Nun, beeile dich, laß uns deine Goldfüchse sehen!«

»Mich zum Kaufen zu zwingen, während ein anderer...«

»Ich habe dir schon einmal gesagt, daß du eben kein anderer bist. Willst du kaufen oder nicht?«

»Erbarmen, Erbarmen!«

»Antworte, oder ich schließe den Laden!«

Der Jude wußte es aus Erfahrung, daß er mit Ben-Zouf nicht scherzen durfte.

»Nun gut, ich will kaufen...« sagte er.

»Schön.«

»Aber zu welchem Preise?«

»Zu demselben, zu welchem du verkauft hast. Man wird dir das Fell nicht über die Ohren ziehen. Dein Pelz ist es nicht wert.«

Isaak Hakhabut hatte die Hand in die Tasche gesteckt und klapperte mit einigen Münzen.

Der Professor wurde immer aufmerksamer und schien jedes Wort aus dem Munde des Juden aufzufangen.

»Wieviel soll ich zahlen für ein Pfund Kaffee?« fragte dieser.

»Zehn Francs«, antwortete Ben-Zouf, »das ist der Marktpreis auf Warm-Land. Doch, was kann dich das kümmern, da das Gold nach unserer Rückkehr zur Erde ohnehin keinen Wert mehr hat.«

»Das Gold soll keinen Wert mehr haben«, schrie der Jude. »Könnte das möglich sein, Herr Ben-Zouf?«

»Du wirst es ja sehen.«

»Helfe mir Gott der Gerechte! Ein Pfund Kaffee zehn Francs.«

»Zehn Francs. Nun, wird es endlich?«

Isaak Hakhabut zog ein Goldstück hervor, besah es genau bei dem Scheine der Lampe und drückte es beinahe zärtlich an die Lippen.

»Und Sie wollen wiegen mit meiner Schnellwaage?« fragte der Jude mit einem so kläglichen Tone, daß es fast verdächtig erschien.

»Womit soll ich denn wiegen?« erwiderte Ben-Zouf.

Er ergriff die Schnellwaage, befestigte eine Schale an deren Haken und schüttete so viel Kaffee hinein, bis sie ein Pfund angab – in Wahrheit betrug diese Menge also sieben Pfund.

Isaak Hakhabut folgte mit den Augen jeder Bewegung.

»Hier nimm«, sagte Ben-Zouf.

»Steht der Zeiger richtig auf dem Striche?« fragte der Jude und neigte sich nach dem Gradbogen des Instrumentes.

»Ja doch, alter Jonas.«

»Stoßen Sie ein wenig mit dem Finger daran, Herr Ben-Zouf.«

»Und warum das?«

»Weil . . . weil . . .« murmelte Isaak Hakhabut, »weil meine Schnellwaage vielleicht nicht . . . nicht ganz vollständig . . . richtig sein könnte! . . .«

Kaum waren ihm diese Worte entflohen, als Palmyrin Rosette den Juden schon an der Gurgel hatte, ihn abschüttelte und würgte.

»Elender Wicht!« rief er zornig.

»Zu Hilfe! Zu Hilfe!« schrie Isaak Hakhabut.

Es enspann sich eine regelrechte Prügelei. Ben-Zouf hütete sich wohl dazwischenzutreten. Er hetzte die beiden Gegner vielmehr noch aufeinander und wollte schier vor Lachen platzen. Ihm lag, offen gestanden, an dem einen soviel wie an dem anderen.

Durch den Lärm wurden aber Kapitän Servadac, Graf Timascheff und Leutnant Prokop herbeigezogen, welche sehen wollten, was es hier gäbe.

Man trennte den Juden und den Professor.

»Was zum Kuckuck ist hier los?« fragte Hector Servadac.

»Nun, dieser erbärmliche Kerl«, antwortete Palmyrin Rosette, »hat uns eine falsche Schnellwaage gegeben, eine Waage, welche ein zu großes Gewicht anzeigt!«

»Ist das wahr, Isaak?«

»Herr Gouverneur, ja ... nein ...« antwortete der Jude » ... ja!«

»Dieser Strauchdieb hat uns seine Waren nach falschem Gewicht verkauft«, fuhr der Professor mit wachsendem Zorne fort, »und damals, als ich meinen Kometen mit seinem Instrumente wog, habe ich infolgedessen ein größeres Gewicht erhalten als jener wirklich hat.«

»Verhält sich das so?«

»Das ist wohl möglich ... ich weiß es nicht!« stammelte Isaak Hakhabut.

»Endlich habe ich diese falsche Masse meinen neuen Rechnungen zugrunde gelegt, und folglich stimmen diese nicht mit meinen Beobachtungen überein, so daß ich lange Zeit glaubte, sie sei nicht an ihrem richtigen Platze.«

»Welche Sie ... die Gallia?«

»Nein, zum Teufel, die Nerina, unser Mond.«

»Aber die Gallia?«

»Oh, die Gallia befindet sich immer da, wo sie sein soll«, erwiderte Palmyrin Rosette. »Sie geht geraden Weges auf die Erde zu und wir mit ihr ... und auch dieser verdammte Jude, den Gott noch strafen möge!«

Sechzehntes Kapitel

In welchem Kapitän Servadac und Ben-Zouf weggehen und wiederkommen, wie sie fortgegangen sind.

Es verhielt sich so. Seitdem Isaak Hakhabut seinen ehrlichen Handel längs der Küsten begonnen, hatte er auch nach falschem Gewichte verkauft. Soweit wir den Mann kennengelernt haben, wird das niemand verwundern. An dem Tage aber, wo er aus dem Verkäufer zum Käufer ward, wendete sich das Blättchen gegen ihn. Das Hilfsmittel seines Vermögens war jene Schnellwaage, welche, wie sich nun herausstellte, um ein Viertel zuviel zeigte – was den Professor veranlaßte, seine Rechnungen wieder aufzunehmen und nun von einer richtigen Basis auszugehen.

Wenn die Schnellwaage auf der Erde das Gewicht eines Kilogrammes anzeigte, so wog der betreffende Gegenstand in der Tat nur siebenhundertfünfzig Gramm. Von dem für die Gallia gefundenen Gewichte mußte der Professor also ein volles Viertel abziehen. Es liegt auf der Hand, daß seine Rechnungen, welche sich auf ein um ein Viertel zu großes Gewicht des Kometen gründeten, nicht richtig sein und mit den Positionen der Nerina nicht übereinstimmen konnten, da letztere von der Masse der Gallia bestimmt wurden.

Nachdem Palmyrin Rosette seine Wut gekühlt und Isaak Hakhabut tüchtig durchgeprügelt hatte, ging er sofort an die Arbeit, um bezüglich der Nerina ins reine zu kommen.

Wie es Isaak Hakhabut nun erst nach diesem Auftritte erging, das versteht sich wohl von selbst. Ben-Zouf versicherte ihm einmal über das andere, daß er wegen Gebrauches falschen Gewichtes verklagt, sein Geschäft geschlossen und er vor das Zuchtpolizei-Gericht gestellt werden würde.

»Aber wo und wann?« fragte der Jude.

»Auf der Erde, nach unserer Rückkehr, alter Spitzbube!« antwortete Ben-Zouf.

Das widerliche Männchen mußte sich in seine Ecke verkriechen und ließ sich so wenig als möglich sehen.

Noch zweiundeinhalb Monate trennten die Gallia-Bewohner von dem Tage, an dem sie der Erde zu begegnen hofften.

Seit dem 7. Oktober war der Komet wieder in die Zone der teleskopischen Planeten eingetreten, aus der er früher die Nerina mit weggeführt hatte.

Am 1. November wurde auch die Mitte der Zone, in welcher jene, wahrscheinlich von dem Zerspringen eines größeren Planeten herrührenden Asteroiden zwischen Mars und Jupiter kreisen, glücklich überschritten. Im Laufe dieses Monats sollte die Gallia in ihrer Bahn ein Bogenstück von 24 Millionen Meilen durchlaufen und sich der Sonne dabei bis auf 46.8 Millionen Meilen nähern.

Die Temperatur wurde jetzt erträglicher und hob sich auf zehn bis zwölf Grad unter Null. Noch zeigte sich natürlich keine Spur von Tauwetter. Die Meeresfläche ruhte noch immer unter der starren Eisdecke, und die beiden Fahrzeuge schwebten auf ihrer kristallenen Unterlage über dem verderblichen Abgrunde.

Jetzt erinnerte man sich auch gelegentlich der auf dem Eiland von Gibraltar eingesperrten Engländer. Niemand bezweifelte übrigens, daß sie die furchtbare Kälte des Gallia-Winters gewiß ohne Schaden überstanden hätten.

Kapitän Servadac besprach diese Angelegenheit von einem Gesichtspunkte aus, der seinem edelmütigen Charakter alle Ehre machte. Er sagte, daß es ihm, trotz des unfreundlichen Empfanges bei dem ersten Besuche der Dobryna, angezeigt erscheine, sich mit jenen in Verbindung zu setzen und sie von alledem zu unterrichten, was ihnen wahrscheinlich unbekannt geblieben war. Die Rückkehr zur Erde, welche aller Voraussicht nach nur unter einem wiederholten Zusammenstoß erfolgen konnte, bot ja die ernstlichsten Gefahren. Man mußte die Engländer aus rein menschlicher Rücksicht darüber aufklären und sie womöglich veranlassen, diesen Gefahren im Vereine mit allen übrigen entgegenzutreten.

Graf Timascheff und Leutnant Prokop stimmten Kapitän Servadacs Anschauung unumwunden bei. Es betraf ja eine Frage der Menschenpflicht, welche sie niemals unempfindlich ließ.

Wie sollte man zu dieser Jahreszeit aber nach dem Eiland von Gibraltar gelangen?

Natürlich über das Meer, und zwar unter Benützung der festen Eisfläche, die es jetzt noch darbot.

Das war übrigens die einzige Art und Weise, von einer Insel zu andern zu kommen, denn nach Eintritt des Tauwetters mußte jede Kommunikation unmöglich werden. In der Tat konnte man ja in Zukunft weder auf die Goelette noch auf die Tartane rechnen. Die Verwendung der kleinen Dampfschaluppe für ähnliche Zwecke hätte den Verbrauch einiger Tonnen Kohlen erfordert, welche man sorglich aufbewahrte, im Falle die Kolonisten gezwungen wären, nach der Insel Gourbi zurückzukehren.

Nun blieb noch der schon zum Segelschlitten umgewandelte You-You übrig. Man erinnert sich, wie schnell und sicher mit ihm die Überfahrt von Formentera nach Warm-Land vor sich ging.

Dieser benötigte aber des Windes, um sich zu bewegen, und von Wind zeigte sich auf der Oberfläche der Gallia keine Spur. Vielleicht entstanden nach eingetretenem Tauwetter, wenn die sommerliche Wärme erst wieder Dünste entwickelte, auch neue Störungen der jetzt so stillen Gallia-Atmosphäre? Das war sogar zu befürchten. Vorläufig indessen herrschte vollkommene Ruhe, so daß der You-You unmöglich zur Fahrt nach Gibraltar Verwendung finden konnte.

Man sah sich demnach in die Notwendigkeit versetzt, den langen Weg zu Fuß oder vielmehr auf Schlittschuhen zurückzulegen. Er betrug gegen fündundsechzig Meilen; – konnte man den Versuch unter den jetzigen Umständen wagen?

Kapitän Servadac erbot sich zu dem Unternehmen. Zwölf bis achtzehn Meilen des Tages, also etwa fünf Viertelmeilen in der Stunde, zurückzulegen, das schreckte einen so geübten Schlittschuhläufer wohl nicht zurück. Binnen acht Tagen konnte er Gibraltar besucht und Warm-Land wieder erreicht haben. Einen Kompaß, um die Richtung einzuhalten, eine kleine Menge kaltes Fleisch und eine Spiritus-Kaffeemaschine, mehr verlangte er nicht, und dieses etwas waghalsige Unternehmen war ja von Anfang an schon so recht eigentlich nach seinem Sinne.

Graf Timascheff und Leutnant Prokop bestanden darauf, ihn zu begleiten oder ganz an seine Stelle zu treten. Kapitän Servadac lehnte dankend ab. Im Falle eines eintretenden Unglücks mußten der Graf und der Leutnant doch auf Warm-Land sein. Was wäre ohne diese bei der Rückkunft nach der Erde aus ihren Gefährten geworden?

Graf Timascheff mußte nachgeben. Kapitän Servadac wollte durchaus nur einen Begleiter mitnehmen, seinen getreuen Ben-Zouf. Er fragte ihn also, ob ihm die Sache wohl passe.

»Ob sie mir paßt, alle Wetter«, antwortete Ben-Zouf. »Ob mir die Sache paßt, Herr Kapitän! Eine so schöne Gelegenheit, sich die Beine einmal wieder auszulaufen! Glauben Sie denn, ich hätte Sie überhaupt allein abfahren lassen?«

Die Abreise wurde für den nächsten Tag, den 2. November, festgesetzt. Gewiß trieb den Kapitän Servadac in erster Linie der Wunsch, den Engländern zu nützen, und das Bedürfnis, einer Pflicht der Menschlichkeit zu genügen. Vielleicht ruhte aber doch noch ein anderer Gedanke in seinem Gehirn verborgen. Noch hatte er einen solchen freilich niemandem mitgeteilt und wollte ihn offenbar gerade vor Graf Timascheff verborgen halten.

Doch wie dem auch sein mochte, jedenfalls begriff Ben-Zouf, daß »die Sache noch ein Häkchen« haben müsse, als sein Kapitän am Abend vor dem Aufbruche zu ihm sagte:

»Ben-Zouf, solltest du im Hauptmagazine nicht irgendwelche passende Stoffe finden, um eine dreifarbige

Fahne herzustellen?«

»Gewiß, Herr Kapitän«, versicherte Ben-Zouf.

»Nun gut, so sorge mir, ungesehen von den anderen, für eine solche Flagge, packe sie in deine Reisetasche und nimm sie mit.«

Ben-Zouf fragte nicht weiter und gehorchte.

Was hatte Kapitän Servadac aber eigentlich vor und warum sprach er sich darüber nicht gegen seine Gefährten aus?

Bevor wir hierauf näher eingehen, müssen wir einer gewissen psychologischen Erscheinung erwähnen, die, wenn sie auch nicht zur Kategorie der Himmelserscheinungen zählte, doch nicht minder natürlich, nämlich in einer Art menschlicher Schwäche begründet war.

Seit der Wiederannäherung der Gallia an die Erde entstand zwischen Graf Timascheff und Kapitän Servadac, wohl infolge eines Widerstreites ihrer Empfindungen, eine sich mehr und mehr erweiternde Kluft, möglicherweise ganz ohne ihr Wissen. Die Erinnerung ihrer, während eines zweiundzwanzig Monate langen Beisammenseins fast vollständig vergessenen Nebenbuhlerschaft wachte erst in ihrem Kopfe, dann in ihrem Herzen wieder auf. Sollten diese zwei Gefährten eines unerhörten Abenteuers nach der Rückkehr zur Erde nicht wieder die beiden Nebenbuhler von ehedem werden? Wenn man auch Gallia-Bewohner war, hat man ja darum nicht aufgehört, Mensch zu sein. Frau v. L... war vielleicht noch frei – oh, es wäre schon ein Verbrechen gewesen, daran nur zu zweifeln!...

Kurz, aus all' diesen Gründen entwickelte sich zwischen Kapitän Servadac und Graf Timascheff, mit oder gegen deren Willen, eine zunehmende Kälte. Ein feinerer Beobachter hätte übrigens bemerken müssen, daß zwischen beiden niemals eine herzliche Zuneigung, sondern nur jene Freundschaft herrschte, wie sie unter den gegebenen Umständen eben notwendigerweise aufwuchs.

Nach dieser erklärenden Einleitung treten wir dem Projekte des Kapitän Servadac näher – einem Projekte, welches ganz geeignet schien, zwischen dem Grafen Timascheff und ihm nur neue Eifersüchteleien zu erregen. Diese zu vermeiden, suchte er es eben geheimzuhalten.

Wir müssen gestehen, daß der hier vorliegende Plan des phantastischen Kopfes, dem er seine Entstehung verdankte, ganz würdig war.

Bekanntlich hielten die auf ihrem Felsen eingeschlossenen Engländer Gibraltar noch immer für Albion besetzt. Dagegen wäre ja in dem Falle nichts einzuwenden, daß dieses britische Besitztum sich wirklich unversehrt der Erde wieder einfügte. Mindestens würde ihnen niemand den Besitz streitig gemacht haben.

Gibraltar gegenüber aber erhob sich das Eiland Ceuta. Vor dem Zusammenstoße gehörte dasselbe Spanien und beherrschte es die eine Seite der Meerenge. Da Ceuta jetzt herrenlos war, gehörte es demjenigen, der zuerst seinen Fuß darauf setzte. Sich also nach dem Felsen von Ceuta zu begeben, davon im Namen Frankreichs Besitz zu ergreifen und daselbst die französische Fahne aufzupflanzen, das war die geheime Absicht des Kapitän Servadac.

»Wer weiß denn«, so sprach er zu sich selbst, »ob Ceuta nicht wohlbehalten zur Erde gelangt und später vielleicht ein wichtiges neues Mittelmeer beherrscht? Wohlan, die auf jenem Felsen aufgepflanzte französische Flagge wird dereinst Frankreichs Ansprüche sichern!«

Das waren die Gründe, weshalb Kapitän Servadac und seine Ordonnanz Ben-Zouf, ohne etwas davon zu sagen, auf Eroberung auszogen.

Man wird übrigens zugeben, daß Ben-Zouf ganz dazu geschaffen war, seinen Kapitän zu verstehen. Ein Stückchen Felsen für Frankreich zu erwerben! Den Engländern ein Schnippchen zu schlagen! Das war Wasser auf seine Mühle.

Nach dem Aufbruche, als das Abschiednehmen am Fuße des steilen Ufers zu Ende war, erhielt Ben-Zouf genauere Kenntnis von den Absichten seines Kapitäns.

Da stieg die Erinnerung an die lustigen Soldatenlieder

wieder in ihm auf und er sang mit heller Stimme:

»Und wenn die Sonne dem Meer entrückt
Die ersten schrägen Strahlen schickt –
Hallo! Ihr Jungen, drauf und dran,
Hallo! Die Zephir fliegen voran!«

Kapitän Servadac und Ben-Zouf eilten, warm gekleidet, die Ordonnanz den Reisesack mit den nötigsten Bedürfnissen auf dem Rücken, beide die Schlittschuhe an den Füßen, hurtig über die weiße Ebene und verloren bald die Höhen von Warm-Land aus den Augen.

Die Fahrt ging ohne Unfall vonstatten. In gemessenen Zwischenräumen hielten sie Rast, um etwas zu ruhen und gemeinschaftlich ihr einfaches Mahl einzunehmen. Die Temperatur wurde selbst in der Nacht recht erträglich, und drei Tage nach dem Aufbruche, am 5. November, kamen die beiden Helden einige Kilometer von der Insel Ceuta an.

Ben-Zouf brannte vor Begierde. Wäre ein Sturm nötig gewesen, so hätte er nur gewünscht, sich in Kolonne, womöglich »als Karree« formieren zu können, um die feindliche Reiterei zurückzuschlagen.

Es war jetzt Morgen. Vom Abfahrtspunkte bis hierher hatten sie die gerade Richtung mittels des Kompasses bestimmt und genau eingehalten. Von den Strahlen der Morgensonne übergossen, erschien der Felsen von Ceuta etwa fünf bis sechs Kilometer von ihnen entfernt am westlichen Horizonte.

Die beiden Abenteuerjäger hatten Eile, ihren Fuß auf diesen Felsen zu setzen.

Plötzlich hielt Ben-Zouf, der sich eines sehr scharfen Gesichtes erfreute,ungefähr drei Kilometer vor dem Ziele, im Laufe inne.

»Herr Kapitän, sehen Sie doch!«

»Was denn, Ben-Zouf?«

»Dort bewegt sich etwas auf dem Felsen.«

»Gehen wir darauf los!« antwortete Kapitän Servadac.

Zwei Kilometer wurden binnen wenigen Minuten durchlaufen. Da hielten Kapitän Servadac und Ben-Zouf noch einmal an.

»Herr Kapitän!«

»Nun, Ben-Zouf?«

»Da ist unbedingt jemand auf Ceuta, der gegen uns Bewegungen mit den Armen macht. Er scheint die Arme auszustrecken, wie ein Mensch, der aus langem Schlafe erwacht.«

»Mordio!« rief Kapitän Servadac, »sollten wir zu spät kommen!«

Beide drangen weiter vor, bis Ben-Zouf ausrief:

»Ah, Herr Kapitän, es ist nur ein Telegraf!«

Es war in der Tat ein Telegraf, ähnlich einem Semaphoren der Seeküsten (Zeichentelegrafen zur Kommunikation von Schiffen auf offener See), der auf dem Felsen von Ceuta funktionierte.

»Mordio!« wiederholte Kapitän Servadac, »wenn sich dort aber ein Telegraf befindet, so muß ihn wohl einer errichtet haben.«

»Wenigstens«, bemerkte Ben-Zouf, »wenn auf der Gallia die Telegrafen nicht etwa wie Bäume wachsen.«

»Und wenn er gestikuliert, so muß ihn jemand in Bewegung setzen.«

»Wahrhaftig!«

Sehr enttäuscht wandte Hector Servadac den Blick gen Norden.

Da, an der Grenze des Horizontes erhob sich der Felsen von Gibraltar, und auf dem Gipfel des Eilandes sah Ben-Zouf sowohl wie er selbst einen zweiten Telegrafen errichtet, der auf die Zeichensprache des ersteren zu antworten schien.

»Sie haben Ceuta schon besetzt«, sagte Kapitän Servadac mürrisch, »und unser Erscheinen wird nach Gibraltar hinübergemeldet.«

»Nun und dann, Herr Kapitän? . . .«

»Dann, Ben-Zouf«, erwiderte dieser, »müssen wir unser Projekt der Eroberung aufgeben und zum bösen Spiele gute Miene machen.«

»Aber, Herr Kapitän, es können höchstens fünf bis sechs Engländer zur Verteidigung Ceutas bei der Hand sein . . .«

»Nein, nein, Ben-Zouf«, erklärte Kapitän Servadac bestimmt, »sie sind uns zuvorgekommen, und wenn meine Argumente sie nicht bestimmen, den Platz zu räumen, so ist eben nichts zu machen.«

Hector Servadac und Ben-Zouf langten jetzt, nicht in bester Stimmung, bei dem Felsen von Ceuta an. Plötzlich erschien eine Wache, als habe den Mann eine Feder emporgeschnellt.

»Wer da?«

»Gut Freund! Frankreich!«

»England!«

So lauteten die zuerst gewechselten Worte, als vier Soldaten auf dem oberen Teile des Eilandes sichtbar wurden.

»Was wünschen Sie?« fragte einer von den Leuten, welche zur Garnison von Gibraltar gehört hatten.

»Ich möchte Ihren Vorgesetzten sprechen«, antwortete Kapitän Servadac.

»Den Kommandanten von Ceuta?«

»Den Kommandanten von Ceuta, wenn Ceuta schon einen Befehlshaber hat.«

»Ich werde es ihm melden!« antwortete der englische Soldat.

Kurze Zeit darauf trat der Kommandant von Ceuta in voller Uniform auf die äußersten Felsen des Eilandes vor.

Es war kein anderer als Major Oliphant.

Nun klärte sich alles vollkommen auf. Kapitän Servadacs Gedanken, Ceuta zu besetzen, hatten die Engländer nicht nur ebenfalls gehabt, sondern ihn auch früher zur Ausführung gebracht. Nach Besitzergreifung des Felsens höhlten sie in demselben einen wohlkasemattierten Wachtposten aus. Lebensmittel und Heizmaterial wurden auf dem Boote des Kommandanten von Gibraltar schon übergeführt, bevor das Meer zufror.

Eine dichte, aus der Felsmasse selbst aufsteigende

Rauchsäule bewies, daß hier während des Gallia-Winters tüchtig gefeuert worden sein und die Garnison trotz seiner Strenge nicht Not gelitten haben mochte. Die britischen Soldaten zeigten in der Tat ein sehr befriedigendes Embonpoint und selbst Major Oliphant war, so unbequem ihm das auch sein mußte, etwas behäbiger geworden.

Die Engländer von Ceuta lebten dabei gar nicht so sehr vereinsamt, da sie nur zweiundeinhalb Meilen von Gibraltar trennten, so daß sie entweder durch Überschreitung der alten Meerenge oder durch ihren Telegrafen stets in Verbindung mit ihren Genossen blieben.

Wir bemerken hierbei gleichzeitig, daß Brigadier Murphy und Major Oliphant nicht einmal ihre Schachpartie unterbrochen hatten und sich ihre wohl überlegten Züge telegrafisch übermittelten.

Sie ahmten damit jene zwei amerikanischen Gesellschaften nach, welche im Jahre 1846 trotz Sturm und Regen telegrafisch eine berühmte Schachpartie zwischen Washington und Baltimore auskämpften.

Wir brauchen es wohl nicht ausdrücklich zu sagen, daß es sich zwischen Brigadier Murphy und Major Oliphant noch immer um jene Partie handelte, welche sie schon vor dem Besuche Kapitän Servadacs auf Gibraltar begonnen hatten.

Inzwischen erwartete der Major sehr ruhig, was die beiden Fremdlinge von ihm begehrten.

»Der Herr Major Oliphant, glaub' ich?« begann Kapitän Servadac salutierend.

»Major Oliphant, Gouverneur auf Ceuta«, erwiderte der Offizier und setzte sogleich hinzu: »Mit wem hab' ich die Ehre zu sprechen?«

»Mit Kapitän Servadac, Generalgouverneur von Warm-Land.«

»Ah, sehr schön«, antwortete der Major.

»Erlauben Sie mir, mein Herr«, fuhr Hector Servadac fort, »Ihnen meine Verwunderung auszudrücken, Sie hier, auf dem Überbleibsel einer früheren Besitzung Spaniens, als Kommandanten eingesetzt zu sehen?«

»Das ist Ihnen unbenommen, Herr Kapitän.«
»Darf ich auch fragen, durch welches Recht? . . .«
»Durch das Recht der ersten Besitznahme.«
»Das ist ja recht schön, Major Oliphant. Glauben Sie aber nicht, daß jene Spanier, welche sich jetzt auf Warm-Land aufgehalten haben, mit einigem Rechte reklamieren könnten? . . .«
»Das glaube ich nicht, Kapitän Servadac.«
»Und weshalb, wenn ich bitten darf?«
»Weil das dieselben Spanier sind, welche den Felsen von Ceuta in aller Form an England abgetreten haben.«
»Kontraktlich, Major Oliphant?«
»In bester, unumstößlicher Form.«
»Wirklich?«
»Noch mehr, sie haben den Preis dieser Abtretung in barem englischen Gelde ausgezahlt erhalten.«
»Aha«, rief Ben-Zouf, »da wissen wir's ja, warum Negrete und seine Leute so viel Gold in der Tasche hatten!«
Die Sache war in der Tat so vor sich gegangen, wie Major Oliphant sagte. Der Leser erinnert sich, daß die beiden Offiziere von Gibraltar einen heimlichen Besuch in Ceuta abgestattet hatten, als die Spanier noch daselbst weilten, wobei sie jene leicht zu erreichende Zession des Eilandes an England erwirkten.
Das Argument, auf welches Kapitän Servadac sich ein wenig zu stützen gedachte, zerfiel also in sich selbst, was eine ungeheure Enttäuschung des Eroberers und seines Generalstabs-Chefs zur Folge hatte. Er hütete sich auch sehr wohl, auf seinem Vorhaben zu beharren oder es überhaupt nur durchblicken zu lassen.
»Darf ich erfahren«, begann Major Oliphant wieder, »was mir die Ehre Ihres Besuches verschafft?«
»Ich kam, Herr Major«, antwortete Hector Servadac, »um Ihnen und Ihren Leuten einen Dienst zu erweisen.«
»So!« versetzte der Major mit dem Tone eines Mannes, der von niemand eine Gefälligkeit nötig zu haben glaubt.
»Vielleicht sind Sie, Major Oliphant, nicht völlig von

dem unterrichtet, was vorgegangen ist, und wissen z. B. nicht, daß die Felsen von Ceuta und Gibraltar jetzt auf einem Kometen durch die Sonnenwelt irren?«

»Auf einem Kometen?« wiederholte der Major ungläubig lächelnd.

Kapitän Servadac teilte ihm nun mit kurzen Worten die Folgen des Zusammenstoßes der Erde und der Gallia mit, was der englische Offizier mit gewohnter Ruhe anhörte. Er fügte dann hinzu, daß alle Aussicht vorhanden sei, bald nach der Erdkugel zurückzukehren und es sich vielleicht empfehlen möchte, daß alle Insassen der Gallia ihre Kräfte vereinigten, um die Gefahren der bevorstehenden Kollision möglichst abzumindern.

»Ich stelle deshalb die Frage an Sie, Major Oliphant, ob Ihre kleine Garnison, sowie die von Gibraltar nicht etwa nach Warm-Land auswandern sollte?«

»Ich bin Ihnen sehr verbunden, Kapitän Servadac«, erwiderte frostig Major Oliphant, »doch unseren Posten dürfen wir auf keinen Fall verlassen.«

»Und warum nicht?«

»Wir haben dazu von der Regierung keinerlei Befehl und warten noch tagtäglich auf die Ankunft eines Postschiffes, um den Rapport an Admiral Fairfax mitzusenden.«

»Ich wiederhole Ihnen aber, daß wir uns überhaupt nicht mehr auf der Erde befinden und daß der Komet erst binnen zwei Monaten wieder mit jener zusammenstoßen wird!«

»Das nimmt mich nicht wunder, Kapitän Servadac, denn Englands Anziehungskraft allein dürfte dazu ausreichen!«

Offenbar glaubte der Major keine Silbe von dem, was ihm der Kapitän erzählte.

»Ganz nach Ihrem Belieben!« fuhr letzterer fort. »Sie wollen also diese beiden Posten in Ceuta und Gibraltar unter allen Umständen nicht aufgeben?«

»Ganz gewiß nicht, Kapitän Servadac, denn sie beherrschen den Eingang zum Mittelmeer.«

»O, von einem Mittelmeer ist gar nicht weiter die

Rede.«

»Ein Mittelmeer wird es stets geben, solange das England für gut hält! – Doch verzeihen Sie, Herr Kapitän, eben übermittelt mir Brigadier Murphy telegrafisch einen sehr bedenklichen Zug – Sie erlauben . . .«

Kapitän Servadac, der seinen Schnurrbart drehte, als ob er ihn ausreißen wollte, erwiderte vorschriftsmäßig den Gruß, mit dem sich Major Oliphant verabschiedete. Die englischen Soldaten zogen sich in ihre Kasematten zurück, und die beiden Eroberer standen allein am Fuße des Felsens.

»Vorwärts also, Ben-Zouf.«

»Oder vielmehr rückwärts, Herr Kapitän!« antwortete Ben-Zouf, dem es gar nicht mehr einfiel, das Lied von den Zephir aus Afrika anzustimmen.

Sie kehrten also zurück, wie sie gekommen waren, ohne Gelegenheit gefunden zu haben, die französische Flagge aufzupflanzen.

Kein Unfall hielt sie auf, und am 9. November schon setzten sie den Fuß wieder bei Warm-Land an das Ufer.

Sie kamen gerade zu rechter Zeit, um noch Zeugen eines sehenswerten Zornesausbruches Palmyrin Rosettes zu werden. Und wahrlich, der geplagte Gelehrte hatte alle Ursache dazu.

Man erinnert sich, wie fleißig der Professor seine Nerina beobachtet und ihre Elemente berechnet hatte. Eben glaubte er seine Arbeiten abschließen zu können.

Nerina aber, welche am Abend vorher wieder hätte aufgehen sollen, erschien nicht am Horizonte der Gallia. Bei Durchschneidung des Kreises der teleskopischen Planeten war sie von einem mächtigeren Asteroiden ohne Zweifel wieder – weggefangen worden!

Siebzehntes Kapitel

Welches die wichtige Frage der Rückkehr nach der Erde und sehr kühne Projekte des Leutnants Prokop behandelt.

Nach seiner Ankunft teilte Kapitän Servadac dem Grafen Timascheff den Erfolg seines Besuches bei den Engländern mit. Er verschwieg dabei nicht, daß Ceuta von den Spaniern, welche dazu gar keine Berechtigung hatten, verkauft worden sei, sprach aber wohlweislich nicht von seinen früheren eigenen Absichten.

Da die Engländer es abschlugen, nach Warm-Land überzusiedeln, beschloß man, auf sie keine weiteren Rücksichten zu nehmen. Sie waren ja gewarnt. Jetzt mochten sie sehen, wie sie sich allein halfen.

Nun schien es doch an der Zeit, sich über die ernste Frage des neuen Zusammentreffens zwischen Erde und Kometen klarzuwerden.

Zunächst mußte man es als ein wahrhaftes Wunder betrachten, daß Kapitän Servadac, seine Gefährten, die Tiere, kurz alle, welche damals von der Erde entführt wurden, den ersten Stoß überlebt hatten. Wahrscheinlich rührte das davon her, daß die Bewegung des Kometen sich aus irgendwelcher unbekannten Ursache damals verlangsamt hatte. Ob auf der Erde Opfer dieses Ereignisse zu beklagen waren, würde man ja später erfahren. Jedenfalls hatte keiner von allen, welche der Komet auf der Insel Gourbi, in Gibraltar, Ceuta, Madalena und Formentera mit sich fortriß, persönlich davon besonders gelitten.

Durfte man bei Gelegenheit der Rückkehr auf einen ähnlichen günstigen Ausgang hoffen? Wahrscheinlich nicht.

Am Morgen des 10. November kam diese hochwichtige Frage zur Verhandlung. Graf Timascheff, Kapitän Servadac und Leutnant Prokop fanden sich in der Höhle zusammen, welche ihnen als allgemeine Wohnung diente. Ben-Zouf nahm natürlich an der Sitzung teil. Palmyrin Rosette, den man formell eingeladen, hatte es abgeschlagen, da ihn diese Frage nicht im geringsten interessiere. Seit dem Verschwinden seiner geliebten Nerina konnte er sich nicht mehr trösten. Jetzt, wo ihm der Verlust seines Kometen ebenso drohte, wie der seines Satelliten, wünschte er einzig und allein in Ruhe gelassen zu werden. Man tat nach seinem Wunsche.

Kapitän Servadac und Graf Timascheff, deren gegenseitige Kälte immer mehr zunahm, unterdrückten doch ihre eigenen Empfindungen vollständig und behandelten diese Frage im Interesse aller.

Kapitän Servadac ergriff zuerst das Wort.

»Meine Herren«, begann er, »wir schreiben heute den 10. November. Sind die Berechnungen meines alten Lehrers richtig – und das müssen sie wohl sein –, so wird ein wiederholtes Zusammentreffen zwischen der Erde und unserem Kometen nach genau einundfünfzig Tagen stattfinden. Haben wir nun angesichts dieses Ereignisses irgendwelche Vorsichtsmaßregeln zu ergreifen?«

»Unzweifelhaft, Kapitän«, antwortete Graf Timascheff, »doch sind wir es auch imstande und nicht vielmehr ganz der Gnade der Vorsehung anheimgegeben?«

»Sie verbietet nicht, sich zu helfen, Herr Graf«, entgegnete Kapitän Servadac, »im Gegenteil.«

»Haben Sie denn eine Idee, was hier zu beginnen sei, Kapitän?«

»Leider nein.«

»Wie, meine Herren«, fiel da Ben-Zouf ein, »solche gelehrte Männer, wie Sie, mit allem Respekt, den ich vor Ihnen habe, sollten nicht einmal imstande sein, diesen verteufelten Kometen zu lenken, wohin und wie Sie wollten?«

»Erstens sind wir keine Gelehrten, Ben-Zouf«, erwiderte Kapitän Servadac, »und wären wir es, so vermöchten wir das doch nicht. Sieh doch, ob Palmyrin Rosette, der doch ein Gelehrter ist . . .«

»Und eine sehr lose Zunge hat«, schob Ben-Zouf ein.

»Das mag ja sein, aber sieh, ob er die Rückkehr der Gallia nach der Erde etwa verhindern kann.«

»Wozu nützt dann aber die ganze Wissenschaft?«

»Nun, meist um zu wissen, daß man noch lange nicht alles weiß!« belehrte ihn Graf Timascheff.

»Es steht fest, meine Herren«, ließ sich Leutnant Prokop vernehmen, »daß uns bei dem zu erwartenden Stoße neue Gefahren bedrohen. Mit Ihrer Erlaubnis will ich sie aufzählen; wir werden dann am besten sehen, ob es eine Möglichkeit gibt, sie zu bekämpfen oder doch ihre Wirkungen zu vermindern.«

»Wir hören, Prokop!« antwortete Graf Timascheff.

Alle sprachen über das alles mit einer Ruhe, daß man hätte glauben mögen, es ging sie selbst nicht das geringste an.

»Meine Herren«, begann Leutnant Prokop, »wir müssen uns zunächst fragen, in welcher Weise der neue Zusammenstoß zwischen Erde und Komet erfolgen wird. Dann werden wir sofort erkennen, was in dem einen oder anderen Falle zu fürchten oder zu hoffen ist.«

»Das scheint mir ganz logisch«, erwiderte Kapitän Servadac; »vergessen wir aber nicht, daß die beiden Gestirne sich das eine auf das andere zu bewegen und daß ihre Geschwindigkeit im Augenblick des Zusammentreffens vierundfünfzigtausend Meilen in der Stunde beträgt.«

»Zwei nette Eisenbahnzüge!« bemerkte Ben-Zouf.

»Suchen wir also zu ergründen, wie der Stoß erfolgen wird«, fuhr Leutnant Prokop fort. »Die beiden Weltkörper werden sich entweder in schiefer oder in normaler Richtung begegnen. Im ersten Falle könnte es vorkommen, daß die Gallia die Erde nur streifte, ebenso wie das erste Mal, ihr wiederum einige Stücke entrisse und im Weltraum ihre Bahn weiter fortsetzte. Dadurch würde die Lage ihrer Bahn zweifelsohne eine Veränderung erleiden, und wir dürften wenig Hoffnung haben, jemals unseresgleichen wiederzusehen.«

»Das wäre zwar Wasser auf Herrn Rosettes Mühle, aber nicht auf die unsere«, bemerkte Ben-Zouf sehr richtig.

»Lassen wir diese Hypothese also außer Frage«, sagte Graf Timascheff; »die Vorzüge und Nachteile dieses

Falles sind uns ja hinreichend bekannt. Beschäftigen wir uns gleich mit dem eigentlichen Stoße, d. h. mit dem Falle, daß die Gallia nach dem Zusammentreffen an die Erde gefesselt bliebe.«

»Wie eine Warze auf einem Gesichte«, sagte Ben-Zouf.

»Ruhe, Ben-Zouf«, befahl Hector Servadac.

»Zu Befehl, Herr Kapitän.«

»Gut, betrachten wir also«, nahm Leutnant Prokop wieder das Wort, »die möglichen Folgen eines direkten Stoßes. Vor allem ist zu bedenken, daß die Masse der Erde die der Gallia so wesentlich übertrifft, daß ihre Geschwindigkeit durch das Zusammentreffen nicht vermindert werden und sie den Kometen einfach mit sich fortführen wird.«

»Zugegeben«, antwortete Kapitän Servadac.

»Nun, meine Herren, bei einem direkten Stoße wird die Gallia auf die Erde entweder mit demjenigen Teile ihrer Oberfläche treffen, den wir hier am Äquator bewohnen, oder mit der entgegengesetzten Seite, wo unsere Antipoden weilen können, oder endlich mit dem einen oder dem anderen ihrer Pole. In jedem dieser Fälle ist aber überhaupt gar keine Aussicht vorhanden, daß nur eines der lebenden Wesen, welches sie trägt, dabei mit dem Leben davon käme.«

»Erklären Sie sich näher, Leutnant«, sagte Kapitän Servadac.

»Befinden wir uns zur Zeit des Zusammenstoßes an der davon betroffenen Stelle selbst, so werden wir notwendigerweise zermalmt.«

»Das versteht sich von selbst«, meinte Ben-Zouf.

»Bilden wir dagegen die Antipoden dieses Punktes, so droht uns, außer der ebenso unmöglichen Zermalmung, da die Geschwindigkeit, mit der wir dahinfliegen, plötzlich gehemmt wird – was der Wirkung eines Stoßes vollkommen gleichkommt –, noch die Gewißheit, zu erstikken. Die Gallia-Atmosphäre muß sich nämlich mit der Erd-Atmosphäre zu vermischen suchen, und auf dem Gipfel dieses sechzig Meilen hohen Berges, den die Gallia dann über der Erdoberfläche darstellen wird, dürfte sich keine atembare Luft mehr vorfinden.«

»Und wenn die Gallia die Erde mit einem ihrer Pole trifft?« fragte Graf Timascheff.

»In diesem Falle«, antwortete Leutnant Prokop, »würden wir rettungslos weggeschleudert und durch den furchtbaren Sturz zerschmettert werden.«

»Sehr schön«, murmelte Ben-Zouf.

»Ich erwähne hierzu aber noch, daß wir, selbst in dem unmöglichen Falle des nicht Eintretens einer dieser Hypothesen, unausweichlich verbrannt werden.«

»Verbrannt?« wiederholte Hector Servadac erstaunt.

»Jawohl; denn da die durch ein Hindernis aufgehobene Geschwindigkeit der Gallia sich in Wärme umwandeln muß, so wird der Komet unter einer Temperatur von mehreren tausend Grad durch und durch erglühen und sich entzünden müssen!«

Leutnant Prokop hatte mit seinen Worten vollständig recht. Seine Zuhörer sahen ihn an und hörten, ohne besonderes Erstaunen, seine Darlegung der verschiedenen möglichen Fälle an.

»Doch, Herr Prokop«, sagte Ben-Zouf, »erlauben Sie mir eine Frage. Wenn die Gallia nun in das Meer fiele?...«

»Wie tief der Atlantische und Stille Ozean auch sein mögen«, antwortete Leutnant Prokop »– und ihre Tiefe übersteigt nirgends einundeinhalb Meile – so wird dieses Wasserkissen doch noch lange nicht hinreichend sein, den Stoß auszugleichen. Alle die Folgen, welche ich eben aufzählte, würden trotzdem eintreten...«

»Und ersäuft würden wir noch dazu!...« vervollständigte Ben-Zouf.

»Also, meine Herren«, nahm Kapitän Servadac das Wort, »zerschmettert, zermalmt, erstickt oder gebraten zu werden, das wäre so etwa das Schicksal, welches uns bevorsteht, wie der Zusammenstoß auch ausfallen möge.«

»Jawohl, Herr Kapitän«, bestätigte Leutnant Prokop ohne Zögern.

»Na, wenn es so steht«, warf Ben-Zouf ein, »so sehe ich nur einen einzigen Ausweg.«

»Und welchen denn?« fragte Hector Servadac.

»Nun den, die Gallia vor dem Zusammenstoß zu verlassen.«

»Durch welches Mittel?«

»Oh, das Mittel wird wohl ein sehr einfaches sein«, antwortete Ben-Zouf ganz seelenruhig, »aber ich kenne keines.«

»Vielleicht aber ich!« sagte da Leutnant Prokop.

Aller Augen richteten sich auf den Leutnant, der, den Kopf in die Hände gestützt, irgendein kühnes Projekt zu erwägen schien.

»Vielleicht«, wiederholte er, »und so überspannt Ihnen mein Plan auch erscheinen möge, ich glaube doch, daß er des Versuches wert ist.«

»Erkläre dich!« sagte Graf Timascheff.

Noch einige Augenblicke blieb der Leutnant in Nachdenken versunken, dann begann er:

»Ben-Zouf hat den einzigen Weg angegeben, den wir einzuschlagen haben: die Gallia vor dem Stoße zu verlassen.«

»Sollte das möglich sein?« fragte Graf Timascheff.

»Ja ... vielleicht ... ja!«

»Und wie?«

»Mittels eines Ballons!«

»Im Ballon!« rief Kapitän Servadac, »oh, gehen Sie mir mit diesem so abgenutzten Mittel! Selbst in Romanen wagt man es nicht mehr, sich eines solchen zu bedienen.«

»Hören Sie mich gefälligst an, meine Herren«, fuhr Leutnant Prokop mit leichtem Runzeln der Augenbrauen fort. »Unter der Bedingung, daß wir den Augenblick des Zusammentreffens mit Sicherheit kennen, können wir uns auch eine Stunde vorher in die Atmosphäre der Gallia erheben. Diese Atmosphäre führt uns notwendig mit der ihr eigenen Schnelligkeit fort. Vor dem Zusammenstoße dürfte sie sich aber doch mit der der Erde vereinigen, und so erscheint es möglich, daß der

Ballon gleitend von der einen in die andere übergeht, dadurch dem direkten Stoße ausweicht und sich während desselben in der Luft erhält.«

»Richtig, Prokop«, äußerte Graf Timascheff, »wir verstehen dich und werden ausführen, was du da sagst.«

»Die Partie steht deshalb«, fuhr Leutnant Prokop fort, »immer noch wie eins zu neunundneunzig.«

»Zu neunundneunzig!«

»Mindestens, denn jedenfalls wird der Ballon im Momente der Unterbrechung seiner Fortbewegung auch in Brand geraten.«

»Der auch?« rief Ben-Zouf.

»Ebenso wie der Komet«, erwiderte Leutnant Prokop ». . . Mindestens wenn diese Vereinigung der beiden Atmosphären . . . ja . . . ich weiß nicht . . . es wäre mir schwer, das zu sagen, mit einem Wort, es scheint mir besser, die Gallia vor dem Zusammenstoße verlassen zu haben.«

»Ja, ja«, fiel Kapitän Servadac ein, »und wenn die Partie wie eins zu hunderttausend stände, wir würden den Versuch wagen!«

»Wir haben aber keinen Wasserstoff, um den Ballon zu füllen . . .« warf Graf Timascheff ein.

»Oh, dazu«, sagte Leutnant Prokop, »wird schon warme Luft ausreichen, da wir uns nicht länger als eine Stunde schwebend zu erhalten brauchen.«

»Schön«, meinte Kapitän Servadac ». . . eine Montgolfière . . . das ist einfacher und eine solche ist leichter herzustellen . . . doch, die Hülle? . . .«

»Die schneiden wir aus den Segeln der Dobryna, welche aus leichter und sehr fester Leinwand bestehen . . .«

»Richtig, Prokop«, fiel Graf Timascheff ein, »du weißt doch auf alles eine Antwort.«

»Hurra! Bravo!« rief Ben-Zouf zum Schlusse.

In der Tat, es war wohl ein kühner Plan, den Leutnant Prokop entwickelte, da aber der Untergang der Kolonisten in jedem anderen Falle sicher schien, so durfte man vor diesem Abenteuer nicht zurückschrecken, sondern bald an dessen Vorbereitung denken. Hierzu mußte freilich nicht nur die Stunde, sondern auch die Minute, womöglich die Sekunde des Zusammenstoßes vorher genau bekannt sein.

Kapitän Servadac übernahm es, Palmyrin Rosette, unter Beobachtung aller Vorsichtsmaßregeln, danach zu fragen.

Unter der Leitung des Leutnants begann man schon jetzt also die Herstellung der Montgolfière. Diese mußte ziemlich große Dimensionen erhalten, um alle Bewohner von Warm-Land aufnehmen zu können – dreiundzwanzig Personen, da man keine Ursache hatte, nach ihrer Weigerung auf die Engländer von Ceuta und Gibraltar weiter Rücksicht zu nehmen.

Leutnant Prokop gedachte die Aussicht auf den erwünschten Erfolg der bevorstehenden Luftfahrt noch dadurch zu erhöhen, daß er sich die Möglichkeit sicherte, nach dem Stoße im Notfalle noch eine Zeitlang in der Luft schweben zu können, da es darauf ankommen konnte, einen passenden Platz zum Niedergehen erst auszuwählen. Er beschloß demnach, eine gewisse Menge Brennmaterial, trockenes Laub und Stroh, mitzunehmen, um die Luft im Innern der Montgolfière länger warm halten zu können. So verfuhren früher die ersten Aeronauten.

Die Segel der Dobryna waren im Nina-Bau untergebracht worden. Sie bestanden aus einem sehr dichten Gewebe, das man mittels eines Firnisses bequem noch undurchdringlicher machen konnte. Alles hierzu Nötige fand sich unter der Ladung der Tartane und stand dem Leutnant also zur Verfügung. Dieser zeichnete nun den Riß der zu schneidenden Streifen genau auf. Alle Hände waren bald beschäftigt, dieselben zusammenzunähen – alle, selbst die der kleinen Nina. Die russischen Matrosen erwiesen sich bei dieser Arbeit besonders geübt, und lehrten auch die Spanier, wie sie sich anstellen sollten, so daß das ganze Atelier bald in vollständiger Tätigkeit war.

Ein Monat ging bei diesen Arbeiten hin. Kapitän Servadac hatte noch immer keine Gelegenheit gefunden, an seinen früheren Lehrer jene Fragen wegen der genauen Zeit des erwarteten neuen Zusammenstoßes zu richten. Palmyrin Rosette war total unzugänglich. Es vergingen ganze Tage, ohne daß man ihn zu sehen bekam. Da die Temperatur jetzt am Tage erträglicher war, verschloß er sich in sein Observatorium, von dem er förmlich Besitz genommen, und wo er jedermann den Zutritt verwehrte. Als Hector Servadac nur einmal einen Versuch wagte, kam er sehr übel an. Mehr als je verzweifelt, nach der Erde zurückkehren zu sollen, hatte er nicht die geringste Lust, sich mit den dabei zu erwartenden Gefahren zu beschäftigen, noch etwas für das allgemeine Beste zu tun.

Und doch erschien es vor allem wichtig, genau den Augenblick zu kennen, in dem die beiden Himmelskörper mit einer Geschwindigkeit von vierzehnundeinviertel Meilen in der Sekunde aufeinandertreffen würden.

Kapitän Servadac mußte sich eben in Geduld fassen, und er tat es.

Inzwischen näherte sich die Gallia der Sonne mehr und mehr. Die Erdscheibe wuchs sichtlich vor den Augen der Gallia-Bewohner. Während des Monats November hatte der Komet eine Strecke von 35.₄ Millionen Meilen zurückgelegt und befand sich am 1. Dezember noch 46.₈ Millionen Meilen weit von der Sonne.

Die Temperatur stieg beträchtlich und führte mit dem Tauwetter den Eisbruch herbei. Oh, es bot ein herrliches Schauspiel, als das Eis des Meeres sich auflöste und in Bewegung kam. Man hörte den »furchtbaren Eisschrei«, wie die Walfischfahrer sagen.

Über die Abhänge des Vulkanes und des Strandes schlängelten sich launenhaft die ersten Wasserfäden, die sich nach wenigen Tagen zu Wildbächen und Wasserfällen ausbildeten. Allüberall schmolz nun der Schnee der Höhen.

Gleichzeitig stiegen auch wieder leichte Dünste am Horizonte auf. Nach und nach ballten sie sich zu Wolken zusammen, die der Wind, der während des langen Gallia-Winters vollständig geruht hatte, luftig vor sich herfegte. Wohl mußte man sich jetzt auf nahe bevorstehende Störungen der Atmosphäre gefaßt machen, doch es war ja das Leben, das mit dem Lichte und der Wärme auf der Oberfläche des Kometen wieder erwachte.

Jetzt traten auch zwei längst vorhergesehene Ereignisse ein und führten die Zerstörung der Gallia-Marine herbei.

Zur Zeit des Eisbruches schwebten die Goelette und die Tartane noch immer hundertfünfzig Fuß über der Oberfläche des Meeres. Mit dem Tauwetter lockerte sich ihr enormer kristallener Grundpfeiler und neigte sich zur Seite. Es begann ihm seine von dem wärmeren Wasser benagte Basis zu fehlen, wie man das an den Eisbergen der arktischen Meere ja so häufig beobachtet. An eine Rettung der Fahrzeuge war nicht zu denken gewesen; jetzt sollte die Montgolfière ihre Stelle so gut es ging ersetzen.

In der Nacht vom 12. zum 13. Dezember kam es zum Eisbruche. Der gewaltige Pfeiler verlor das Gleichgewicht und stürzte in einem Stücke um. Um die Hansa und die Dobryna, welche an den Felsen des Ufers in tausend Trümmer zerschellten, war es nun geschehen.

Dieses Unglück, welches alle voraussahen und nicht abwenden konnten, erfüllte die Kolonisten doch mit recht schmerzlichen Empfindungen. Sie hatten das Gefühl, als sei ihnen ein liebgewordenes Stück der alten Erde entrissen worden.

Isaak Hakhabuts Jeremiaden angesichts dieser urplötzlichen Zerstörung der Tartane, seine Verwünschungen der »schlechten Menschen« wiederzugeben, ist fast unmöglich. Er beschuldigte vorzüglich den Kapitän Servadac und dessen Leute.

Hätte man ihn nicht genötigt, die Hansa nach dieser Bucht von Warm-Land überzuführen und ihn im Hafen der Insel Gourbi zurückgelassen, so wäre das alles nicht vorgekommen. Man hatte gegen seinen ausgesprochenen Willen gehandelt und war nun dafür verantwortlich. Nach der Rückkehr zur Erde werde er schon diejenigen, welche ihm einen so ungeheuren Schaden zugefügt, zu belangen wissen.

»Mordio!« fuhr Kapitän Servadac auf, »werdet Ihr nun schweigen, Meister Isaak, oder ich lasse Euch in Ketten legen!«

Isaak Hakhabut schwieg und verkroch sich in seinem Winkel.

Am 14. Dezember wurde die Montgolfière fertig. Sorgfältig genäht und gefirnißt, versprach sie eine außergewöhnliche Haltbarkeit. Das Netz hatte man aus den leichten Seifingen (die Hanffäden, mit denen die Segel an ihren Rahen aufgebunden werden) der Dobryna geknüpft. Der Nachen aus Weidengeflecht, von früheren dünnen Scheidewänden im Raume der Hansa herrührend, reichte zur Aufnahme von dreiundzwanzig Personen hin. Es handelte sich ja aller Voraussicht nach nur um eine kurze Auffahrt – um die nötige Zeit, aus der Atmosphäre der Gallia in die der Erde hinüberzugleiten – bei der man auf besondere Bequemlichkeit wohl verzichten konnte.

Immer harrte freilich die Frage nach der Stunde, Minute und Sekunde ihrer Lösung, über welche sich der griesgrämige, starrköpfige Palmyrin Rosette noch nicht ausgesprochen hatte.

Während dieser Zeit durchschnitt die Gallia auch von neuem die Bahn des Mars, der sich in einer Entfernung von 33,6 Millionen Meilen befand. Von ihm war also nichts zu fürchten.

An eben diesem Tage, dem 15. Dezember, glaubten die Gallia-Bewohner aber doch ihr letztes Stündlein gekommen. Es ereignete sich nämlich eine Art »Erdbeben«. Der Vulkan wankte, als würde er von unterirdischen Krämpfen geschüttelt. Kapitän Servadac und seine Genossen fürchteten ein völliges Zerbersten des Kometen und flüchteten eiligst aus dem erzitternden Berge.

Da hörte man oben aus dem Observatorium einen gellenden Aufschrei und sah den unglücklichen Professor mit noch einem Überbleibsel seines zerbrochenen Fernrohres auf dem Felsen erscheinen.

Keiner dachte aber daran, ihn teilnehmend zu beklagen. Trotz der dunklen Nacht sah man einen anderen Satelliten um die Gallia kreisen.

Es war ein Stück des Kometen selbst.

Unter der Wirkung einer inneren Spannung hatte er sich verdoppelt, wie es früher schon einmal dem Bielaschen Kometen ergangen ist. Ein gewaltiges Bruchstück war von ihm losgerissen, in den Weltraum hinausgeschleudert worden und entführte gleichzeitig die Engländer in Ceuta, wie ihre Nachbarn in Gibraltar.

Achtzehntes Kapitel

In welchen man sehen kann, wie die Gallia-Bewohner sich vorbereiten, ihren ganzen Asteroiden aus der Vogelschau zu betrachten.

Welcher Art konnten wohl die Folgen dieses wichtigen Ereignisses für die Gallia sein? Kapitän Servadac und seine Gefährten wagten gar nicht, sich diese Frage zu beantworten.

Die Sonne erschien über dem Horizonte, und zwar um so zeitiger, da die stattgefundene Verdoppelung nachstehendes Resultat ergeben hatte: Wenn die Richtung der Umdrehung der Gallia sich auch nicht veränderte, der Komet sich also wie früher von Osten nach Westen um seine Achse bewegte, so war doch die Dauer dieser Rotation noch einmal um die Hälfte vermindert worden. Die Zeit zwischen zwei Sonnenaufgängen betrug jetzt nur noch sechs Stunden, statt früher deren zwölf. Drei Stunden nach Aufgang an dem einen Horizonte verschwand das Strahlengestirn schon an dem entgegengesetzten.

»Mordio«, rief Kapitän Servadac, »nun haben wir gar ein Jahr von eintausendneunhundertzwanzig Tagen.«

»Für diesen Kalender wird's bald nicht mehr Heilige genug geben!« bemerkte Ben-Zouf.

In der Tat, hätte Palmyrin Rosette seinen Kalender

auch dieser neuen Dauer der Gallia-Tage anpassen wollen, so wäre er dahingelangt, etwa vom 238. Juni oder vom 325. Dezember sprechen zu können.

Von dem Bruchstücke der Gallia, welches die Engländer samt Gibraltar entführte, sah man deutlich, daß es nicht rund um den Kometen gravitierte, sondern sich im Gegenteil von demselben entfernte. Hatte es auch einen Teil des Meeres und der Atmosphäre der Gallia mit sich fortgerissen? Bot es überhaupt die für seine Bewohnbarkeit notwendigen Bedingungen? Und sollte es, wenn letzteres der Fall war, wohl jemals zur Erde zurückkehren?

Das sollte man später erfahren.

Welche Folgen äußerte aber die Verdoppelung bezüglich der Fortbewegung der Gallia? Diese Fragen hatten sich Graf Timascheff, Kapitän Servadac und Leutnant Prokop zuerst vorgelegt. Gleich zu Anfang empfanden sie eine nicht geringe Zunahme ihrer Kräfte und konstatierten eine weitere Abnahme der Schwerkraft. Da sich die Masse der Gallia gar nicht unbedeutend verringert hatte, sollte sich nun nicht auch die Geschwindigkeit verändert haben und mußte man nicht fürchten, daß sie bei einer auch nur geringen Verzögerung oder Beschleunigung die Erde verfehlen würde?

Das wäre freilich ein nicht wieder gutzumachendes Unglück gewesen.

Aber hatte sich denn die Geschwindigkeit der Gallia wirklich, und wenn auch nur um ein weniges, verändert? Leutnant Prokop glaubte es nicht, er erlaubte sich aber, wegen Mangels hinreichender Kenntnisse in solchen Dingen, kein Urteil darüber.

Palmyrin Rosette allein vermochte diese Frage zu beantworten. Man mußte ihn also auf die eine oder die andere Art, durch Überredung oder Gewalt dazu bewegen, zu sprechen und gleichzeitig die genaue Stunde anzugeben, wann der Zusammenstoß stattfinden werde.

Im Laufe der nächstfolgenden Tage machte man zunächst die Bemerkung, daß der Professor in geradezu abscheulicher Laune war. Sollte man das als eine Folge des Verlustes seines geliebten Fernrohres betrachten oder vielleicht daraus schließen, daß die Verdoppelung die Geschwindigkeit der Gallia doch nicht verändert habe und sie der Erde in dem schon früher berechneten Augenblicke begegnen werde? Denn wenn sich der Komet infolge der Verdoppelung in seiner Bewegung wirklich beschleunigte oder verzögerte und die endliche Rückkehr dadurch infrage gestellt gewesen wäre, so wäre auch die Befriedigung Palmyrin Rosettes eine so große gewesen, daß er sie gewiß nicht hätte verbergen können. Da er jetzt nicht freudig aufjubelte, hatte er sicher – wenigstens in obiger Beziehung – keinen Grund dazu.

Kapitän Servadac und seine Begleiter setzten allerdings ihr Vertrauen auf diese Beobachtung, und doch genügte ihnen das nicht gänzlich. Man mußte diesem Stacheligel sein Geheimnis entreißen.

Endlich sollte das Kapitän Servadac, und zwar unter folgenden Umständen gelingen:

Es war am 18. Dezember. Palmyrin Rosette lag eben in heftigem Streit mit Ben-Zouf. Letzterer hatte den Professor in der Person seines Kometen beleidigt. Ein hübsches Gestirn, meiner Treu, das sich umherwerfen läßt wie ein Kinderspielzeug, das zerplatzt wie ein Schlauch und aufspringt wie eine trockene Nuß! Lieber möchte ich auf einer Granate, auf einer Bombe leben, deren Lunte schon entzündet ist usw. Kurz, jedermann wird sich leicht vorstellen können, in welcher Weise sich Ben-Zouf über dieses Thema ausließ. Die beiden Gegner warfen sich gegenseitig, der eine die Gallia, der andere den Montmartre an den Kopf.

Da wollte es der Zufall, daß Kapitän Servadac gerade während des hitzigsten Streites hinzukam. War es eine Eingebung von oben – jedenfalls sagte er sich, daß, da bei Palmyrin Rosette mit Sanftmut nichts zu erreichen sei, die Gewalt vielleicht bessere Dienste leisten werde, und so nahm er absichtlich Ben-Zoufs Partei.

Wie brauste da der Professor auf in hellem Zorn, der sich in den erbittertsten Worten Luft machte.

Kapitän Servadac stellte sich ebenfalls, als ob er wer weiß wie wütend wäre, und sagte:

»Herr Professor, Sie lassen Ihrer Zunge in einer Weise freien Lauf, welche mir nicht im geringsten paßt, und die ich entschlossen bin, nicht länger zu ertragen. Sie vergessen zu häufig, daß sie mit dem Generalgouverneur der Gallia sprechen!«

»Und Sie«, erwiderte der zornsprühende Astronom, »Sie vergessen, daß Sie dem Eigentümer derselben antworten!«

»Das ändert nichts an der Sache. Ihre Eigentumsrechte scheinen mir überhaupt etwas zweifelhafter Natur!«

»Was sagen Sie?«

»Und da es uns nun nicht möglich ist, zur Erde zurückzukehren, so werden Sie sich den Gesetzen, wie sie auf der Gallia herrschen, gefälligst fügen lernen.«

»Ah, sehr schön«, versetzte Palmyrin Rosette, »ja, ich werde mich Ihnen in Zukunft unterwerfen.«

»Ich hoffe nach allen Seiten.«

»Vorzüglich jetzt, da die Gallia nicht mehr zur Erde zurückkehren soll! . . .«

»Und wir dazu bestimmt sind, ewig auf derselben zu leben«, vervollständigte Kapitän Servadac.

»Und warum soll denn die Gallia nicht mehr zur Erde zurückkehren?« fragte der Professor mit einem Tone der größten Verachtung.

»Weil sich ihre Masse«, antwortete der Kapitän Servadac, »nach der Verdoppelung wesentlich vermindert hat und folglich eine Veränderung ihrer Geschwindigkeit stattgefunden haben muß.«

»Ja, wer sagt denn das?«

»Das sage ich und jeder andere auch.«

»Nun, Herr Kapitän, alle übrigen und auch Sie sind . . .«

»Herr Rosette!«

»Sie sind unwissende Toren, die von der Himmelsmechanik nicht das geringste verstehen!«

»Nehmen Sie sich in acht!«

»Sowenig wie von der elementaren Physik . . .«

»Mein Herr!«

»Oh, Sie schlechter Schüler!« fuhr der Professor fort, dessen Wut sich zum Paroxismus steigerte. »Ich hab' es noch nicht vergessen, daß Sie einst meiner Klasse zur Schande gereichten! . . .«

»Das ist zuviel!«

»Daß Sie die ganze Charlemagne verunzierten! . . .«

»Werden Sie nun schweigen, oder . . .«

»Nein, ich werde nicht schweigen und wenn Sie zehnmal Kapitän wären. Herr mein Gott, das sind mir schöne Physiker! Weil die Masse der Gallia eine Verminderung erfuhr, bilden sie sich ein, daß das einen Einfluß auf ihre Tangential-Geschwindigkeit haben müsse. Als ob diese Bewegung nicht einzig und allein von der ihr zu Anfang erteilten Geschwindigkeit und der Anziehung der Sonne abhinge! Als ob man Störungen nicht berechnen könne, ohne die Masse der gestörten Himmelskörper zu kennen! Ist denn etwa die Masse der Kometen stets bekannt? Nein! Berechnet man wohl ihre Störungen? Ja! – Oh, Sie können mir wahrlich leid tun!«

Der Professor geriet ganz außer sich. Ben-Zouf, der den Zorn seines Kapitäns ernst nahm, fragte diesen:

»Wünschen Sie, daß ich ihn in zwei Stücke zerbreche, Herr Kapitän, daß ich ihn verdoppele, wie seinen erbärmlichen Kometen?«

»Wagt es nur, mich anzurühren«, rief Palmyrin Rosette, und richtete seine winzige Figur kerzengerade in die Höhe.

»Mein Herr«, entgegnete lebhaft Kapitän Servadac, »ich werde Sie schon zur Vernunft zu bringen wissen!«

»Und ich werde Sie wegen Ihrer Drohungen oder handgreiflichen Vergehen vor die kompetenten Gerichte ziehen.«

»Vor die Gerichte der Gallia?«

»Nein, Herr Kapitän, aber vor die der Erde!«

»Oh, gehen Sie doch! Die Erde ist weit von hier!« spottete Kapitän Servadac.

»So weit sie jetzt auch noch ist«, versetzte Palmyrin

Rosette, der seiner gar nicht mehr Herr war, »so werden wir ihre Bahn doch im aufsteigenden Knoten in der Nacht vom 31. Dezember zum 1. Januar schneiden und daselbst um zwei Uhr siebenundvierzig Minuten fünfunddreißig sechs Zentel Sekunden des Morgens ankommen!...«

»Lieber Herr Professor«, antwortete Kapitän Servadac mit einem höflichen Gruße, »mehr wollte ich von Ihnen gar nicht erfahren!«

Schleunigst ließ er den so glücklich ausgefragten Professor Rosette stehen, dem Ben-Zouf noch einen eben so höflichen Gruß bieten zu müssen glaubte wie sein Kapitän.

Hector Servadac und seine Freunde wußten nun endlich, was sie so sehnlichst zu wissen verlangten. Um zwei Uhr siebenundvierzig Minuten fünfunddreißig sechs Zehntel Sekunden sollte der Zusammenstoß stattfinden.

Bis dahin lagen noch fünfzehn Erdentage, dreißig Gallia-Tage nach dem alten Kalender oder sechzig nach dem neuen vor ihnen!

Die Vorbereitungen dieser »Abreise« wurden nun mit einem Eifer sondergleichen betrieben. Alle konnten es kaum erwarten, die Gallia zu verlassen.

Leutnant Prokops Montgolfière schien ein beruhigendes Hilfsmittel, die Erdkugel ohne Gefahr zu erreichen. Aus der Gallia-Atmosphäre in die der Erde hinüberzugleiten, was hätte noch leichter und bequemer sein können. Freilich vergaß man hier die tausend Gefahren einer bei allen früheren Lustreisen noch nicht dagewesenen Lage. War das nicht ganz natürlich? Leutnant Prokop wiederholte indessen mehrmals, daß die Montgolfière durch die plötzliche Hemmung ihrer Bewegung jedenfalls in Brand geraten und ihre Insassen ebenso verbrennen würden – wenn nicht ein Wunder geschähe.

Kapitän Servadac erwies sich jetzt wie immerdar als unverbesserlicher Enthusiast. Ben-Zouf endlich hatte stets den Wunsch gehegt, einmal eine Ballonfahrt mitzumachen; er sah sich also am Ziele seiner Wünsche.

Der kühler überlegende Graf Timascheff und sein

Leutnant Prokop vergegenwärtigten sich fast allein die Gefahren dieses waghalsigen Unternehmens. Nichtsdestoweniger waren sie zu allem bereit.

Jetzt verschwand die Eisdecke auch wieder von dem Meere. Die Dampfschaluppe wurde instand gesetzt und mit dem Reste der Steinkohlen zu einigen Fahrten nach der Insel Gourbi benutzt.

Kapitän Servadac, Leutnant Prokop und einige Russen führten die erste Reise dahin aus. Sie fanden die Insel, den Gourbi und das Wachthaus durch den langen Winter in keiner Weise verändert. Da und dort rannen einige muntere Bäche über das Land. Die Vögel, welche Warm-Land wieder verlassen hatten, schwärmten über diesem Restchen fruchtbaren Bodens, nachdem sie das Grün der Wiesen und Bäume gelockt hatte. Schon keimten junge Pflanzen unter dem Einflusse der Äquatorhitze der dreistündigen Tage hervor. Die Sonne goß lotrechte Strahlen von außerordentlicher Intensität über sie aus.

Hier herrschte der glühende Sommer, der dem harten Winter so gut wie unvermittelt folgte.

Auf der Insel Gourbi sammelte man auch die trockenen Blätter und das Stroh, welche zur Erzeugung der erwärmenden Luft für die Montgolfière dienen sollten. Wäre dieser ungeheure Apparat nicht gar so umfangreich gewesen, so hätte man ihn wohl gern über das Meer nach der Insel Gourbi geschafft. Da das nicht anging, zog man es vor, sich von Warm-Land aus zu erheben und dahin das Brennmaterial zu transportieren, welches die Verdünnung der Luft in dem Ballon hervorbringen sollte.

Jetzt schon verbrannte man für die Zwecke der täglichen Bedürfnisse die Trümmer der beiden Fahrzeuge. Als die Planken der Tartane demselben Schicksal verfallen sollten, versuchte Isaak Hakhabut sich dem zu widersetzen. Ben-Zouf machte ihm jedoch begreiflich, daß er für seinen Platz in der Gondel werde 50 000 Francs bezahlen müssen, wenn er es wagte, noch ferner den Mund aufzutun.

Isaak Hakhabut seufzte und schwieg.

Der 25. Dezember kam heran. Alle Vorbereitungen zur Abfahrt waren beendet. Weihnachten wurde in gleicher Weise wie das Jahr vorher, doch eher in gehobener religiöser Stimmung gefeiert. Den bevorstehenden Neujahrstag gedachten die wackeren Leute alle ja auf der Erde mit zu begehen, und Ben-Zouf versprach sogar dem jungen Pablo und der kleinen Nina schon jetzt allerliebste Neujahrspräsente.

»Seht ihr«, sagte er, »es ist wirklich so gut, als hättet ihr sie schon!«

Obwohl man es in Anbetracht des herannahenden letzten Augenblickes kaum glauben sollte, so dachten Kapitän Servadac und Graf Timascheff doch an ganz andere Dinge als an die Gefahren der »Landung«. Die Kälte, welche sie gegeneinander zur Schau trugen, war keineswegs eine erkünstelte. Die beiden Jahre, die sie fern von der Erde zusammen verlebt, erschienen ihnen jetzt wie ein halbvergessener Traum, wo sie so nahe daran waren, einander auf der alten Erde wieder Auge in Auge gegenüberzutreten. Ein reizendes Bild drängte sich wieder zwischen sie und ließ sie gegenseitig sich nicht mehr so sehen wie vordem.

Dem Kapitän Servadac fiel es nun auch wieder ein, das berühmte Rondeau zu vollenden, bei dessen letztem Verse jene unangenehme Unterbrechung eintrat. Noch einige Zeilen fehlten dem kleinen Gedichte zu seiner Vollendung. Einen Dichter hatte die Gallia einst der Erde entführt – einen Dichter sollte sie ihr jetzt wiedergeben.

Von Zeit zu Zeit wiederholte sich Kapitän Servadac also alle die widerspenstigen Reime.

Was die anderen Bewohner der Kolonie betrifft, so hatten Graf Timascheff und Leutnant Prokop alle Eile, die Erde wiederzusehen, die übrigen Russen aber nur den einen Gedanken, ihrem Herrn zu folgen, wohin er sie auch führen werde.

Die Spanier befanden sich auf der Gallia so wohl, daß sie auch den Rest ihrer Tage gern hier verlebt hätten; immerhin freuten sich Negrete und seine Landsleute darauf, die Fluren Andalusiens einmal wieder zu begrüßen.

Pablo und Nina schienen entzückt, mit allen ihren Freunden zurückzukehren, freilich unter der Bedingung, diese auch später niemals zu verlassen.

Nur ein einziger Unzufriedener befand sich unter allen – der Brummbär Palmyrin Rosette. Er kam aus seiner verbissenen Stimmung gar nicht mehr heraus und schwor Tag für Tag, daß er sich in der Gondel nicht mit einschiffen werde. Nein! Er wollte Tag und Nacht seine astronomischen Beobachtungen fortsetzen. Oh, wie beklagte er den Verlust seines Fernrohrs! Gerade jetzt, wo die Gallia die Zone der Sternschnuppen durcheilte! Waren da keine wichtigen Erscheinungen zu beobachten, keine neuen Entdeckungen zu machen?

In seiner Verzweiflung bediente sich Palmyrin Rosette eines wahrhaft heroischen Mittels, indem er die Pupille seiner Augen vergrößerte, um durch deren verstärktes Sehvermögen das verlorene Fernglas möglichst zu ersetzen. Er tröpfelte sich in die Augen nämlich eine Belladonna-Lösung, die sich in der Apotheke des Nina-Baues vorfand, und sah und sah hinaus ins Weite, daß er fast blind ward! Doch, obwohl er die Lichtempfindlichkeit seiner Netzhäute durch jenes Mittel wesentlich erhöhte, er sah doch nichts, er entdeckte nichts!

Die letzten Tage verstrichen unter einer wahrhaft fieberhaften Erregung, von der niemand freiblieb. Leutnant Prokop überwachte die letzten notwendigen Details. Am Strande wurden die beiden Masten der Goelette aufgerichtet, um als Träger der ungeheuren Montgolfière zu dienen, die jetzt zwar noch nicht aufgebläht, doch schon mit ihrem Netze umgeben war. Auch die Gondel stand bereit, hinlänglich groß, um alle Passagiere aufzunehmen. Einige an deren Seitenwänden befestigten Schläuche verliehen ihr die Fähigkeit, eine Zeitlang zu schwimmen, für den Fall, daß die Montgolfière nahe einer Küste in ein Meer niederfallen sollte. Sank sie freilich in den offenen Ozean hinab, so mußte sie mit allen ihren Insassen zugrunde gehen, wenn sich nicht zufällig Schiffe in der Nähe befanden, um jene aufzunehmen.

So verstrich der 26., 27., 28., 29. und 30. Dezember. Nur achtundvierzig Erdenstunden sollten sie noch auf der Gallia zubringen.

Der 31. Dezember brach an. Nur noch vierundzwanzig Stunden, dann sollte die von armer, verdünnter Luft geschwellte Montgolfière sich in die Gallia-Atmosphäre erheben. Freilich war diese Atmosphäre weniger dicht als jene der Erde, doch darf man hierbei nicht außer acht lassen, daß sich der ganze Apparat infolge der allgemein verminderten Anziehungskraft eben auch leichter emporschwingen mußte.

Die Gallia befand sich jetzt 24 Millionen Meilen, also etwas weiter als die Erde, von der Sonne entfernt. Mit ungeheurer Schnelligkeit strebte sie gegen das Erdsphäroid zu, das sie in seinem aufsteigenden Punkte der Ekliptik treffen sollte.

Die Distanz zwischen Erde und Kometen maß jetzt kaum 1¼ Million Meilen. Da sich die beiden Weltkörper aufeinander zu bewegten, so durcheilten sie diesen Zwischenraum mit einer Schnelligkeit von 52 000 Meilen in der Stunde, von denen etwa 34 000 auf die Gallia und gegen 18 000 auf die Erde kamen.

Endlich, um zwei Uhr morgens, bereiteten sich die Bewohner des Kometen zum Aufbruch. Binnen siebenundvierzig Minuten fünfunddreißig Sekunden sollte der Zusammenstoß stattfinden.

Infolge der beschleunigten Rotationsbewegung der Gallia um ihre Achse war es jetzt schon hell, ebenso wie auf derjenigen Seite der Erdkugel, an welche der Komet antreffen mußte.

Seit einer Stunde schwebte die Montgolfière bereits vollständig gefüllt zwischen den Masten. Sie bewährte sich vollkommen. Der ungeheuere Apparat war zur Auffahrt fertig. Seine an dem Netze befestigte Gondel harrte nur noch der Passagiere. Die Gallia gravitierte jetzt 45 000 Meilen von der Erde entfernt.

Isaak Hakhabut nahm zuerst in der Gondel Platz.

Da bemerkte Kapitän Servadac, daß der Jude einen schwer gefüllten Gürtel um die Hüften trug.

»Was ist das?« fragte er.

»Oh, Herr Gouverneur«, antwortete Isaak Hakhabut, »es ist mein bescheidenes Vermögen, das ich mit mir nehme.«

»Wieviel wiegt denn Euer bescheidenes Vermögen?«

»Ach, kaum sechzig Pfund.«

»Sechzig Pfund! Und die Montgolfière besitzt nur eine Tragkraft, um uns selbst emporzuheben. Entledigt Euch dieser unnützen Last!«

»Aber Herr Gouverneur . . .«

»Keine Einrede, sag ich Euch, wir dürfen die Gondel nicht überlasten.«

»Herrgot Israels«, jammerte der Jude, »mein ganzes sauer erworbenes Hab und Gut!«

»Ei was, Meister Isaak, Ihr wißt ja recht gut, daß Euer Gold auf der Erde später so gut wie gar keinen Wert haben kann, da die Gallia allein hundertsechsundvierzig Sextillionen Francs an Gold enthält! . . .«

»Erbarmen, gnädiger Herr, Erbarmen!«

»Vorwärts, Mathathias!« mischte sich Ben-Zouf ein, »befreie uns von deiner Person oder entledige dich deines Goldes – ganz nach Belieben!«

Es half dem unglücklichen Juden kein Klagen, er mußte sich seiner enormen Geldkatze entledigen, was natürlich nur unter einem Schwall von Jammertönen geschah, den wir hier vergeblich wiederzugeben versuchen würden.

Mit Palmyrin Rosette lag die Sache ganz anders. Der gelehrte Wüterich bestand darauf, von dem Kerne seines Kometen nicht zu weichen. Niemand sollte ihn seinem eigenen Gebiete entreißen! Diese Montgolfière wäre auch ein ganz widersinnig erdachtes Rettungsmittel. Beim Übergange aus einer Atmosphäre in die andere mußte sie ja auflodern wie ein Stück Papier. Seiner Ansicht nach war weniger Gefahr dabei, auf der Gallia auszuharren, und wenn dieselbe gegebenenfalls die Erde doch nur streifen sollte, so würde wenigstens Palmyrin

Rosette mit ihr weiter durch den Weltraum schweben. Dazu begleitete er tausend andere Gründe noch mit den wütendsten und auch lächerlichsten Drohungen, so z. B., daß er den Schüler Servadac mit Strafarbeitn überhäufen werde u. dergl. mehr.

Trotz seines Widerstrebens ward der Professor aber doch als zweiter in der Gondel untergebracht und durch zwei handfeste Matrosen an seinem Platze gehalten. Kapitän Servadac, entschlossen, ihn auf keinen Fall auf der Gallia zurückzulassen, hatte ihn deshalb in dieser etwas rücksichtslosen Weise eingeschifft.

Die beiden Pferde und Ninas Ziege mußte man freilich opfern! Das gab ein rechtes Herzeleid für Ben-Zouf und das kleine Mädchen. Es war indessen gar nicht daran zu denken, jene mitzunehmen. Von allen vorhandenen Tieren erhielt nur Ninas Taube einen Platz. Möglicherweise konnte sich diese ja noch als Bote zwischen den Insassen der Gondel und irgendeinem Punkte der Erdoberfläche nützlich erweisen.

Graf Timascheff und Leutnant Prokop nahmen auf die Einladung des Kapitäns hin ihre Plätze ein.

Zuletzt stand dieser mit seinem treuen Ben-Zouf nur allein noch auf dem Boden der Gallia.

»Nun vorwärts, Ben-Zouf, jetzt ist die Reihe an dir«, sagte er.

»Nach Ihnen, mein Kapitän.«

»Nein, nein! Ich muß bis zuletzt an Bord bleiben, gleich dem Befehlshaber eines Schiffes, wenn er gezwungen ist, dasselbe zu verlassen.«

»Ja, aber . . .«

»Tu, wie ich dir sage!«

»Auf Ihren Befehl also!« antwortete Ben-Zouf.

Die Ordonnanz stieg über den Rand des Nachens. Kapitän Servadac folgte.

Die letzten Leinen wurden gelöst, und majestätisch erhob sich die Montgolfière in die Lüfte.

Neunzehntes Kapitel

In welchem Minute für Minute die Empfindungen und Eindrücke der Gondel-Insassen nebst anderen Dingen verzeichnet werden.

Die Montgolfiere erreichte eine Höhe von zweitausendfünfhundert Metern, und Leutnant Prokop beschloß, sie in dieser Zone zu erhalten. Auf einem unter dem Ballon befestigten und mit trockenem Laube beschickten Netze von Eisendraht konnte leicht das nötige Feuer entzündet werden, um die Luft im Innern des Apparates auf dem gewünschten Grade von Verdünnung zu erhalten und dem Sinken der Montgolfière vorzubeugen.

Die Passagiere der Gondel ließen ihre Blicke unter sich, rings umher und über sich schweifen.

Unten breitete sich ein großer Teil des Gallia-Meeres aus, daß ein konkaves Becken zu bilden schien. Im Norden zeigte sich ein einzelner dunkler Punkt, das war die Insel Gourbi.

Im Westen hätte man vergeblch die Eilande von Ceuta und Gibraltar gesucht. Diese waren und blieben verschwunden.

Im Süden erhob sich der Vulkan, der das Ufer und das ausgedehnte Gebiet von Warm-Land beherrschte. Diese Halbinsel grenzte an den Kontinent an, welcher das ganze Gallia-Meer als fester Rahmen umschloß. Überall jener fremdartige Anblick, jene Lamellenbildung, jetzt übergossen von den irisierenden Strahlen der Sonne. Überall derselbe mineralische Stoff, jenes Goldtellurid, das allein die Kruste und das Gerüst des Kometen, den harten Kern der Gallia zu bilden schien.

Rund um die Gondel bis jenseits des Horizontes, der sich mit dem Aufsteigen der Montgolfière gleichsam Schritt für Schritt erweiterte, strahlte der Himmel in unvergleichlicher Reinheit. In der Richtung nach Nordwesten aber gravitierte, jetzt in Opposition zur Sonne, ein neues Gestirn, nein, weniger als ein Gestirn, weniger als ein Asteroid – höchstens ein ungeheurer Meteorstein –

das Bruchstück, welches eine innere Kraft von Seite der Gallia losgesprengt hatte. Die enorme Masse bewegte sich auf eigener, neuer Bahn, und ihre Entfernung betrug jetzt wohl schon einige tausend Meilen. Sie war übrigens nur wenig sichtbar und erschien nach Einbruch der Nacht nur als ein kleiner, leuchtender Punkt im Weltraume.

Über der Gondel in etwas schräger Richtung zeigte sich die Scheibe der Erdkugel in vollem Tagesglanze. Sie schien auf die Gallia zuzustürzen und nahm einen beträchtlichen Teil des Himmels ein.

Diese strahlend helle Scheibe blendete die Augen. Die Entfernung bis zu derselben war verhältnismäßig schon sehr gering, so daß man ihre beiden Pole zu gleicher Zeit unmöglich genau erkennen konnte. Die Gallia stand ihr augenblicklich um die Hälfte näher als der Mond in seiner mittleren Entfernung, und diese Entfernung verminderte sich jede Minute in zunehmender Proportion. An der Oberfläche derselben zeigten sich verschieden erleuchtete Stellen, die einen hell glänzend, das waren die Kontinente, die anderen dunkler, weil sie die Sonnenstrahlen mehr verschluckten, das waren die Ozeane. Darüberhin zogen langsam weißliche Streifen, welche auf der entgegengesetzten, also der Erde zugekehrten Seite wohl dunkel erscheinen mochten, das waren die in der Erd-Atmosphäre schwebenden Wolken.

Bei der Schnelligkeit der Bewegung von fast 17½ Meilen wurde das bis dahin etwas unklare Bild der Erde bald deutlicher. Die großen Meeresküsten und die Terrainverschiedenheiten hoben sich deutlicher hervor. Berge und Ebenen waren nicht mehr zu verwechseln. Die ebene Lankarte verwandelte sich, und es schien den Insassen der Gondel, als schwebten sie vor einer Reliefkarte hin.

Um zwei Uhr siebenundzwanzig Minuten früh trennten den Kometen kaum noch achtzehntausend Meilen von dem Erdsphäroid. Die beiden Gestirne flogen aufeinander zu. Um zwei Uhr siebenunddreißig Minuten waren nur noch neuntausend Meilen zurückzulegen.

Immer bestimmter zeichneten sich die Linien der Landumrisse ab, und plötzlich riefen Leutnant Prokop, Graf Timascheff und Graf Servadac wie aus einem Munde:

»Europa!«

»Rußland!«

»Frankreich!«

Sie täuschten sich nicht. Die Erde wandte der Gallia diejenige Seite zu, auf welcher sich das Festland Europas in voller Mittagsbeleuchtung ausdehnte. Die Formen jedes Landes waren sehr leicht erkennbar.

Die Passagiere des Ballon-Nachens blickten in lebhaftester Erregung nach der Erde, welche sie in sich aufnehmen sollte. Sie dachten nur noch daran, auf derselben zu landen, keineswegs aber an die Gefahren dieser Landung. Endlich sollten sie ja unter die Menschheit zurückkehren, die sie nie wiederzusehen geglaubt hatten.

Ja, das war Europa, das sich dort sichtbar vor ihren Augen ausbreitete. Sie erkannten die verschiedenen Staaten mit ihrer oft sonderbaren Gestalt, welche sie entweder der Natur oder den Völkerverträgen verdanken.

England, eine Lady, die in ihrem Kleide mit weichem Faltenwurf und das Haupt mit Inseln und Eilanden geschmückt nach Osten zu geht.

Schweden und Norwegen, ein prächtiger Löwe mit kräftigem, von Bergen gebildetem Rückgrat, der sich auf das nördliche Inner-Europa stürzt.

Rußland, ein gewaltiger Eisbär, welcher den Kopf nach Asien zu wendet und die linke Tatze auf die Türkei, die rechte auf den Kaukasus stützt.

Österreich, eine große in sich zusammengekrümmte Katze, in unruhigem Schlafe.

Spanien, das am Ende Europas hängt wie eine Fahne, deren Schaftende Portugal zu bilden scheint.

Die Türkei, ein Hahn mit aufrecht stehenden Federn, der sich mit dem einen Fuße an das asiatische Ufer klammert und mit dem anderen Griechenland niederhält.

Italien, ein feiner, eleganter Stiefel, der mit Sizilien,

Sardinien und Korsika Ball zu spielen scheint.

Preußen, eine furchtbare Axt, welche tief in das deutsche Kaiserreich einschneidet und deren eines Ende Frankreich streift.

Endlich Frankreich, ein wohlgebildeter Torso mit Paris als Herz desselben.

Alles das sah man nicht nur, das fühlte auch jeder. In jeder Brust herrschte eine fieberhafte Erregung. Da mischte sich plötzlich ein komischer Ton in diese allgemein ernste Stimmung.

»Der Montmartre!« rief Ben-Zouf.

Niemand hätte dem Burschen des Kapitän Servadac begreiflich machen können, daß er seinen Leib- und Lieblingshügel aus dieser Entfernung unmöglich erkennen könne.

Palmyrin Rosette seinerseits beugte den Kopf über die Gondel hinaus und hatte nur Augen für die verlassene Gallia, welche 2500 Meter unter ihm schwebte. Er wollte diese Erde, die ihn wieder an ihr Vorhandensein erinnerte, gar nicht sehen, sondern betrachtete einzig und allein seinen Kometen, den die allgemeine Lichtfülle des Weltraumes gleichfalls lebhaft beleuchtete.

Mit dem Chronometer in der Hand zählte Leutnant Prokop die Minuten und Sekunden. Auf den Herd legte man nach seiner Anordnung von Zeit zu Zeit etwas frisches Brennmaterial nach, so daß sich die Montgolfière in der gewünschten Höhe erhielt.

In der Gondel wurde nur sehr wenig gesprochen. Kapitän Servadac und Graf Timascheff betrachteten unablässig die sich nähernde Erde. Die Montgolfière schwebte im Verhältnis zur letzteren etwas seitwärts und hinter der Gallia, so daß der Anprall des Kometen vor dem des Aerostaten erfolgen mußte – ein günstiger Umstand, insofern dieser, wenn er in die Erd-Atmosphäre hinüberglitt, sich nicht vollständig umzukehren brauchte.

Wo aber sollte er niederfallen?

Vielleicht auf einem Kontinente? Und wenn das der Fall war, bot dieser Kontinent dann einige Hilfsquellen?

Konnte man von der betreffenden Stelle aus leicht nach bewohnten Teilen der Erde gelangen?

Oder fiel er in das Meer? Durfte man in diesem Falle auf das Wunder eines in der Nähe befindlichen Fahrzeuges rechnen, das die Schiffbrüchigen retten könnte!

Wieviele Gefahren auf allen Seiten! Hatte Graf Timascheff damals nicht recht gehabt, als er sagte, daß seine Begleiter und er allein in der Hand Gottes ständen?

»Zwei Uhr zweiundvierzig Minuten!« meldete Leutnant Prokop unter allgemeinem Schweigen.

Noch fünf Minuten fünfunddreißig und sechs Zehntel Sekunden, dann sollten die beiden Weltkörper zusammenprallen! . . . Sie befanden sich jetzt nicht mehr 5000 Meilen voneinander.

Da bemerkte Leutnant Prokop, daß der Komet eine etwas schiefe Richtung nach der Erde einhielt. Die beiden Massen bewegten sich nicht in ein und derselben Linie. Immerhin mußte man darauf rechnen, daß der Komet werde plötzlich und vollständig aufgehalten werden, und daß es zu einem bloßen »Abstreifen«, wie vor zwei Jahren, nicht kommen würde. Wenn die Gallia die Erdkugel auch nicht in normaler Richtung träfe, so würde sie, wie Ben-Zouf sich ausdrückte, »doch kräftig an die Bande anschlagen«.

Im Falle nun keiner der Passagiere der Gondel den Zusammenstoß überlebte, wenn die Montgolfière, dahingerissen von den entsetzlichen Luftwirbeln bei der Vermischung der beiden Atmosphären, selbst zerriß und auf die Erde niederstürzte; wenn keiner von diesen Bewohnern der Gallia unter seinesgleichen zurückkehrte, sollte dann jede Erinnerung an diese, an ihren Aufenthalt auf dem Kometen, an ihre Reise durch die Sonnenwelt für immer vernichtet werden?

Nein! Kapitän Servadac hatte einen glücklichen Einfall. Er riß ein Blatt aus seinem Taschenbuche. Auf dasselbe schrieb er den Namen des Kometen, bezeichnete die vor zwei Jahren durch diesen entführten Teile der Erde, führte dann die Namen aller seiner Gefährten auf und bescheinigte alles durch seine Unterschrift.

Dann verlangte er von Nina die Brieftaube, welche diese an der Brust verborgen hielt.

Nach einem zärtlichen Kusse gab ihm das kleine Mädchen ohne Zaudern die Taube.

Kapitän Servadac ergriff das Tierchen, befestigte ihm sein Notizblatt an dem Halse und warf es dann hinaus in die Luft.

In großen Kreisen fliegend, senkte sich die Taube durch die Gallia-Atmosphäre und hielt sich in derselben in tieferen Schichten als die Montgolfière.

Noch zwei Minuten und ungefähr achtzehnhundert Meilen! Die beiden Weltkörper sollten in kürzester Zeit mit einer dreimal größeren Geschwindigkeit zusammenstoßen, als diejenige ist, welche die Erde in der Ekliptik hat.

Wir brauchen nicht besonders hervorzuheben, daß die Insassen der Gondel von dieser entsetzlichen Schnelligkeit nicht das geringste verspürten und daß ihr Apparat in der umgebenden Atmosphäre unverrückt stillzustehen schien.

»Zwei Uhr sechsundvierzig Minuten!« sagte Prokop.

Die Entfernung noch 1020 Meilen. Wie eine ungeheuere Tonne schien die Erde sich unter dem Kometen auszuhöhlen. Man hätte sagen mögen, sie öffnete sich, um jenen zu empfangen.

»Zwei Uhr siebenundvierzig Minuten!« meldete Leutnant Prokop.

Noch fünfunddreißig und sechs Zehntel Sekunden mit einer Geschwindigkeit von 162 Meilen in der Sekunde!

Da ließ sich eine Art heftigen Zischens und Brausens vernehmen. Es rührte von der Luft der Gallia her, welche von der Erde angesaugt wurde, gleichzeitig mit der Montgolfière, die sich so sehr in die Länge zog, daß man befürchtete, sie werde dabei zerreißen.

Entsetzt und starr vor Schrecken klammerten sich alle an den Rand der Gondel . . .

Jetzt flossen die beiden Atmosphären ineinander. Urplötzlich entstand eine ungeheuere Wolkenmasse, die sich regellos durcheinanderwälzte. Die Passagiere der Gondel sahen nichts mehr über und nichts mehr unter sich. Es schien ihnen, als wirbele eine furchtbare Flamme rings um sie und als fehle ihren Füßen jede Stütze, bis sie sich plötzlich, ohne zu bemerken wie und ohne sich den Vorgang erklären zu können, auf dem Boden der Erde wiederfanden. Betäubt hatten sie früher die Erde verlassen, betäubt kehrten sie wieder zu ihr zurück.

Von dem Ballon war keine Spur zu sehen.

Gleichzeitig entfloh die Gallia seitwärts etwa in tangentialer Richtung, nachdem sie die Erdkugel wider Erwarten auch diesmal nur gestreift hatte, und verschwand schon fern im Osten des Planeten.

Zwanzigstes Kapitel

Welches wider alle Regeln des Romanes nicht mit einer Heirat des Helden der Erzählung endigt.

»Ah, Herr Kapitän, das ist Algerien!«

»Und dort Mostagenem, Ben-Zouf.«

So lauteten die ersten Worte, welche gleichzeitig über die Lippen des Kapitän Servadac und seiner Ordonnanz kamen, als beide ihr Bewußtsein wiedererlangten.

Durch ein Wunder, welches ebenso wie alle Wunder jeder Erklärung spottete, befanden sie sich heil und gesund.

»Mostagenem! Algerien!« hatten Kapitän Servadac und seine Ordonnanz ausgerufen. Sie konnten sich wohl nicht täuschen, da sie in diesem Teile der Provinz mehrere Jahre in Garnison gestanden hatten.

Nach einer zweijährigen Reise durch die Sonnenwelt kamen sie also fast genau nach dem Orte zurück, von dem sie einst weggerissen wurden.

Ein erstaunlicher Zufall – ist es wohl ein Zufall zu

nennen, da Gallia und Erde sich in der nämlichen Sekunde an der nämlichen Stelle der Ekliptik wieder begegneten? – versetzte sie wieder ziemlich an den Punkt ihrer Abreise. Sie befanden sich kaum zwei Kilometer von Mostagenem!

Eine halbe Stunde später betraten Kapitän Servadac und alle seine Gefährten diese Stadt.

Sehr auffällig erschien es ihnen, daß auf der Oberfläche der Erde die größte Stille herrschte. Die Bevölkerung Algeriens betrieb in aller Ruhe ihre täglichen Geschäfte. Die Tiere weideten friedlich in dem taufrischen Grase des Januars. Es mochte etwa acht Uhr morgens sein. Die Sonne stieg über dem gewohnten Horizonte empor. Es schien nicht nur, als sei auf der Erdkugel etwas Außergewöhnliches nicht vorgefallen, sondern als hätten die Bewohner derselben auch nicht einmal etwas Außergewöhnliches erwartet.

»Alle Wetter«, sagte Kapitän Servadac, »sie wußten also gar nichts von dem bevorstehenden Eintreffen des Kometen.«

»Das möchte man fast glauben, Herr Kapitän«, antwortete Ben-Zouf, »und ich hatte auf einen recht pomphaften Einzug gerechnet.«

Offenbar war der Anprall eines Kometen nicht erwartet worden. Anderenfalls hätten in allen Teilen der Erde gewiß Furcht und Schrecken geherrscht und ihre Bewohner das Ende der Welt sicher näher geglaubt als im Jahre 1000 n. Chr.!

Am Tore von Mascara begegnete Kapitän Servadac seinen beiden Kameraden, dem Kommandanten des 2. Tirailleur- und dem Kapitän des 8. Artillerie-Regimentes. Er sank ihnen buchstäblich in die Arme.

»Sie, Servadac!« rief der Kommandant.

»Ich selbst!«

»»Und woher kommen Sie jetzt, armer Freund, nach diesem unerklärlichen Verschwinden?«

»Das könnte ich Ihnen wohl sagen, lieber Oberst, doch wenn ich es sagte, würden Sie mir's nicht glauben!«

»Aber, ich bitte Sie . . .«

»Was da, liebe Freunde! Drückt einem alten Kameraden, der Euch niemals vergessen hat, wieder einmal die Hand, und im übrigen nehmen wir an, ich hätte einen schweren Traum gehabt.«

Trotz allen Bemühens wollte Hector Servadac nichts weiter sagen.

Nur eine Frage stellte er noch an die beiden Offiziere.

»Und Frau von . . .?«

Der Oberst der Tirailleure verstand ihn und ließ ihn nicht ausreden.

»Ist vermählt, wieder vermählt, mein Bester!« sagte er. »Kann Sie das verwundern? Wer nicht zur Stelle ist, hat allemal verspielt . . .«

»Jawohl!« erwiderte ihm Kapitän Servadac, »es war eine Dummheit, davonzugehen und zwei Jahre lang in unbekannten Welten umherzuschweifen!«

Dann wendete er sich an Graf Timascheff:

»Mordio, Herr Graf«, sagte er, »da haben Sie es selbst gehört. Wahrlich, es freut mich, daß ich mich nicht mehr mit Ihnen zu schlagen brauche.«

»Und ich, Kapitän, bin glücklich, Ihnen ohne Hintergedanken die Hand herzlich drücken zu können!«

»Was mir auch sehr gelegen kommt«, murmelte heiter Servadac, »ist, daß ich mein schreckliches Rondeau nun nicht zu beendigen brauche!«

Die beiden Rivalen von ehedem schlossen jetzt, da jede Ursache einer Eifersüchtelei wegfiel, durch einen Handschlag die innigste Freundschaft, welche nichts zu zerreißen vermochte. Vollkommen unerklärlich erschien ihnen vorzüglich, daß sich längs der Küste des Mittelmeeres alles an seinem ordentlichen Platze vorfand.

Auf jeden Fall war es ratsam, für jetzt zu schweigen.

Am folgenden Tage trennte sich die kleine Kolonie. Die Russen kehrten mit Graf Timascheff und Leutnant Prokop nach Rußland zurück, die Spanier nach ihrem Vaterlande, in welchem die Freigebigkeit des Grafen sie auch für die Zukunft gegen jeden Mangel sicherstellte. Alle die wackeren Leute gingen nicht voneinander, ohne gegenseitig die Versicherungen der herzlichsten Freundschaft ausgetauscht zu haben.

Was Isaak Hakhabut betrifft, der durch den Verlust der Hansa sowohl, als auch durch den seines Goldes und Silbers völlig zugrunde gerichtet war, so verschwand dieser unbemerkt, und wir müssen der Wahrheit gemäß hinzufügen, daß ihn niemand zurückwünschte.

»Der alte Spitzbube«, bemerkte Ben-Zouf, »wird sich in Amerika als Gespenst aus der Sonnenwelt zur Schau ausstellen!«

Noch einige Worte über Palmyrin Rosette.

Diesen hatte keine Überredung vermocht, zu schweigen. Er sprach sich also aus! ... Da leugnete man ihm seinen ganzen Kometen ab, den kein Astronom am Horizont der Erde beobachtet habe. Er fand sich im Kataloge der astronomischen Jahrbücher nicht verzeichnet. Bis zu welchem Grade sich der Zorn des leicht erregbaren Gelehrten dabei steigerte, vermöchte sich kaum jemand vorzustellen. Zwei Jahre nach seiner Rückkehr ließ er ein umfängliches Werk erscheinen, welches außer den Elementen der Gallia einen Bericht über die eigenen Erlebnisse Palmyrin Rosettes enthielt.

Die Ansichten des gelehrten Europas blieben immer geteilt. Der größere Teil leugnete die Wahrheit dieser Erzählungen, der kleinere Teil erkannte sie an.

Eine Gegenschrift – vielleicht die beste Arbeit, welche auf jene erste erscheinen konnte – führte Palmyrin Rosettes Werk auf sein richtiges Maß zurück, indem sie dasselbe *»Die Geschichte einer Hypothese«* betitelte.

Diese Unverschämtheit reizte aufs höchste den Zorn des Professors, welcher behauptete, nicht nur die Gallia wiedergesehen zu haben, wie sie durch den Weltraum kreiste, sondern auch jenes Bruchstück des Kometen, das die dreizehn Engländer trug, und niemals konnte er sich darüber trösten, letztere auf ihrer Reise nicht länger begleiten zu können.

Hector Servadac und Ben-Zouf blieben in Zukunft, mochten sie nun diese unwahrscheinliche Fahrt durch die Sonnenwelt ausgeführt haben oder nicht, mehr als je der eine der Kapitän, der andere die Ordonnanz, welche nichts zu trennen vermochte.

Eines Tages gingen sie auf dem Montmartre spazieren und plauderten, in der Überzeugung, von niemandem gehört zu werden, von ihren Abenteuern.

»Die ganze Geschichte kann gar nicht wahr sein«, sagte Ben-Zouf.

»Alle Wetter, ich fange bald selbst an, das zu glauben!« antwortete Kapitän Servadac.

Was endlich Pablo und Nina betrifft, welche, der eine von Graf Timascheff, die andere von Kapitän Servadac adoptiert worden, so wurden diese unter ihrer Leitung erzogen und unterrichtet.

Später vermählte der Oberst Servadac, dessen Haar schon ergraute, den jungen Spanier, der zum hübschen Manne aufgewachsen war, mit der kleinen Italienerin, jetzt einem reizenden, jungen Mädchen. Graf Timascheff hatte es sich nicht nehmen lassen, die Aussteuer Ninas zu besorgen.

Die jungen Gatten aber lebten nicht weniger glücklich, wenn sie auch nicht – der Adam und die Eva einer neuen Welt geworden waren.

COLLECTION JULES VERNE

1. Von der Erde zum Mond
Direkte Fahrt in 97 Stunden 20 Minuten
2. Reise um den Mond
3. Reise um die Erde in 80 Tagen
4. Reise zum Mittelpunkt der Erde
5. Fünf Wochen im Ballon
6./7. Zwanzigtausend Meilen unter dem Meer
8. Abenteuer von drei Russen und drei Engländern in Süd-Afrika
9./10. Abenteuer des Kapitän Hatteras
11./12./13. Die Kinder des Kapitän Grant
14./15./16. Die geheimnisvolle Insel
17./18. Das Land der Pelze
19. Eine schwimmende Stadt
Die Blockadebrecher
20. Eine Idee des Doktor Ox
Meister Zacharius
Ein Drama in den Lüften
Eine Überwinterung im Eis
Eine Mont-Blanc-Besteigung
21. Der Chancellor
Tagebuch des Passagier J. R. Kazallon
22./23. Der Kurier des Zaren
Michael Strogoff
24. Schwarz Indien
25./26. Reise durch die Sonnenwelt
27./28. Ein Kapitän von 15 Jahren
29./30./31. Die Entdeckung der Erde
32. Die fünfhundert Millionen der Begum
33. Die Leiden eines Chinesen in China
34./35. Die großen Seefahrer des 18. Jahrhunderts
36./37. Das Dampfhaus

38./39. Der Triumph des 19. Jahrhunderts
40./41. Die Jangada
42. Die Schule der Robinsons
43. Der grüne Strahl
44./45. Keraban der Starrkopf
46. Der Südstern oder das Land der Diamanten
47. Der Archipel in Flammen
48./49./50. Mathias Sandorf
51. Robur der Sieger
52. Ein Lotterie-Los
53./54. Nord gegen Süd
55./56. Zwei Jahre Ferien
57. Kein Durcheinander
58./59. Die Familie ohne Namen
60./61 Mistreß Branican
62. Das Karpatenschloß
63. Claudius Bombarnac
Notizbuch eines Reporters
64./65. Der Findling
66./67. Meister Antisers wunderbare Abenteuer
68./69. Die Propeller-Insel
70. Vor der Flagge des Vaterlandes
71. Clovis Dardentor
72./73. Die Eissphinx
74./75. Der stolze Orinoco
76./77. Das Testament eines Exzentrischen
78./79. Das zweite Vaterland
80. Das Dorf in den Lüften
81. Die Historien von Jean-Marie Cabidoulin
82./83. Die Gebrüder Kip
84./85. Reisestipendien
86. Ein Drama in Livland
87. Der Herr der Welt
88. Der Einbruch des Meeres
89. Der Leuchtturm am Ende der Welt
90./91. Der Goldvulkan
92./93. Reisebüro Thompson & Co.
94. Die Jagd nach dem Meteor
95. Der Pilot von der Donau
96./97. Die Schiffbrüchigen der Jonathan
98. Wilhelm Storitz' Geheimnis
99./100. Cäsar Cascabel